「국어 종합 비타민 D」와 함께

국어 공부의 기초를 바로 잡자

비타민 D가 부족하게 되면 우리 몸의 기초인 다리의 뼈가 약해져 휘어지게 되는 구루병이 생기게 되는데요, 국어 공부에도 비타민 D가 부족하면 국어의 기초가 흔들리겠죠? 하지만 비타민 D 결핍증은 하루에 1~2시간씩 꾸준히 햇볕을 쏘이는 것으로도 치료 효과가 있답니다. 아하~ 그렇다면 국어 공부의 기초가 부족할 때는 「국어 종합 비타민 D」를 꾸준히 읽어주세요. 그럼 국어의 기초가 바로 잡히겠죠. 여러가지 면에서 국어와 비타민은 찰떡궁합이네요.

중학생을 위한 **국어 종합 비타민** D

중학생을 위한 **국어 종합 비타민 D**

펴낸날 | 2003년 3월 25일 초판 1쇄
       2011년 9월 15일 중판 1쇄

엮은이 | 서종택
펴낸이 | 이태권
펴낸곳 | (주)태일소담
        서울시 성북구 성북동 178-2 (우)136-020
        전화 | 745-8566 팩스 | 747-3238
        E-mail | sodam@dreamsodam.co.kr
        등록번호 | 제2-42호(1979년 11월 14일)
        홈페이지 | www.dreamsodam.co.kr

ISBN 978-89-7381-692-7   44810
      978-89-7381-691-0(세트)

● 책 가격은 뒤표지에 있습니다.
● 잘못된 책은 구입하신 곳에서 교환해드립니다.

이 책에 실린 사진 일부의 저작권은 한국정신문화연구원과
안영선 선생님에게 있습니다.

중학생을 위한 **국어 종합 비타민** ^D

서종택 엮음 및 해설

소담출판사

책을 펴내며

『중학생을 위한 국어 종합 비타민』은 오늘을 살아가는 우리들에게 삶의 지혜와 용기를 주는 것들로만 묶은 우리 문학의 주옥편이라 할 수 있습니다. 여기에 실린 작품들은 멀리는 일제 식민지시대 것에서부터 가깝게는 오늘의 생존 작가들에 이르기까지 내용과 형식이 다양하고 시대적 의미나 문학적 가치를 고루 갖춘 것들입니다.

우리가 문학작품을 읽는 즐거움이란 우선 읽는 재미와 생각할 수 있는 시간을 한꺼번에 맛볼 수 있다는 점에 있습니다. 소설은 이야기로 꾸며져 있고, 그 이야기는 작가의 뛰어난 상상력을 밑받침으로 하고 있다는 점에서 다른 논설문이나 설명문과는 다르다 할 수 있을 것입니다. 그럴 듯한 이야기, 있음직한 이야기, 꾸며낸 이야기에서 우리가 느끼는 재미와 감동은 어디에서 오는 것일까요? 소설은 꾸며낸 이야기지만 거기에는 우리가 수긍할 수밖에 없는 세상의 아름다움과 삶의 진실을 담고 있기 때문입니다. 있었던 사실을 기록한 역사보다 없었던 이야기를 꾸며낸 소설이 더 보편적인 삶의 모습을 담고 있는 이유가 여기에 있는 것입니다.

우리가 소설을 읽는 것은 이러한 삶의 지혜와 용기를 얻을 뿐만 아니라 주인공

들이 살았던 시대의 사회 모습이나 풍속을 공부할 수 있기 때문입니다. 또한 그 주인공들의 행위를 통해 자신이 앞으로 살아가야 할 세상을 그려보고 마음속으로 준비할 수도 있습니다. 이것이 독서의 진정한 효험이겠지요. 그리고 작가들의 뛰어난 표현이나 문장을 감상하고 익히는 것 또한 문학작품을 읽는 학생들이 놓쳐서는 안 될 소중한 가치입니다.

따라서 이번에 펴낸 『중학생을 위한 국어 종합 비타민』은 우리의 역사 · 사회에 대한 이해를 넓히고 논리적 사고력과 표현력을 기르는 한편, 진정한 문학의 가치가 어디에 있는가를 깨닫게 되는, 이른바 다목적적이고 종합 비타민 같은 정신의 영양소 역할을 하게 될 것이라 믿습니다.

2003년, 엮은이

이 책의 특징

사람 몸에 비타민이 하나라도 부족하면 몸에 이상이 생기듯 중학생들이 공부하는 국어에도 비타민이 필요합니다. 중학생들의 국어 공부에 꼭 필요한 『중학생을 위한 국어 종합 비타민』은 중학생들에게 부족한 국어 비타민을 채워줍니다.

『중학생을 위한 국어 종합 비타민』은 이렇게 다릅니다.

하나, 국어가 재미있어집니다. 선생님과 함께 대화를 나누는 것 같은 친절한 설명은 공부를 하고 싶은 기분이 저절로 들게 합니다.

둘, 억지로 머리에 지식을 주입시키려 하지 않습니다. 술술 읽다 보면 어느새 지식이 꽉 차 있음을 깨닫게 됩니다.

셋, 스스로 생각의 힘을 키울 수 있도록 도와줍니다. 정확한 답을 알려주지 않고, 여러 가지 경우의 수를 제시함으로써 사고력을 키울 수 있도록 하였습니다.

넷, 내신성적과 글쓰기 능력을 향상시켜 줍니다. 문학성이 뛰어난 글을 반복해서 읽고 이해하다 보면 글을 볼 줄 아는 능력이 길러집니다.

다섯, 수준 높은 중학생이 되기 위한 지식과 세상을 넓게 볼 수 있는 지혜가 담겨 있습니다.

작가 소개 │ 단순한 작가 생애 나열이 아닙니다. 한 나라의 역사를 파악하듯 작가의 생애를 자세하게 서술하였습니다. 작가의 인생관이나 세계관을 알고 나면 작품을 이해하기가 훨씬 쉬워집니다.

문학사적 위치 │ 작가가 작품을 집필한 데에는 시대적·문학사적 요구가 있었기 때문입니다. 작가가 이 작품을 왜 집필하게 되었는지 궁금하시죠? 그럼 한번 꼼꼼하게 읽어보세요. '아하!' 하고 탄성이 저절로 나오게 될 테니까요.

읽기 전에 생각하기 │ 잠깐! 작품을 읽기 전에 어떤 점에 주의하면서 읽어야 하는지, 어느 부분을 깊이 생각하고 이해해야 하는지 친절하게 설명되어 있습니다. 그럼 이제부터 작품을 감상해 볼까요?

작품 줄거리 │ 작품을 잘 읽어 보았나요? 스스로가 한번 줄거리를 만들어 보세요. 그리고 나서 선생님이 쓰신 내용과 어떻게 다른지, 빠진 내용은 없는지 살펴보세요. 자꾸 반복하다 보면 글쓰기 능력이 눈에 띄게 좋아진답니다.

작품 해설 │ 작품을 읽다가 혹시 이해가 안 되는 부분이 있었나요? 그런 부분을 시원하게 긁어 준답니다.

더 알아 두기 │ 본문의 내용과 연관되거나 작품을 이해하는 데 꼭 필요한 단어나 문장을 설명해 줍니다. 어휘력을 기르는 데도 도움이 되겠죠?

Open Book Test │ 서두르지 말고 자유롭게 자신의 생각을 말해 봅시다. 내용이 생각나지 않는다고요? 그럼 찬찬히 작품을 다시 한 번 읽어 보세요.

작품의 마지막 점검 │ 이제 작품을 완전히 이해했나요? 스스로가 불충분하다고 생각된다면 마지막으로 점검해 볼 필요가 있겠죠? 글을 쓴 작가가 아닌 이상 작품을 완벽하게 이해할 수는 없지만 작품을 알고 작가를 이해하기 위한 마지막 관문입니다.

중학생을 위한 국어 종합 비타민

Contents

금 따는 콩밭

몇 잔이 들어가고 보니 영식이의 생각도 적이 돌

아섰다. 딴에는 일 년 고생하고 끽 콩 몇 섬 얻어

먹느니보다는 금을 캐는 것이 슬기로운 짓이다.

하루에 잘만 캔다면 한 해 줄곧 공들인 그 수확보

다 훨씬 이익이다.

● 김유정 金裕貞

김유정은 1908년 강원도 춘성군에서 8남매 중 막내로 태어났습니다. 그는 유년 시절에 부모님을 여의고 누이들의 손에서 자라났습니다. 집안살림을 도맡은 형의 방탕으로 천석지기였던 그의 집안이 순식간에 풍비박산하는 바람에, 매우 불우한 시절을 보내야 했습니다.

1929년 휘문고보를 졸업하고 연희전문학교 문과에 입학한 그는, 결국 생활고와 질병으로 학교를 중퇴한 뒤 고향에 돌아와, 그만의 독특한 문학 세계를 펼치게 됩니다.

1935년 《조선일보》 신춘문예에 「소낙비」가, 같은 해 《조선중앙일보》에 「노다지」가 당선되면서 왕성한 창작 활동을 시작합니다. 그리고 순수문예 단체인 '구인회' 회원으로 활동하기도 하죠.

그는 작가 생활을 한 지 불과 2년 동안에 「금 따는 콩밭」·「만무방」·「산골」·「가을」·「동백꽃」·「따라지」·「봄봄」 등 30여 편의 단편을 발표하는데, 한국 농촌의 어둡고 비참한 현실을 해학적으로 그려 낸 작가로 인정을 받기에 이릅니다. 그러나 떨쳐낼 수 없는 가난과 폐결핵으로 고생하다가 1937년 스물아홉 살의 젊은 나이로 사망하고 맙니다.

김유정은 농촌의 현실을 해학적으로 표현해 그만의 독특한 문학 세계를 이루었다.
(1908~1937)

김유정의 작품 특징으로 무엇보다도 등장 인물들의 해학성을 꼽을 수 있습니다. 대개 모자라고 어수룩한 인물, 불우하고 무지한 인물들이 등장하는데, 그들이 겪는 삶의 애환은 비참함에도 불구하고 웃음을 자아냅니다. 그리고 구수한 토속어를 자유롭게 구사하면서 '최적의 장소에 최적의 말을 배치하는' 정확하고 치밀한 문장으로 한결 소설 읽는 재미를 느끼게 합니다.

그의 초기 작품들은 1930년대 일제 식민지하의 어둡고 삭막한 농촌 현실을 따뜻한 연민의 시선으로 그려내고 있는데요, 대표적인 작품으로는 「동백꽃」·「봄봄」·「산골」 등을 들 수 있죠. 이 작품들은 주로 순박하고 우직한 농촌 사람들의 생활에 대한 애정을 보여주고 있답니다.

그러나 후기 작품들은 초기의 목가적 세계에서 벗어나 농촌의 비참한 현실을 그리고 있어요. 「만무방」·「소낙비」·「가을」 등의 작품들에는 작가 특유의 해학성과 더불어 농촌 사회의 가난하고 비참한 생활이 무게 있게 그려지고 있죠. 그의 인물들이 엉뚱하고 모자란 행동들로 독자들에게 선사하는 웃음은 단순히 흘려 버릴 유쾌한 웃음이 아니라, 당시

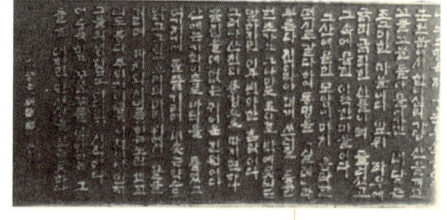

김유정의 수필 「내가 그리는 신록향」에서 발췌한 기적비의 글

농촌의 문제를 깊이 생각해 보게 하는 뼈 있는 웃음
이라 할 수 있습니다.

먹을 것을 가지고 부녀지간에 원수 같은 감정을
느끼거나(「떡」), 지주에게 소작료를 물지 않기 위해
자기가 1년 동안 농사지은 논의 벼를 훔치며(「만무
방」), 일본인 의사의 실험 대상으로 쓰이는 줄도 모르
고 아내의 병든 몸이 팔리기를 바라는 암담한 현실
(「땡볕」) 등이 웃음의 겉옷에 감추어진 채 현실을 생
생하게 그려내고 있기 때문이지요. 바로 이 점이 김
유정만의 독특한 문학 세계입니다.

읽기 전에 생각하기

「금 따는 콩밭」은 욕망에 이끌리는 인간의 탐욕적인
삶의 모습을 해학적으로 담아 내고 있습니다. 여기에
서도 어수룩한 인물의 바보 같은 이야기들이 재미있
는 말투로 그려지고 있지요. 그러나 이 작품에서는
「동백꽃」이나 「봄봄」 같은 작품들과는 달리, 1930년
대 농촌의 심각한 현실이 반영되어 있습니다. 그래서
이 이야기가 자아내는 웃음은 결코 가벼운 것이 아니
랍니다. 당시 농민들이 빈궁한 생활 속에서 고통받으
며 살아가는 모습이 바보스러운 인물들의 익살스러
운 이야기를 통해 더욱 효과적으로 전달됩니다.

땅 속 저 밑은 늘 음침하다.

고달픈 간드렛불. 맥없이 푸르끼하다. 밤과 달라서 낮엔 되우 흐릿하였다.

겉으로 황토 장벽으로 앞뒤 좌우가 콕 막힌 줍직한 구뎅이. 흡사히 무덤 속 같이 귀중중하다. 싸늘한 침묵, 쿠더부레한 흙내와 징그러운 냉기만이 그 속에 자욱하다.

곡괭이는 뻔질 흙을 이르집는다. 암팡스러이 내려쪼며,

퍽 퍽 퍼억.

이렇게 메떨어진 소리뿐. 그러나 간간 우수수 하고 벽이 흘린다.

영식이는 일손을 놓고 소맷자락을 끌어당기어 얼굴의 땀을 훑는다. 이 놈의 줄이 언제나 잡힐는지 기가 찼다. 흙 한 줌을 집어 코밑에 바짝 들이대고 손가락으로 샅샅이 뒤져본다. 완연히 버력은 좀 변한 듯싶다. 그러나 불통버력이 아주 다 풀린 것도 아니었다. 말뚱버력이라야 금이 나온다는데 왜 이리 안 나오는지.

곡괭이를 다시 집어든다. 땅에 무릎을 꿇고 궁뎅이를 번쩍 든 채 식식거린다. 곡괭이는 무작정 내려찍는다.

바닥에서 물이 스미어 무르팍이 흥건히 젖었다. 굿 옆은 천판에서 흙방울은 내리며 목덜미로 굴러든다. 어떤 때에는 윗벽의 한쪽이 떨어지며 등을 탕 때리고 부서진다. 그러나 그는 눈도 하나 깜짝하지 않는다. 금을 캔다고 콩밭 하나를 다 잡쳤다. 약이 올라서 죽을 둥 살 둥 눈이 뒤집힌 이판이다. 손바닥에 침을 탁 뱉고 곡괭이자루를 한 번 꼬나 잡더니 쉴 줄 모른다.

등뒤에서는 흙 긁는 소리가 드윽드윽 난다. 아직도 버력을 다 못 친 모양. 이 자식이 일을 하나 시졸 하나. 남은 속이 바직바직 타는데 웬 뱃심이 이리도 좋아.

영식이는 살기 띤 시선으로 고개를 돌렸다. 암말 없이 수재를 노려본다. 그제야 꾸물꾸물 바지게에 흙을 담고 등에 메고 사다리를 올라간다.

굿이 풀리는지 벽이 우찔하였다. 흙이 부서져 내린다. 전날이라면 이곳에서 아내 한 번 못 보고 생죽음이나 안 할까 털끝까지 쭈뼛할 게다. 그러나 이젠 그렇게 되고도 싶다. 수재란 놈하고 흙더미에 묻히어 한껍에 죽는다면 그게 오히려 날 게다.

이렇게까지 몹시몹시 미웠다.

이놈 풍치는 바람에 애꿎은 콩밭 하나만 결딴을 냈다. 뿐만 아니라 모두가 낭패다. 세벌 논도 못 맸다. 논둑의 풀은 성큼 자란 채 어지러이 널려 있다. 이

기미를 알고 지주는 대로하였다. 내년부터는 농사 질 생각을 말라고 발을 굴렀다. 땅은 암만을 파도 지수가 없다. 이만 해도 다섯 길은 훨씬 넘었으리라. 좀더 지펴야 옳을지 혹은 북으로 밀어야 옳을지, 우두커니 망설거린다. 금점 일에는 풋둥이다. 입대껏 수재의 지휘를 받아 일을 하여 왔고, 앞으로도 역시 그러해야 금을 딸 것이다. 그러나 그런 칙칙한 짓은 안 한다.

"이리 와 이것 좀 파게."

그는 어쓴 위풍을 보이며 이렇게 분부하였다. 그리고 저는 일어나 손을 털며 뒤로 물러선다.

수재는 군말 없이 고분하였다. 시키는 대로 땅에 무릎을 꿇고 벽채로 군버력을 긁어 낸 다음 다시 파기 시작한다.

영식이는 치다 나머지 버력을 짊어진다. 커단 걸대를 뒤룩거리며 사다리로 기어오른다. 굿문을 나와 버력더미에 흙을 마악 내치려 할 제,

"왜 또 파. 이것들이 미쳤나 그래!"

산에서 내려오는 마름과 맞닥뜨렸다. 정신이 떠름하여 그대로 벙벙히 섰다. 오늘은 또 무슨 포악을 들으려는가.

"말라니까 왜 또 파는 게야."

하고 영식이의 바지게 뒤를 지팡이로 콱 찌르더니,

"갈아먹으라는 밭이지 흙 쓰고 들어가라는 거야, 이 미친 것들아. 콩밭에서 웬 금이 나온다구 이 지랄들이야 그래."

하고 목에 핏대를 올린다. 밭을 버리면 간수 잘못한 자기 탓이다. 날마다 와서 그 북새를 피우고 금하여도 다음날 보면 또 여전히 파는 것이다.

"오늘로 이 구뎅이를 도로 묻어 놔야지 낼로 당장 징역 갈 줄 알게."

너무 감정에 격하여 말도 잘 안 나오고 떠듬떠듬거린다. 주먹은 곧 날아들 듯이 허구리께서 불불 떤다.

"오늘만 좀 해 보고 그만두겠어유."

영식이는 낯이 붉어지며 가까스로 한마디하였다. 그리고 무턱대고 빌었다. 마름은 들은 척도 안 하고 가 버린다. 그 뒷모양을 영식이는 멀거니 배웅하였다. 그러다 콩밭 낯짝을 들여다보니 무던히 애통터진다. 멀쩡한 밭가에 구멍이 사면 풍풍 뚫렸다.

예제없이 버력은 무더기무더기 쌓였다. 마치 사태 만난 공동묘지와도 같이 귀살쩍고 되우 을씨년스럽다. 그다지 잘되었던 콩 포기는 거반 버력더미에 다 깔려 버리고 군데군데 어쩌다 남은 놈들만이 고개를 나풀거린다. 그 꼴을 보는 것은 자식 죽는 걸 보는 게 낫지 차마 못할 경상이었다.

농토는 모조리 떨어질 것이다. 그러나 대관절 올 밭도지 벼 두 섬 반은 뭘로 해내야 좋을지. 게다 밭을 망쳤으니 자칫하면 징역을 갈는지도 모른다.

영식이가 구뎅이 안으로 들어왔을 때 동무는 땅에 주저앉아 쉬고 있었다. 태연 무심히 담배만 뻑뻑 피우는 것이다.

"언제나 줄을 잡는 거야."

"인제 차차 나오겠지."

"인제 나온다."

하고 코웃음치고 엇먹더니 조금 지나매,

"이 새끼."

흙덩이를 집어들고 골통을 내려친다.

수재는 어쿠 하고 그대로 폭 엎드린다. 그러다 벌떡 일어선다. 눈에 띄는 대로 곡괭이를 잡자 대뜸 달겨들었다. 그러나 강약이 부동. 와살스러운 팔뚝에 퉁겨져 벽에 가서 쿵 하고 떨어졌다. 그 순간에 제가 빼앗긴 곡괭이가 정바기를 겨누고 날아드는 걸 보았다. 고개를 홱 돌린다. 곡괭이는 흙벽을 픽 찍고 다시 나간다.

　　　　　　　　수재 이름만 들어도 영식이는 이가 갈렸다. 분명히 홀딱 속은 것이다.

영식이는 본디 금점에 이력이 없었다. 그리고 흥미도 없었다. 다만 밭고랑에 웅크리고 앉아서 땀을 흘려 가며 꾸벅꾸벅 일만 하였다. 올엔 콩도 뜻밖에 잘 열리고 맘이 좀 놓였다.

하루는 홀로 김을 매고 있노라니까,

"여보게 덥지 않은가, 좀 쉬었다 하게."

고개를 들어 보니 수재. 농사는 안 짓고 금점으로만 돌아다니더니 무슨 바람에 또 왔는지 싱글벙글한다. 좋은 수나 걸렸다 하고,

"돈 좀 많이 벌었나. 나 좀 채 주게."

"벌구말구. 맘껏 먹고 맘껏 쓰고 했네."

술에 거나한 얼굴로 신껏 주적거린다. 그리고 밭머리에 쭈그리고 앉아 한참 객설을 부리더니,

"자네 돈벌이 좀 안 하려나, 이 밭에 금이 묻혔네, 금이."

"뭐?"

하니까, 바로 이 산 너머 큰골에 광산이 있다. 광부를 삼백여 명이나 부리는 노다지 판인데 매일 소출되는 금이 칠십 냥을 넘는다. 돈으로 치면 칠천 원, 그 줄맥이 큰 산허리를 뚫고 이 콩밭으로 뻗어 나왔다는 것이다. 둘이서 파면 불과 열흘 안에 줄을 잡을 게고, 적어도 하루 서 돈씩은 따리라. 우선 삼십 원만 해도 얼마냐. 소를 산대도 반 필이 아니냐고. 그러나 영식이는 귀담아듣지 않았다. 금점이란 칼 물고 뜀뛰기다. 잘되면 이거니와 못 되면 신세만 조진다. 이렇게 전일부터 들은 소리가 있어서였다.

그 담날도 와서 꾀송거리다 갔다.

셋째 번에는 집으로 찾아왔는데 막걸리 한 병을 손에 떡 들고 영을 피운다. 몸이 달아서 또 온 것이었다. 봉당에 걸터앉아서 저녁상을 물끄러미 바라보더니 조당수는 몸을 훑는다는 둥 일꾼은 든든히 먹어야 한다는 둥 남들은 논을 사느니 밭을 사느니 떠드는데 요렇게 지내다 그만둘 테냐는 둥 일쩝게 지껄인다.

"아주머니, 이것 좀 먹게 해 주시게유."

그리고 비로소 영식이 아내에게 술병을 내놓는다. 그들은 밥상을 끼고 앉아서 즐겁게 술을 마셨다. 몇 잔이 들어가고 보니 영식이의 생각도 적이 돌아섰다. 딴에는 일 년 고생하고 끽 콩 몇 섬 얻어먹느니보다는 금을 캐는 것이 슬기로운 짓이다. 하루에 잘만 캔다면 한 해 줄곧 공들인 그 수확보다 훨씬 이익이다. 올 봄 보낼 제 비료 값, 품삯, 빚에 빚진 칠 원 까닭에 나날이 졸리는 이판이다. 이렇게 지지하게 살고 말 바에는 차라리 가로 지나 세로 지나 사내 자식이 한번 해 볼 것이다.

"낼부터 우리 파 보세 . 돈만 있으면이야, 그까진 콩은……."

수재가 안달스리 재우쳐 보채일 제 선뜻 응낙하였다.

"그래 보세, 빌어먹을 거 안 됨 고만이지."

그러나 꽁무니에서 죽을 마시고 있던 아내가 허구리를 쿡쿡 찔렀게 망정이지 그렇지 않았더면 좀 주저할 뻔도 하였다.

아내는 아내대로의 셈이 빨랐다.

시체는 금점이 판을 잡았다. 섣부르게 농사만 짓고 있다간 결국 비렁뱅이 밖에는 더 못 된다. 얼마 안 있으면 산이고 논이고 밭이고 할 것 없이 다 금쟁이 손에 구멍이 뚫리고 뒤집히고 뒤죽박죽이 될 것이다. 그때는 뭘 파먹고 사나. 자, 보아라. 머슴들은 짜기나 한 듯이 일하다 말고 훅닥하면 금점으로들 내빼지 않는가. 일꾼이 없어서 올엔 농사도 질 수 없느니 마느니 하고 동리에서는 떠들썩하다. 그리고 번동 포농이조차 호미를 내던지고 강변으로 개울로 사금을 캐러 달아난다. 그러다 며칠 뒤엔 다비신에다 옥당목을 떨치고 희자를 뽑는 것이 아닌가.

아내는 콩밭에서 금이 날 줄은 아주 꿈 밖이었다. 놀라고도 또 기뻤다. 올해는 노냥 침만 삼키던 그놈 코다리(명태)를 짜장 먹어 보겠구나만 하여도 속이 미어질 듯이 짜릿하였다. 뒷집 양근 댁은 금점 덕택에 남편이 사다 준 고무신을 신고 나릿나릿 걷는 것이 무척 부러웠다. 저도 얼른 금이나 펑펑 쏟아지면 흰 고무신도 신고 얼굴에 분도 바르고 하리라.

"그렇게 해 보지 뭐. 저 양반 하잔 대로 하면 어련히 잘 될라구."

얼떨하여 앉았는 남편을 이렇게 추겼던 것이다.

동이 트기 무섭게 콩밭으로 모였다.

수재는 진언이나 하는 듯이 이리 대고 중얼거리고 저리 대고 중얼거리고 하였다. 그리고 덤벙거리며 이리 왔다가 저리 왔다가 하였다. 제딴은 땅 속에 누운 줄맥을 어림하여 보는 맥이었다.

한참을 밭을 헤매다가 산 쪽으로 붙은 한구석에 딱 서며 손가락을 펴들고 설명한다. 큰 줄이란 본시 산운, 산을 끼고 도는 법이다. 이 줄이 노다지임에는 필시 이켠으로 비듬히 누웠으리라. 그러니 여기서부터 파들어 가자는 것이었다.

영식이는 그 말이 무슨 소린지 새기지는 못했다마는, 금점에는 난다는 수재이니 그 말대로 하기만 하면 영락없이 금퇴야 나겠지 하고 그것만 꼭 믿었다. 군말없이 지시해 받은 곳에다 삽을 푹 꽂고 파헤치기 시작하였다.

금도 금이며 애써 키워 온 콩도 콩이었다. 거진 다 자란 허울 멀쑥한 놈들이 삽 끝에 으스러지고 흙에 묻히고 하는 것이다. 그걸 보는 것은 썩 속이 아팠다. 애틋한 생각이 물밀 때 가끔 삽을 놓고 허리를 구부려서 콩잎의 흙을 털어 주기도 하였다.

"아 이 사람아, 맥쩍게 그건 봐 뭘해, 금을 캐자니깐."

"아니야, 허리가 좀 아퍼서."

핀잔을 얻어먹고는 좀 열쩍었다. 하기는 금만 잘 터져 나오면 이까진 콩밭쯤이야. 이 밭을 풀어 논도 만들 수 있을 것이다. 눈을 감아 버리고 삽의 흙을 아무렇게나 콩잎 위로 휙휙 내어 던진다.

"국으로 땅이나 파먹지 이게 무슨 지랄들이야!"

동리 노인은 뻔찔 찾아와서 귀 거친 소리를 하고 하였다.

밭에 구멍을 셋이나 뚫었다. 그리고 대고 뚫는 길이었다. 금인가 난장을 맞을 건가 그것 때문에 농군은 버렸다.

이게 필연코 세상이 망하려는 징조이리라. 그 소중한 밭에다 구멍을 뚫고 이 지랄이니 그놈이 온전할 겐가.

노인은 제물화에 지팡이를 들어 삿대질을 아니할 수 없었다.

"벼락맞느니 벼락맞어!"

"염려 말아유, 누가 알래지유."

영식이는 그럴 적마다 데퉁스레 쏘았다. 골김에 흙을 되는 대로 내꼰지고는 침을 탁 뱉고 구뎅이로 들어간다. 그러나 마음 한구석에는 언제나 끈하였다. 줄을 찾는다고 콩밭을 통히 뒤집어 놓았다. 그리고 줄이 언제나 나올지 아직 까맣다. 논도 못 매고 물도 못 보고 벼가 어이 되었는지 그것조차 모른다. 밤에는 잠이 안 와 멀뚱허니 애를 태웠다.

수재는 낙담하는 기색도 없이 늘 하냥이었다. 땅에 웅숭그리고 시적시적 노량으로 땅만 판다.

"줄이 꼭 나오겠나?"

하고 목이 말라서 물으면,

"이번에 안 나오거든 내 목을 비게."

서슴지 않고 장담을 하고는 꿋꿋하였다.

이걸 보면 영식이도 마음이 좀 뇌는 듯싶었다. 전들 금이 없다면 무슨 멋으로 이 고생을 하랴. 반드시 금은 나올 것이다. 그제는 이왕 손해는 하릴없거니와 그만두리라는 절망이 스스로 사라지고 주먹이 쥐어지는 것이었다.

캄캄하게 밤은 어두웠다. 어디선가 뭇개가 요란히 짖어 댄다.

남편은 진흙투성이를 하고 내려왔다. 풀이 죽어서 몸을 잘 가꾸지도 못하고 아랫목에 축 늘어진다.

이 꼴을 보니 아내는 맥이 다시 풀린다. 오늘도 또 글렀구나. 금이 터지면 은 집을 한 채 사 간다고 자랑을 하고 왔더니 이내 헛일이었다. 인제 좌기가 나서 낯을 들고 나아갈 염의조차 없어졌다.

남편에게 저녁을 갖다 주고 딱하게 바라본다.

"인젠 꿔 온 양식도 다 먹었는데……."

"새벽에 산제를 좀 지낼 텐데 한 번만 더 꿔 와."

남의 말에는 대답 없고 유하게 흘게 늦은 소리뿐, 그리고 드러누운 채 눈을 지그시 감아 버린다.

"죽거리두 없는데 산제는 무슨……."

"듣기 싫어, 요망맞은 년 같으니."

이 호통에 아내는 그만 멈씰하였다. 요즘 와서는 무턱대고 공연스레 골만 내는 남편이 역 딱하였다. 환장을 하는지 밤잠도 아니 자고 소리만 빽빽 지르 며 덤벼들려고 든다. 심지어 어린것이 좀 울어도 이 자식 갖다 내꾼지라고 북 새를 피우는 것이다.

저녁을 아니 먹으므로 그냥 치워 버렸다. 남편의 영을 거역하기 어려워 양 근댁한테로 또다시 안 갈 수 없다. 그간 양식은 줄곧 꾸어다 먹고 갚지도 못하였는데 또 무슨 면목으로 입을 벌릴지 난처한 노릇이었다.

그는 생각다 끝에 있는 염치를 보째 쏟아 던지고 다시 한 번 찾아가는 것이다마는, 딱 맞닥뜨리어 입을 열고,

"낼 산제를 지낸다는데 쌀이 있어야지유."

하자니 역 낯이 화끈하고 모닥불이 날아든다.

그러나 그들은 어지간히 착한 사람이었다.

"암 그렇지요. 산신이 벗나면 죽도 그릅니다."

하고 말을 받으며 그 남편은 빙그레 웃는다. 워낙이 금점에 장구 닳아난 몸인만치 이런 일에도 적잖이 속이 틱었다. 손수 쌀 닷 되를 떠다 주며,

"산제란 안 지냄 몰라두 이왕 지낼려면 아주 정성껏 해야 됩니다. 산신이란 노하길 잘하니까유."

하고 그 비방까지 깨쳐 보낸다.

쌀을 받아들고 나오며 영식이 처는 고마움보다 먼저 미안에 질리어 얼굴이 다시 빨갰다. 그리고 그들 부부 살아가는 살림이 참으로 몹시 부러웠다. 양근댁 남편은 날마다 금점으로 감돌며 버럭더미를 뒤지고 토록을 주워 온다. 그걸 온종일 장판돌에다 갈면 수가 좋으면 이삼 원, 옭아도 칠팔십 전 꿀은 매일 셈이 되는 것이었다. 그러면 쌀을 산다, 피륙을 끊는다, 떡을 한다, 장리를 놓는다……. 그런데 우리는 왜 늘 요꼴인지 생각만 하여도 가슴이 메이는 듯 맥맥한 한숨이 연발을 하는 것이었다.

아내는 집에 돌아와 떡쌀을 담그었다. 낼은 뭘로 죽을 쑤어먹는지. 윗목에 웅크리고 앉아서 맞은쪽에 자빠져 있는 남편을 곁눈으로 살짝 할퀴어 본

다. 남들은 돌아다니며 잘두 금을 주워 오련만 저 망나니 제 밭 하나를 다 버려도 금 한 톨 못 주워 오나. 에, 에, 변변치도 못한 사나이.

저도 모르게 얕은 한숨이 거푸 두 번을 터진다.

밤이 이슥하여 그들 양주는 떡을 하러 나왔다. 남편은 절구에 쿵쿵 빻았다. 그러나 체가 없다. 동리로 돌아다니며 빌려 오느라고 아내는 다리에 불풍이 났다.

"왜 이리 앉었수, 불 좀 지피지."

떡을 찧다가 얼이 빠져서 멍하니 앉았는 남편이 밉살스럽다. 남은 이래저래 애를 죄는데 저건 무슨 생각을 하고 저리 있는 건지, 낫으로 삭정이를 탁탁 쪼겨서 던져 주며 아내는 은근히 혹닥이었다.

닭이 두 홰를 치고 나서야 떡은 되었다.

아내는 시루를 이고 남편은 겨드랑에 자리때기를 꼈다. 그리고 캄캄한 산길을 올라간다.

비탈길을 얼마 올라가서야 콩밭은 놓였다. 전면이 우뚝한 검은 산에 둘리어 막힌 곳이었다. 가생이로 느티 대추나무들은 머리를 풀었다. 밭머리 조금 못 미처 남편은 걸음을 멈추자 뒤의 아내를 돌아본다.

"인 내, 그리구 여기 가만히 섰어."

시루를 받아 한 팔로 껴안고 그는 혼자서 콩밭으로 올라섰다. 앞에 쌓인 것이 모두가 흙더미, 그 흙더미를 마악 돌아서려 할 제 아마 돌을 찼나 보다. 몸이 쓰러지려고 우찔끈하니 아내가 기겁을 하여 뛰어오르며 그를 부축하였다.

"부정타라구 왜 올라와, 요망맞은 년."

남편은 몸을 고르잡자 소리를 뻑 지르며 아내 얼빰을 붙인다. 가뜩이나 죽으라 죽으라 하는데 불길하게도 계집년이. 그는 마뜩지 않게 두덜거리며 밭으로 들어간다.

밭 한가운데다 자리를 펴고 그 위에 시루를 놓았다. 그리고 시루 앞에다 공손하고 정성스레 재배를 커다랗게 한다.

"우리를 살펴 줍시사, 산신께서 거들어 주지 않으면 저희는 죽을 수밖에 꼼짝 없습니다유."

그는 손을 모으고 이렇게 축원하였다.

아내는 이 꼴을 바라보며 독이 뾰록같이 올랐다. 금점을 합네 하고 금 한 톨 못 캐는 것이 버릇만 점점 글러 간다. 그전에는 없더니 요새로 건뜻하면 탕탕 때리는 못된 버릇이 생긴 것이다. 금을 캐랬지 뺨을 치랬나. 제발 덕분에 그놈의 금 좀 나오지 말았으면. 그는 뺨 맞은 앙심으로 맘껏 방자하였다.

하긴 아내의 말 그대로 되었다. 열흘이 썩 넘어도 산신은 깜깜 무소식이었다. 남편은 밤낮으로 눈을 까뒤집고 구덩이에 묻혀 있었다. 어쩌다 집엘 내려오는 때이면 얼굴이 헐떡하고 어깨가 축 늘어지고 거반 병객이었다. 그리고서 잠자코 커단 몸집을 방고래에다 쿵 하고 내던지고 하는 것이다.

"제에미붙을, 죽어나 버렸으면."

혹은 이렇게 탄식하기도 하였다.

아내는 바가지에 점심을 이고서 집을 나섰다. 젖먹이는 등을 두드리며 좋다고 끽끽거린다.

이젠 흰 고무신이고 코다리고 생각조차 물렸다. 그리고 금 하는 소리만 들어도 입에 신물이 날 만큼 되었다. 그건 고사하고 꿔다 먹은 양식에 졸리지나 말았으면 그만도 좋으련만.

가을은 논으로 밭으로 누렇게 내리었다. 농군들은 기꺼운 낯을 하고 서로 만나면 흥겨운 농담. 그러나 남편은 앰한 밭만 망치고 논조차 건살 못 하였으니 이 가을에는 뭘 거둬들이고 뭘 즐겨할는지, 그는 동리 사람의 이목이 부끄러워 산길로 돌았다.

솔숲을 나서서 멀리 밖에를 바라보니 둘이 다 나와 있다. 오늘도 또 싸운 모양. 하나는 이쪽 흙더미에 앉았고 하나는 저쪽에 앉아 서로들 외면하여 담배만 뻑뻑 피운다.

"점심들 잡숫게유."

남편 앞에 바가지를 내려놓으며 가만히 맥을 보았다.

남편은 적삼이 찢어지고 얼굴에 상채기를 내었다. 그리고 두 팔을 걷고 먼 산을 향하여 묵묵히 앉았다.

수재는 흙에 박혔다 나왔는지 얼굴은커녕 귓속들이 흙투성이다. 코밑에는 피딱지가 말라붙었고 아직도 조금씩 피가 흘러내린다. 영식이 처를 보더니 열쩍은 모양, 고개를 돌리어 모로 떨어치며 입맛만 쩍쩍 다신다.

금을 캐라니까 밤낮 피만 내다 말라는가. 빚에 졸리어 남은 속을 볶는 데 무슨 호강에 이 지랄들인구. 아내는 못마땅하여 눈가에 살을 모았다.

"산제 지낸다구 꿔 온 것은 은제나 갚는다지유?"

뚱하고 있는 남편을 향하여 말끝을 꼬부린다. 그러나 남편은 눈썹 하나 까

딱하지 않는다. 이번에는 어조를 좀 돋우며,

"갚지도 못할 걸 왜 꿔 오라 했지유?"

하고 얼추 호령이었다. 이 말은 남편의 채 가라앉지도 못한 분통을 다시 건드린다. 그는 벌떡 일어서며 황밤주먹을 쥐어 낭창할 만치 아내의 골통을 후렸다.

"계집년이 방정맞게."

다른 것은 모르나 주먹에는 아찔이었다. 멋없이 덤비다간 골통이 부서진다. 암상을 참고 바르르 하다가 이윽고 아내는 등에 업은 언내를 끌러 들었다. 남편에게로 그대로 밀어던지니 아이는 까르륵 하고 숨 모는 소리를 친다. 그리고 아내는 돌아서 혼잣말로,

"콩밭에서 금을 딴다는 숙맥도 있담."

하고 빗대놓고 비양거린다.

"이년아, 뭐!"

남편은 대뜸 달려들며 그 볼치에다 다시 올찬 황밤을 주었다. 적이나 하면 계집이니 위로도 하여 주련만 요건 폭폭 질러 놓으려나. 예이, 빌어먹을 거 이 판사판이다.

"너허구 안 산다, 오늘루 가거라."

아내를 와락 떠다밀어 밭둑에 젖혀놓고 그 허구리를 발길로 퍽 질렀다.

아내는 입을 헉 하고 벌린다.

"네가 허라구 옆구리를 쿡쿡 찌를 제는 언제냐, 요 집안 망할 년."

그리고 다시 퍽 질렀다. 연하여 또 퍽.

이 꼴들을 보니 수재는 조바심이 일었다. 저러다가 그 분풀이가 다시 제게 로 슬그머니 옮아 올 것을 지레 채었다. 인제 걸리면 죽는다. 그는 비슬비슬하 다 어느 틈엔가 구뎅이 속으로 시나브로 없어져 버린다.

볕은 다스로운 가을 향취를 풍긴다. 주인을 잃고 콩은 무거운 열매를 둥글 둥글 흙에 굴린다. 맞은쪽 산 밑에서 벼들을 베며 기뻐하는 농군의 노래.

"터졌네, 터져."

수재는 눈이 휘둥그렇게 굿문을 뛰어나오며 소리를 친다. 손에는 흙 한 줌 이 잔뜩 쥐었다.

"뭐?"

하다가,

"금줄 잡았어, 금줄."

"응!"

하고 외마디를 뒤남기자 영식이는 수재 앞으로 살같이 달려들었다. 허겁지겁 그 흙을 받아들고 샅샅이 헤쳐 보니 딴은 재래에 보지 못하던 불그죽죽한 황 토이었다. 그는 눈에 눈물이 핑 돌며,

"이게 원줄인가?"

"그럼 이것이 곱색줄이라네. 한 포에 댓 돈씩은 넉넉 잡히네."

영식이는 기쁨보다 먼저 기가 탁 막혔다. 웃어야 옳을지 울어야 옳을지. 다 만 입을 반쯤 벌린 채 수재의 얼굴만 멍하니 바라본다.

"이리 와 봐. 이게 금이래."

이윽고 남편은 아내를 부른다. 그리고 내 뭐랬어, 그렇게 해 보라고 그랬

지, 하고 설면설면 덤벼오는 아내가 한결 어여뻤다. 그는 엄지손가락으로 아내의 눈물을 지워 주고 그리고 나서 껑충거리며 구뎅이로 들어간다.

"그 흙 속에 금이 있지요?"

영식이 처가 너무 기뻐서 코다리에 고래등같은 집까지 연상할 제, 수재는 시원스러이,

"네, 한 포대에 오십 원씩 나와유."

하고 대답하고 오늘 밤에는 꼭, 정녕코 꼭 달아나리라 생각하였다.

거짓말이란 오래 못 간다. 뽕이 나서 뼈다귀도 못 추리기 전에 훨훨 벗어나는 게 상책이겠다.

가난한 소작인 영식은 금을 찾아다니는 친구 수재의 감언이설을 그대로 믿고 그와 함께 한창 콩이 잘 자라는 밭을 파기 시작한다. 영식은 처음에는 콩밭에 금줄이 있을 거라는 수재의 말을 믿지 않았지만, 가난을 면해 보고자 하는 생각과 아내의 부추김으로 콩밭을 뒤엎는다. 영식이 애써 가꾼 콩밭을 망치며 땅을 파는 모습에, 동네 노인은 벼락맞을 짓이라고 나무라고 그에게 땅을 빌려준 지주와 마름도 노발대발한다.

하지만 악에 받친 영식은 오히려 이웃에서 쌀을 빌려다가 떡을 해서 산제까지 지낸다. 이때까지만 해도 영식과 그의 아내는 금이 나오면 집도 새로 짓고, 좀 사는 것같이 살아보자는 꿈을 포기하지 못한다. 그러나 가을이 되어도 금은 나오지 않고 빌린 양식마저 갚을 수 없게 된다. 죽을 지경에 몰린 영식은 불안해하는 아내를 때리고 욕하며 난폭하게 굴고, 수재와도 계속 다투게 된다.

마침내 금이 나올 수 없다는 사실을 깨달은 수재는 영식을 속인 것이 불안해진다. 그는 콩밭에서 파낸 불그죽죽한 황토 한 줌을 움켜쥐고서 영식 부부에게 이게 바로 한 포대에 오십 원씩 하는 금줄이라고 거짓말을 하고는 오늘 밤으로 꼭 달아나야겠다고 결심한다.

이 작품은 금점에 이골이 난 친구의 꾀임으로 무지하고 가난한 농사꾼이 콩밭에서 금줄을 찾으려다가 한 해 농사를 망친다는 이야기로 당시의 심각한 현실 문제가 해학적으로 잘 드러난 작품이죠.

해학 諧謔, humor 인간에 대해 선의를 가지고, 약점·실수·부족을 같이 즐겁게 시인하는 공감적 태도. 모순과 부조리에 가득 찬 현실을 날카롭게 꿰뚫어 보면서도, 그 사실을 겉으로 노골화하는 대신, 사람에 대한 자비심을 바탕에 깔고서 유쾌한 방식으로 표현해 내는 방식.

이 소설이 씌어졌던 1930년대는 우리나라가 일제 강점기 아래 있었고, 우리 국민들은 악랄한 일제의 식민 정치로 혹독한 가난에 시달려야 했습니다. 그 중에서도 특히 농촌의 가난 문제는 매우 심각했는데, 대다수의 농민들이 농사지을 땅을 잃었을 뿐만 아니라, 집도 가족도 모두 잃고 떠돌아다니는 신세가 되었습니다. 아무리 열심히 일해도 가난에 허덕이는 생활을 면치 못하던 때였죠. 바로 이런 암울한 모습들이 당시의 농촌 현실이었습니다.

이 소설 역시 당시의 비참한 농촌 현실을 잘 반영하고 있습니다. 성실하게 살아가던 한 인간이 어리석게 유혹에 빠지는 과정을 통해, 당시 농촌 사회의 열악한 모습이 드러나고 있어요. 따라서 이 소설의 내용은 매우 심각하고 무겁지만, 김유정은 특유의 해학성으로 이 문제를 다루고 있습니다. 금을 찾겠다고 콩밭을 갈아엎은 '영식'의 바보 같은 행동을 보면서 우리는 웃음을 터뜨리게 되지만, 마음속 깊숙한 곳에서는 고통을 느낍니다. 김유정은 일제 치하 농촌의 암담한 현실을 이런 기교를 통해서 더욱 효과적으로 전달하고 있답니다.

영식은 오로지 땅밖에 모르는 순박한 농민이었습니다. 따라서 '금'에 대해서는 전혀 관심도 없고 일확천금으로 요행을 바란 적은 더더욱 없었지요. 그런데 어쩌다가 그런 인물이 멀쩡한 콩밭을 갈아엎고 거기서 금을 캐내겠다고 악을 쓰고 있는 걸까요? 영식이 이렇게 변한 데에는 가슴 아픈 사연이 있습니다.

영식이 친구 수재의 꾀임에 마음이 흔들렸던 이유는 자신의 생활이 너무나 비참하고 궁지에 몰려 있었기 때문입니다. 성실하게 농사를 짓고 사는데도 정작 그에게 돌아오는 것은 빚과 세끼 밥도 제대로 못 먹는 가난뿐이었지요. 이런 최악의 상황인지라, 그는 허황한 일에 매달려 망한다 하더라도 현실적으로 더 이상 나빠질 것이 없다고 생각하게 된 거죠. 그의 마음을 바꾸게 한 이러한 현실은 1930년대 농촌의 궁핍한 생활상의 한 단면입니다.

그가 어리석게도 멀쩡한 밭에서 금을 캐겠다고 나선다 해서 우리가 무조건 비난할 수 없는 이유도 바로 여기에 있습니다. 이런 점에서, 그의 행동은 단지 크게 한탕해서 잘 살아보자는 요즘 우리 사회에 만연해 있는 일확천금주의와는 다릅니다. 살기 위한 처절한 몸부림이라고나 할까요? 아무리 열심히 일해도 가난을 벗어던질 수 없는 처지라면, 그 절망감과 고통이 어느 정도일까요? 여기에 영식의 아내가 그를 결정적으로 부추기고 나섭니다. 뒷집 양근댁이 금점에 손을 댄 남편 덕택에 흰 고무신을 신고 다니는 것을 보면, 자기네에게도 그리 허황한 꿈은 아니라는 속 빠른 계산이 든 것이죠.

한편, 농사밖에 모르던 착하고 성실한 영식의 마음에 허황한 바람을 불어넣은 장본인인 수재는 농사는 안 짓고, 한탕을 노리며 금점으로만 돌아다니던 인물입니다. 영식과는 아주 대조적인 인물이죠. 헛된 꿈을 좇으며 살아가는 그가 열심히 살고 있는 영식을 꾀어내는 데 성공하지만, 나오라는 금은 나오지 않고 영식 부부의 싸움이 갈수록 격해지자 슬그머니 줄행랑을 치려는 파렴치한 인물이지요. 자기 때문에 힘들게나마 열심히 살아왔던 영식 부부의 생활이 엉망이 되어 버린 것을 보면서도, 아무런 죄책감이나 책임감을 느끼지 않은 채 달아날 궁리부터 하는 이기적인 인물인 것이죠.

성실한 농군으로서의 삶을 포기하고 금쟁이로 들어선 영식의 행위는 그 시대를 살아가는 농민들의 한 전형적인 모습을 보여줍니다. 열심히 일하는데도 늘 빚에 시달려야 하는 농민들에게 금쟁이로의 전업은 분명 매력적인 것으로 보일 게 분명합니다. 잘만 하면 평생 동안 죽을 고생을 하고도 벗어나지 못할 가난의 굴레를 하루아침에 벗어버리고 떵떵거리며 살 수도 있다는 건 정말 달콤한 유혹 아니겠어요? 그들의 생활이 어려울수록 이런 요행이 마음을 사로잡는 것은 순식간이죠.

그러나 막상 금쟁이로 나섰으면서도 그는 애지중지하던 농작물들이 깔려 죽는 것을 보며 갈등을 느끼는데, 그의 본 모습은 어디까지나 땀 흘리며 농사짓고, 농사가 잘되면 행복해 하는 순박한 농민이었던 거지요. 하지만 금은 나오지도 않고, 금 때문에 애꿎게 다 죽여 버린 작물들을 보는 영식의 마음은 더욱 아파집니다. 이는 영식이란 인물이 얼마나 착한 농민이었는지를 다시 한 번 떠올리게 해주죠.

그리고 그렇게 착하고 순박하던 인물을, 친구도 죽이고 자기도 죽고 싶어할 정도로 살기를 띤 인물로 변하게 한 황폐한 현실을 깊이 생각해 보게 합니다. 그는 자신의 허황한 기대가 무너지고 이제 곧 농사도 떨려날 최악의 상황에 이르게 되자, 이성을 잃고 난폭한 사람으로 변해 갑니다. 믿음직한 가장이며 남편이었던 그가 아내를 마구 때리기 시작한 거죠. 이런 남편을 대하는 아내 역시 그를 예전처럼 존경하지 않게 됩니다. 아내는 뒷집 양근댁 남편처럼 능력 있게 금을 캐오지도 못하면서 갈수록 난폭해지는 남편을 미워하고 경멸합니다.

이처럼 금 캐는 일이 시작되면서 영식 부부의 생활은 금이 가기 시작합니다. 그러는 가운데 영식은 옆집에서 쌀을 꾸어다가 산신에게 제사를 지냅니다. 그가 산신에게 간절하게 축원하는 다음의 말은 그가 처한 절박한 상황을 극적으로 보여주는 대목입니다.

"우리를 살펴 줍시사, 산신께서 거들어 주지 않으면 저희는 죽을 수밖에 꼼짝 없습니다유."

그런데 산제를 드리기 바로 전에 남편에게 뺨을 맞은 그의 아내는 남편에게 독이 올라 오히려 반대로 비는 우스꽝스러운 장면이 벌어집니다. 그녀 역시 금이 나오기를 누구보다도 간절히 바라지만, 전에 없이 함부로 손찌검을 해대는 남편이 미워서였지요. 그 뒤 동네에선 풍년이 들어 온통 흥겨워 하는데, 자기네 밭에선 산제를 지내고 나도 금 소식이 들려오지 않자, 그녀는 마침내 "콩밭에서 금을 딴다는 숙맥도 있담"하고 내놓고 남편에게 비아냥거립니다.

금이 나오기를 바라는 욕심을 잔뜩 가지고 있으면서도 남편을 미워하는 이런 모습들이 익살스럽게 그려지고 있지요. 이제까지 콩밭에서 금을 캐려고 악을 써댔던 영식의 행동들이 모두 어리석은 바보짓이었음이 그것을 충동질한 아내를 통해 명백하게 드러나고 있어서, 그 상황은 더욱 희극적이 됩니다. 아내의 이런 행동에 심한 배신감과 분노를 느낀 영식은 또다시 아내를 때리고, 갈수록 상황은 험악해져 갑니다.

이런 상황에서 수재는 약삭빠르게 도망갈 궁리를 합니다. 이처럼 수재라는 인물은 따지고 보면 영식 집안을 풍비박산 나게 한 못된 인물인데도 악하게 그려져 있지 않아요. 오히려 못된 짓을 해놓고 약삭빠르게 피하려는 그의 모습이 해학적으로 그려져서 웃음을 자아냅니다. 이런 식으로 작가는 작중 인물들과 그들이 벌이는 사건들을 우스꽝스럽게 그려내고 있지요.

그러나 우리가 이 이야기를 통해 터뜨리는 웃음이 단순히 밝고 가벼운 웃음일까요? 우리는 작중 인물들의 익살스러운 행동들에 깔깔거리고 웃으면서도, 그 당시의 농촌 현실 문제를 더욱 진지하게 생각해 보게 됩니다. 작가는 어둡고 무거운 내용을 전혀 무겁지 않고 익살스럽게, 그러면서도 더욱 인상깊게 우리에게 전하고 있습니다. 이것이 바로 이 작가만이 지니는 독특한 개성이고, 이 작가의 문학을 높이 평가할 수 있는 부분이지요.

결론적으로, 이 작품은 무모하게 부를 얻으려는 주인공의 어리석은 탐욕과 허황한 망상을 희극적으로 그려내고 있어요. 이는 지독한 가난에서 벗어나기 위해 일확천금을 얻고자 하는 삶이 유행하던 1930년대 농촌의 비참한 현실을 잘 반영하고 있지요. 그래서 금쟁이로 바뀐 영식을 비난하기보다는 먼저 그가 그렇게 할 수밖에 없도록 만든 가난의 문제를 좀더 깊게 생각해 볼 필요가 있겠지요.

1 수재가 마지막에 흙에서 금이 나온다고 하면서 도망가려고 하는 까닭은 무엇인가요?

2 영식 부부가 콩밭을 파 엎게 된 이유는 무엇 때문일까요?

3 금을 캐려고 파고 있는 콩밭이 영식에겐 왜 무덤같이 느껴질까요?

4 영식이 아내를 때리게 된 이유는 어디에 있을까요?

5 영식이 본래는 마음 착한 농사꾼이라는 게 어떤 모습에서 보여지나요?

구성

발단	음침한 무덤 같은 구덩이 속.
전개	수재에 대한 미움, 마름에게 포악을 당하고 수재와 싸우는 영식, 수재의 꾀임과 아내의 부추김으로 온통 구멍이 뚫린 콩밭을 보고 고민한다.
위기	산제 후에 절망에 빠진 영식.
절정	아내에게 발길질하는 영식에게 '금줄 잡았다'고 외치는 수재.
결말	오늘 밤 달아나리라고 마음먹는 수재.

핵심 정리

갈래	단편소설, 농촌소설
배경	1930년대의 강원도 산골.
주제	절망적 현실에서 허황한 꿈과 욕망을 추구하는 인간의 어리석음. 욕망에 이끌리는 인간의 탐욕적인 삶.
시점	전지적 작가 시점
구성	역행적 구성
문체	우유체

작중인물의 성격

영식	본래 금광에는 이력도 흥미도 없는, 성실하고 우직한 농사꾼. 그러나 친구 수재의 꾀임에 빠져 금을 찾으려 하다가 콩밭만 망치는 안타까운 인물.
영식 처	섣부르게 농사만 짓다가는 비렁뱅이가 될 수밖에 없다고 단정하고, 남편을 부추겨 대책 없이 일을 저지르게 만드는 무모한 인물.
수재	일확천금의 횡재를 노려, 금줄을 찾아 헤매면서 남을 충동질하는 허황된 사내.

빈처

'아아, 나에게 위안을 주고 원조를 주는 천사여!'

아직 아무도 인정해 주지 않는 무명작가인 나를

다만 저 하나가 깊이깊이 인정해 준다. 그러기에

그 강한 물질에 대한 본능적 요구도 참아 가며 오

늘날까지 몹시 눈살을 찌푸리지 아니하고 나를 도

와 준 것이다.

현진건 玄鎭健

빙허憑虛 현진건은 1900년 대구 우체국장의 넷째아들로 태어났습니다. 1920년 「희생화」로 등단한 뒤 「빈처貧妻」(1921) · 「술 권하는 사회」(1921) 등 주로 작가의 체험을 바탕으로, 1인칭 화자의 시점을 취한 소설을 발표합니다. 하지만 1924에 발표한 「운수 좋은 날」에서부터 이전과는 달리 전형적인 사실주의 경향을 보이기 시작합니다. 이러한 변모 양상은 「B 사감과 러브레터」(1924) · 「사립 정신병원장」(1926) · 「해 뜨는 지평선」(1927) 등으로 계속 이어져서, 우리 문학사에서 염상섭과 더불어 한국 사실주의 문학을 개척했다는 평가를 받게 됩니다.

1936년 베를린 올림픽 마라톤 경기에서 우승한 손기정의 사진에서 일장기를 지워 없앤 사건으로 일본 경찰에 구속되어 옥고를 치르기도 했답니다.

1939년 《동아일보》에 장편 『흑치상지』의 연재를 시작했지만 내용이 불온하다는 이유로 중단되고, 이후 장편 『적도』(1939) · 『무영탑』(1940) 등을 발표합니다. 생계를 위해 양계업을 시작했으나 실패하고, 1943년 마흔세 살의 나이로 서울에서 병사하고 맙니다.

한국 사실주의 문학을 개척했다는 평가를 받는 현진건의 젊은 시절 모습 (1900~1943)

현진건은 염상섭이나 최서해만큼 식민지 사회의 기본적인 구조를 명확하게 이해하고 그것을 표현하지는 못했지만, 그것을 자신의 한계 내에서 알아내려고 애쓴 작가입니다. 그는 가정 내부에서 일어나는 사건들을 소설의 소재로 다루었는데요, 그가 보기에 가정과 사회는 모순과 부조리로 가득 찬 곳이지만, 그 원인을 알 수 없어 술을 권할 수밖에 없는 울분의 세계였던 거지요.

현진건의 대표작들인 「빈처」·「술 권하는 사회」·「운수 좋은 날」·「불」 등에 등장하는 인물들은 자신이 겪고 있는 모순과 부조리의 근원에 대해 분명하게 알지 못한 채, 쉽게 사태를 재단해 거기에 저항하거나 단념해 버리고 맙니다.

그런 의미에서 현진건의 세계 인식은 매우 피상적이었다고 말할 수 있겠지요. 사회의 모순이 개인에게 영향을 미친다는 것은 알았지만, 그것의 진정한 의미는 알지 못했기 때문에, 그런 세계 인식의 피상성을 감추기 위해 과장된 디테일이라는 소설적 트릭을 자주 사용한 것이 아닌가 생각됩니다.

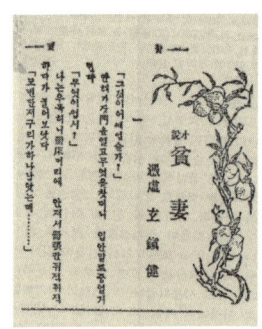

1921년 《개벽》 1월호에 실린 「빈처」의 첫 부분

「빈처」에는 '나', '아내', '은행원 T', '처형' 이렇게 네 인물이 등장합니다. 주인공 '나'는 소설가로 입신양명과 물질주의라는 속물적 가치를 거부한 탓에 가난 속에서 살아가고 있습니다. 또 다른 지식인 '은행원 T'는 물질 추구적 세계관을 지닌 인물로 '나'와는 대척점에 놓여 있는 인물이고요. 남편의 사고 방식을 인정하며 믿고 따르는 '아내'의 반대편에는 부유하기는 하지만 생의 의미를 찾지 못해 늘 불만스러워하는 '처형'이 위치하고 있습니다.

그들은 사고 방식뿐만 아니라, 외형적인 측면에서도 거의 완벽하게 대비되고 있습니다. 이와 같은 인간형의 대립과 상황의 대비 속에 '나'는 고뇌하며 그 고뇌의 흐름에 따라 '아내'의 태도도 점차 변해 갑니다.

그러나 「빈처」는 물질적 가치보다 정신적 가치를 추구하는 것이 더 우월한 것임을 암시하며 끝맺고 있지요.

'나'는 정신적 가치를 추구하는 과정에서 현실적 욕망에 의해 어느 정도 동요되고 있었고 '아내'도 마찬가지였지만, 그럼에도 불구하고 '나'와 '아내'는 원상을 되찾아 감으로써 정신적 행복의 가치를 인식하고자 한다는 것이죠.

1

"그것이 어째 없을까?"

아내가 장문을 열고 무엇을 찾더니 입속말로 중얼거린다.

"무엇이 없어?"

나는 우두커니 책상머리에 앉아서 책장만 뒤적뒤적하다가 물어 보았다.

"모본단 저고리가 하나 남았는데……."

"……."

나는 그만 묵묵하였다. 아내가 그것을 찾아 무엇을 하려는 것을 앎이라. 오늘밤에 옆집 할멈을 시켜 잡히려 하는 것이다.

이 2년 동안에 돈 한푼 나는 데 없고 그대로 주리면 시장할 줄 알아 기구와

의복을 전당국창고典當局倉庫에 들이밀거나 고물상 한구석에 세워 두고 돈을 얻어 오는 수밖에 없었다. 지금 아내가 하나 남은 모본단 저고리를 찾는 것도 아침거리를 장만하려 함이라.

나는 입맛을 쩍쩍 다시고 폈던 책을 덮으며 후우 한숨을 내쉬었다.

봄은 벌써 반이나 지났건마는 이슬을 실은 밤기운이 방구석으로부터 슬금슬금 기어나와 사람에게 안기고, 비가 오는 까닭인지 밤은 아직 깊지 않건만 인적조차 끊어지고 온 천지가 빈 듯이 고요한데 투닥투닥 떨어지는 빗소리가 한없이 구슬픈 생각을 자아낸다.

"빌어먹을 것 되는 대로 되어라."

나는 점점 견딜 수 없어 두 손으로 흐트러진 머리카락을 쓰다듬어 올리며 중얼거려 보았다. 이 말이 더욱 처량한 생각을 일으킨다. 나는 또 한 번,

"후……."

한숨을 내쉬며 왼팔을 베고 책상에 쓰러지며 눈을 감았다.

이 순간에 오늘 지낸 일이 불현듯 생각이 난다.

늦게야 점심을 마치고 내가 막 궐련卷煙 ^{담배. 담배를 말아서 한 개비를 만드는 데서 유래한 말임.} 한 개를 피워 물 적에 한성은행漢城銀行 다니는 T가 공일이라 놀러 왔었다.

친척은 다 멀지 않게 살아도 가난한 꼴을 보이기도 싫고 찾아갈 적마다 무엇을 뀌어 내라고 조르지도 아니하였건만 행여나 무슨 구차한 소리를 할까 봐서 미리 방패막이를 하고 눈살을 찌푸리는 듯하여 나는 발을 끊고 따라서 찾아오는 이도 없었다. 다만 이 T는 촌수가 가까운 까닭인지 자주 우리를 방문하였다.

그는 성실하고 공순하며 소소한 소사小事에 슬퍼하고 기뻐하는 인물이었다. 동년배同年輩인 우리들은 늘 친척간에 비교 거리가 되었었다.

그리고 나의 평판이 항상 좋지 못했다.

"T는 돈을 알고 위인이 진실해서 그애는 돈푼이나 모을 것이야! 그러나 K(내 이름)는 아무짝에도 못 쓸 놈이야. 그 잘난 언문諺文 섞어서 무어라고 끄적거려 놓고 제 주제에 무슨 조선에 무슨 유명한 문학가가 된다니! 시러베 아들놈!"

이것이 그네들의 평판이었다. 내가 문학인지 무엇인지 하는 소리가 까닭없이 그네들의 비위에 틀린 것이다. 더군다나 나는 그네들의 생일이나 혹은 대사大事 때에 돈 한푼 이렇다는 일이 없고 T는 소위 착실히 돈벌이를 해 가지고 국수 밥소라^{밥이나 떡, 국수 같은 것을 담는 큰 놋그릇.}나 보조를 하는 까닭이다.

"얼마 아니 되어 T는 잘살 것이고 K는 거지가 될 것이니 두고 보아!"

오촌 당숙께서는 이런 말씀까지 하였다고 한다. 입 밖에는 아니 내어도 친부모 친형제까지라도 심중心中으로는 다 이렇게 생각할 것이다.

그래도 부모는 달라서 화가 나시면, "네가 그리 하다가는 말경末境에 비렁뱅이가 되고 말 것이야"라고 꾸중은 하셔도, "사람이란 늦복 모르느니라" 하시는 것이 스스로 위로하는 말씀이고 또 며느리를 위로하는 말씀이었다. 이것을 보아도 하는 수 없는 놈이라고 단념斷念을 하시면서 그래도 잘되기를 바라시고 축원하시는 것을 알겠더라.

여하간 이만하여 T의 사람됨을 과히 알 수가 있다. 그리고 그가 우리 집에 올 것 같으면 지어서 쾌활하게 웃으며 힘써 재미스러운 이야기를 하였다. 단

둘이 고적孤寂하게 그날그날을 보내는 우리에게는 더할 수 없이 반가웠었다.

오늘도 그가 활발하게 집에 쑥 들어오더니 신문지에 싼 기름한 것을 '이것 봐라' 하는 듯이 마루 위에 올려놓고 분주히 구두끈을 끄른다.

"이것은 무엇인가?"

나는 물어 보았다.

"저어, 제 처의 양산이야요. 쓰던 것이 벌써 낡았고 또 살이 부러졌다나요."

그는 구두를 벗고 마루에 올라서며 나오는 웃음을 참지 못하여 벙글벙글하면서 대답을 한다. 그는 나의 아내를 돌아보며 돌연히,

"아주머니 좀 구경하시렵니까?"

하더니 싼 종이와 집을 벗기고 양산을 펴 보인다. 흰 비단 바탕에 두어 가지 매화를 수놓은 양산이었다.

"검정이는 좋은 것이 많아도 너무 칙칙해 보이고…… 회색이나 누렁이는 하나도 그것이야 싶은 것이 없어서 이것을 산걸요."

그는 '이것보다도 더 좋은 것을 살 수가 있다' 하는 뜻을 보이려고 애를 쓰며 이런 발명까지 한다.

"이것도 퍽 좋은데요."

이런 칭찬을 하면서 양산을 펴들고 이리저리 홀린 듯이 들여다보고 있는 아내의 눈에는, '나도 이런 것을 하나 가졌으면……' 하는 생각이 역력歷歷히 보인다.

나는 갑자기 불쾌한 생각이 와락 일어나서, 방으로 들어오며 아내의 양산 보는 양을 빙그레 웃고 바라보고 있는 T에게,

"여보게, 방에 들어오게그려. 우리 이야기나 하세."

T는 따라 들어와 물가 폭등에 대한 이야기며, 자기의 월급이 오른 이야기며, 주권株券을 몇 주 사 두었더니 꽤 이익이 남았다든가, 각 은행 사무원 경기회에서 자기가 우월한 성적을 얻었다든가, 이런 것 저런 것 한참 이야기하다가 돌아갔었다.

T를 보내고 책상을 향하여 짓던 소설의 결미結尾를 생각하고 있을 즈음에,

"여보!"

아내의 떠는 목소리가 바로 내 귀 곁에서 들린다. 핏기 없는 얼굴에 살짝 붉은빛이 돌며 어느 결에 내 옆에 바짝 다가앉았더라.

"당신도 살 도리를 좀 하셔요."

"……."

나는 또 '시작하는구나' 하는 생각이 번개같이 머리에 번쩍이며 불쾌한 생각이 벌컥 일어난다. 그러나 무어라고 대답할 말이 없어 묵묵히 있었다.

"우리도 남과 같이 살아 보아야지요."

아내가 T의 양산에 단단히 자극刺戟을 받은 것이다. 예술가의 처 노릇을 하려는 독특한 결심이 있는 그는 좀처럼 이런 소리를 입 밖에 내지 아니하였다. 그러나 무엇에 상당한 자극만 받으면 참고 참았던 이런 소리를 하게 되는 것이다. 나도 이런 소리를 들을 적마다 '그럴 만도 하다' 는 동정심이 없지 아니하나 심사가 어쩐지 좋지 못하였다. 이번에도 '그럴 만도 하다' 는 동정심이 없지 아니하되 또한 불쾌한 생각을 억제키 어려웠다. 잠깐 있다가 불쾌한 빛을 나타내며,

"급작스럽게 살 도리를 하라면 어찌할 수가 있소. 차차 될 때가 있겠지!"

"아이구, 차차란 말씀 그만두구려. 어느 천년에……."

아내의 얼굴에 붉은빛이 짙어지며 전에 없던 흥분한 어조로 이런 말까지 하였다. 자세히 보니 두 눈에는 은은히 눈물이 고이었더라. 나는 잠시 멍멍하게 있었다. 성낸 불길이 치받쳐 올라온다. 나는 참을 수 없었다.

"막벌이꾼한테 시집을 갈 것이지, 누가 내게 시집을 오랬소! 저 따위가 예술가의 처가 다 뭐야!"

사나운 어조로 몰풍스럽게 ^{점잖지 못하게.} 소리를 꽥 질렀다.

"에그……!"

살짝 얼굴빛이 변해지며 어이없이 나를 보더니 고개가 점점 수그러지며 한 방울 두 방울 방울방울 눈물이 장판 위에 떨어진다.

나는 이런 일을 가슴에 그리며 그래도 내일 아침거리를 장만하려고 옷을 찾는 아내의 심중을 생각해 보니, 말할 수 없는 슬픈 생각이 가을 바람과 같이 설렁설렁 심골心骨을 분지르는 것 같다.

쓸쓸한 빗소리는 굵었다 가늘었다 의연依然히 적적한 밤공기에 더욱 처량히 들리고 그을음 앉은 등피燈皮 속에서 비치는 불빛은 구름에 가린 달빛처럼 우는 듯 조는 듯 구차苟且히 얻어 산 몇 권 양책洋冊의 표제表題 금자가 번쩍거린다.

　　　　　　장 앞에 초연梢然히 서 있던 아내가 무엇이 생각났는
지 고개를 끄덕끄덕하며 들릴 듯 말 듯 목 안의 소리로,

"오호…… 옳지, 참 그날……."

"찾았소?"

"아니에요, 벌써…… 저 인천仁川 사시는 형님이 오셨던 날……."

"……"

아내가 애써 찾던 그것도 벌써 전당포의 고운 먼지가 앉았구나! 종지 하나
라도 차근차근 아랑곳하는 아내가 그것을 잡혔는지 안 잡혔는지 모르는 것을
보면 빈곤貧困이 얼마나 그의 정신을 물어뜯었는지 과히 알겠다.

"……"

"……"

한참 동안 서로 아무 말이 없었다. 가슴이 어째 답답해지며 누구하고 싸움
이나 좀 해 보았으면, 소리껏 고함이나 질러 보았으면, 실컷 맞아 보았으면 하
는 일종의 이상한 감정이 부글부글 피어오르며 전신에 이가 스멀스멀 기어다
니는 듯 옷이 어째 몸에 끼며 견딜 수가 없다.

나는 이런 감정을 노골적으로 드러내며,

"점점 구차한 살림이 싫증이 나서 못 견디겠지?"

아내는 무엇을 생각하는지 모르게 정신을 잃고 섰다가 그 게슴츠레한 눈이
둥그래지며,

"네에? 어째서요?"

"무얼 그렇지!"

"싫은 생각은 조금도 없어요."

이렇게 말이 오락가락함을 따라 나는 홍분의 도度가 점점 짙어 간다.

그래서 아내가 떨리는 소리로,

"어째 그런 줄 아셔요?"

하고 반문할 적에,

"나를 숙맥으로 알우?"

라고 격렬하게 소리를 높였다.

아내는 살짝 분한 빛이 눈에 비치어 물끄러미 나를 들여다본다. 나는 괘씸하다는 듯이 흘겨보며,

"그러면 그것 모를까! 오늘까지 잘 참아 오더니 인제는 점점 기색이 달라지는 걸 뭐! 물론 그럴 만도 하지마는!"

이런 말을 하는 내 가슴에는 지난 일이 활동사진으로 얼른얼른 나타난다.

육 년 전에 그때 나는 십육 세이고 저는 십팔 세였다. 우리가 결혼한 지 얼마 아니 되어 지식에 목마른 나는 지식의 바닷물을 얻어 마시려고 표연히 집을 떠났었다. 광풍狂風에 나부끼는 버들잎 모양으로 오늘은 지나支那, 내일은 일본으로 굴러다니다가 금전의 탓으로 지식의 바닷물도 흠씬 마셔 보지도 못하고 반거들충이 _{무엇을 배우다가 끈기 부족으로 끝맺음을 잘 못하는 사람.} 가 되어 집에 돌아오고 말았다. 내게 시집 올 때에는 방글방글 피려는 꽃봉오리 같던 아내가 어느 겨를에 기울어 가는 꽃처럼 두 뺨에 선연鮮姸한 빛이 스러지고 벌써 두어 금 가는 줄이

그리어졌다. 처가 덕으로 집간도 장만하고 세간도 얻어 우리는 소위 살림을 하게 되었다. 처음에는 그럭저럭 지내었지마는 한푼 나는 데 없는 살림이라 한 달 가고 두 달 갈수록 점점 곤란해질 따름이었다.

나는 보수報酬없는 독서와 가치 없는 창작으로 해가 지며 날이 새며 쌀이 있는지 나무가 있는지 망연케 몰랐다. 그래도 때때로 맛있는 반찬이 상에 오르고 입은 옷이 과히 추하지 아니함은 전혀 아내의 힘이었다. 전들 무슨 벌이가 있으리요, 부끄러움을 무릅쓰고 친가에 가서 눈치를 보아 가며 구차한 소리를 하여 가지고 얻어 온 것이었다. 그것도 한두 번 말이지 장구한 세월에 어찌 늘 그럴 수가 있으랴! 말경에는 아내가 가져온 세간과 의복에 손을 대는 수밖에 없었다. 잡히고 파는 것도 나는 알은체도 아니하였다. 그가 애를 쓰며 퉁명스러운 옆집 할멈에게 돈푼을 주고 시켰었다.

이런 고생을 하면서도 그는 나의 성공만 마음속으로 깊이깊이 믿고 빌었었다. 어느 때에는 내가 무엇을 짓다가 마음에 맞지 아니하여 쓰던 것을 집어던지고 화를 낼 적에,

"왜 마음을 조급하게 잡수셔요! 저는 꼭 당신의 이름이 세상에 빛날 날이 있을 줄 믿어요. 우리가 이렇게 고생을 하는 것이 장래에 잘될 근본이야요." 하고 그는 스스로 흥분되어 눈물을 흘리며 나를 위로하는 적이 있었다.

내가 외국으로 다닐 때에 소위 신풍조新風潮에 떠어 까닭 없이 구식여자가 싫어졌다. 그래서 나의 일찍이 장가든 것을 매우 후회하였다. 어떤 남학생과 어떤 여학생이 서로 연애를 주고받고 한다는 이야기를 들을 적마다 공연히 가슴이 뛰놀며 부럽기도 하고 비감悲感스럽기도 하였다.

그러나 낫살이 들어갈수록 그런 생각도 없어지고 집에 돌아와 아내를 겪어 보니 의외에 그에게 따뜻한 맛과 순결한 맛을 발견하였다. 그의 사랑이야말로 이기적 사랑이 아니고 헌신적獻身的 사랑이었다. 이런 줄을 점점 깨닫게 될 때에 내 마음이 얼마나 행복스러웠으랴! 밤이 깊도록 다듬이를 하다가 그만 옷을 입은 채로 쓰러져 곤하게 자는 그의 파리한 얼굴을 들여다보며,

'아아, 나에게 위안을 주고 원조를 주는 천사여!'

하고 감격이 극하여 눈물을 흘린 일도 있었다.

내가 알다시피 내가 별로 천품은 없으나 어쨌든 무슨 저작가著作家로 몸을 세워 보았으면 하여 나날이 창작과 독서에 전심력을 바쳤다. 물론 아직 남에게 인정認定될 가치는 없는 것이다. 그 영향으로 자연 일상생활이 말유未由 _{보잘}것없게 됨. 하게 되었다.

이런 곤란에 그는 근 이 년 견디어 왔건마는 나의 하는 일은 오히려 아무 보람이 없고 방 안에 놓였던 세간이 줄어지고 장롱에 찼던 옷이 거의 다 없어졌을 뿐이다.

그 결과 그다지 견딜 성 있던 저도 요사이 와서는 때때로 쓸데없는 탄식을 하게 되었다. 손잡이를 잡고 마루 끝에 우두커니 서서 하염없이 먼 산만 바라보기도 하며, 바느질을 하다 말고 실심失心한 사람 모양으로 멍멍히 앉았기도 하였다. 창경窓鏡으로 비치는 어스름한 햇빛에 나는 흔히 그의 눈물 머금은 근심 있는 눈을 발견하였다. 이럴 때에는 말할 수 없는 쓸쓸한 생각이 들며 일없이,

"마누라!"

하고 부르면 그는 몸을 흠칫 하고 고개를 저리로 돌리어 치맛자락으로 눈물을 씻으며,

"네에?"

하고 울음에 떨리는 가는 대답을 한다. 나는 등에 물을 끼얹는 듯 몸이 으쓱해지며 처량한 생각이 싸늘하게 가슴에 흘렀었다. 그러지 않아도 자비自卑하기 쉬운 마음이 더욱 심해지며, '내가 무자격한 탓이다' 하고 스스로 멸시를 하고 나니 더욱 견딜 수 없다.

'그럴 만도 하다' 는 동정심이 없지 아니하되 그래도 그만 불쾌한 생각이 일어나면,

"계집이란 할 수 없어."

혼자 이런 불평을 중얼거리었다.

환등幻燈 모양으로 하나씩 둘씩 이런 일이 가슴에 나타나니 무어라고 말할 용기조차 없어졌다. 나의 유일한 신앙자信仰者이고 위로자이던 저까지 인제는 나를 아니 믿게 되고 말았다.

그는 마음속으로, '네가 육 년 동안 내 살을 깎고 저미었구나! 이 원수야!' 할 것이다.

이렇게 생각하매 그의 불 같던 사랑까지 엷어져 가는 것 같았다. 아니 흔적도 없이 사라지고 만 것 같았다. 나는 감상적으로 허둥허둥하며,

"낸들 마누라를 고생시키고 싶어 시켰겠소! 비단 옷도 해 주고 싶고 좋은 양산도 사 주고 싶어요! 그러기에 왼종일 쉬지 않고 공부를 아니하오. 남 보기에 편편히 노는 것 같아도 실상은 그렇지 않아! 본들 모른단 말이오."

나는 점점 강한 가면假面을 벗고 약한 진상眞相을 드러내며 이와 같은 가소로운 변명까지 하였다.

"왼 세상 사람이 다 나를 비소誹笑하고 모욕하여도 상관이 없지만 마누라까지 나를 아니 믿어 주면 어찌한단 말이오."

내 말에 스스로 자극이 되어 가지고 마침내,

"아아!"

길이 탄식을 하고 그만 쓰러졌다. 이 순간에 고개를 숙이고 아마 하염없이 입술만 물어뜯고 있던 아내가 홀연,

"여보!"

울음소리를 떨면서 무너지듯이 내 얼굴에 쓰러진다.

"용서……."

하고는 북받쳐 나오는 울음에 말이 막히고 불덩이 같은 두 뺨이 내 얼굴을 누르며 흑흑 느끼어 운다.

그의 두 눈으로부터 샘솟듯하는 눈물이 제 뺨과 내 뺨 사이를 따뜻하게 젖어 퍼진다. 내 눈에서도 눈물이 흘러내린다. 뒤숭숭하던 생각이 다 이 뜨거운 눈물에 봄눈 슬 듯 스러지고 말았다.

한참 있다가 우리는 눈물을 씻었다. 내 속이 얼마큼 시원한지 몰랐다.

"용서하여 주셔요! 그렇게 생각하실 줄은 참 몰랐어요."

이런 말을 하는 아내는 눈물에 부어오른 눈꺼풀을 아픈 듯이 꿈적거린다.

"암만 구차하기로니 싫증이야 날까요! 나는 한번 먹은 마음이 있는데……."

가만가만히 변명을 하는 아내의 눈물 흔적이 어룽어룽한 얼굴을 물끄러미 바라보며 겨우 심신이 가뜬하였다.

3

어제 일로 심신이 피곤하였던지 그 이튿날 늦게야 잠을 깨니 간밤에 오던 비는 어느 결에 그치었고 명랑한 햇발이 미닫이에 높았더라. 아내가 다시금 장문을 열고 잡힐 것을 찾을 즈음에 누가 중문을 열고 들어온다. 우리는 누군가 하고 귀를 기울일 적에 밖에서,

"아씨!"

하는 소리가 들렸다.

아내는 급히 방문을 열고 나갔다. 그는 처가에서 부리는 할멈이었다. 오늘은 장인 생신이라고 어서 오라는 말을 전한다.

"오늘이야? 참 옳지, 오늘이 이월 열엿샛날이지, 나는 깜빡 잊었어!"

"원 아씨도 딱도 하십니다. 어쩌면 아버님 생신을 잊는단 말씀이오. 아무리 살림이 재미가 나시더래도……!"

시큰둥한 할멈은 선웃음을 쳐가며 이런 소리를 한다.

가난한 살림에 골몰하느라고 자기 친부親父의 생신까지 잊었는가 하매 아내의 정지情地 ^{딱한 사정에 놓여 있는 가엾은 처지.}가 더욱 측은하였다.

"오늘이 본가 아버님 생신이래요. 어서 오시라는데……."

"어서 가구려……."

"당신도 가셔야지요. 우리 같이 가셔요."

하고 아내는 하염없이 얼굴을 붉힌다.

나는 처가에 가기가 매우 싫었었다. 그러나 아니 가는 것도 내 도리가 아닐
듯하여 하는 수 없이 두루마기를 입었다.

아내는 머뭇머뭇하며 양미간을 보일 듯 말 듯 찡그리다가 곁눈으로 살짝
나를 엿보더니 돌아서서 급히 장문을 연다.

'흥, 입을 옷이 없어서 망설거리는구나.' 나도 슬쩍 돌아서며 생각하였다.
우리는 서로 등지고 섰건만 그래도 아내가 거의 다 빈 장 안을 들여다보며
입을 만한 옷이 없어서 눈살을 찌푸린 양이 눈앞에 선연함을 어찌할 수가 없
었다.

"자아, 가셔요."

무엇을 생각하는지 모르게 정신을 잃고 섰다가 아내의 부르는 소리를 듣고
나는 기계적으로 고개를 돌리었다. 아내는 당목옷으로 갈아입고 내 마음을 알
았던지 나를 위로하는 듯이 방그레 웃는다. 나는 더욱 쓸쓸하였다.

우리 집은 천변 배다리 곁에 있고 처가는 안국동에 있어 거리가 꽤 멀었다.
나는 천천히 가느라고 하고 아내는 속히 오느라고 오건마는 그는 늘 뒤떨어졌
었다. 내가 한참 가다가 뒤를 돌아다보면 그는 늘 멀리 떨어져 나를 따라오려
고 애를 쓰며 주춤주춤 걸어온다. 길가에 다니는 어느 여자를 보아도 거의 다
비단옷을 입고 고운 신을 신었는데 당목옷을 허술하게 차리고 청목당혜로 타
박타박 걸어오는 양이 나에게 얼마나 애연哀然한 생각을 일으켰는지!

한참 만에 나는 넓고 높은 처갓집 대문에 다다랐다. 내가 안으로 들어갈 적에 낯선 사람들이 나를 흘끔흘끔 본다. 그들의 눈에, '이 사람이 누구인가. 아마 이 집 하인인가 보다' 하는 경멸히 여기는 빛이 있는 것 같았다.

안 대청 가까이 들어오니 모두 내게 분분히 인사를 한다. 그 인사하는 소리가 내 귀에는 어째 비소하는 것 같기도 하고 모욕하는 것 같기도 하여 공연히 가슴이 두근거리고 얼굴이 후끈거린다.

그 중에 제일 내게 친숙하게 인사하는 사람이 있다. 그는 아내보다 삼 년 맏이인 처형이었다. 내가 어려서 장가를 들었으므로 그때 그에게 나는 못 견디게 시달렸다. 그때는 그게 싫기도 하고 밉기도 하더니 지금 와서는 그때 그러한 것이 도리어 우리를 무관하게 정답게 만들었다. 그는 인천 사는데 자기 남편이 기미期米 ^{선물거래先物去來의 한 가지. 실제로 주고받지 않고 구두口頭로 시세에 따라 돈을 거래하는 쌀. 일종의 투기임.}를 하여 가지고 이번에는 돈 십 만 원이나 착실히 땄다 한다. 그는 자기의 잘사는 것을 자랑하고자 함인지 비단을 내리감고 얼굴에 부유한 태(態)가 질질 흐른다. 그러나 분으로 숨기려고 애쓴 보람도 없이 눈 위에 퍼렇게 멍든 것이 내 눈에 띄었다.

"왜 마누라는 어쩌고 혼자 오셔요?"

그는 웃으며 이런 말을 하다가 중문 편을 바라보더니,

"그러면 그렇지! 동부인 아니하고 오실라구."

혼자 주고받고 한다.

나도 이 말을 듣고 슬쩍 돌아다보니 아내가 벌써 중문 앞에 들어섰더라.

그 수척한 얼굴이 더욱 수척해 보이며 눈물 고인 듯한 눈이 하염없이 웃는

다. 나는 유심히 그와 아내를 번갈아 보았다. 처음 보는 사람은 분간을 못하리만큼 그들의 얼굴은 혹사酷似하다. 그런데 얼굴빛은 어쩌면 저렇게 틀리는지!

하나는 이글이글 만발한 꽃 같고 하나는 시들시들 마른 낙엽 같다. 아내를 형이라 하고, 처형을 아우라 하였으면 아무라도 속을 것이다. 또 한 번 아내를 보며 말할 수 없는 쓸쓸한 생각이 다시금 가슴을 누른다. 딴 음식은 별로 먹지도 아니하고 못 먹는 술을 넉 잔이나 마시었다. 그래도 바늘방석에 앉은 것처럼 앉아 견딜 수가 없다. 집에 가려고 몸을 일으켰다.

골치가 떵하며 내가 선 방바닥이 마치 폭풍에 도도滔滔하는 파도같이 높았다 낮았다 어질어질해서 곧 쓰러질 것 같다. 이 거동을 보고 장모가 황망히 일어서며,

"술이 저렇게 취해 가지고 어데로 갈라구. 여기서 한잠 자고 가게."

나는 손을 내저으며,

"아니에요. 집에 가겠어요."

취한 소리로 중얼거리었다.

"저를 어쩌나!"

장모는 걱정을 하시더니,

"할멈, 어서 인력거 한 채를 불러오게."

한다.

취중에도 인력거를 태우지 말고 그 인력거 삯을 나를 주었으면 책 한 권을 사 보련만 하는 생각이 있었다. 인력거를 타고 얼마 아니 가서 그만 잠이 들고 말았다.

한참 자다가 잠을 깨어 보니 방 안에 벌써 남폿불이 키어졌는데 아내는 어느 결에 왔는지 외로이 앉아 바느질을 하고 화로에서는 무엇이 끓는 소리가 보글보글하였다. 아내가 나의 잠깬 것을 보더니 급히 화로에 얹힌 것을 만져 보며,

"인제 그만 일어나 진지를 잡수셔요."

하고 부리나케 일어나 아랫목에 파묻어 둔 밥그릇을 꺼내어 미리 차려 둔 상에 얹어서 내 앞에 갖다 놓고 일변 화로를 당기어 더운 반찬을 집어 얹으며,

"자아, 어서 일어나셔요."

한다.

나는 마지못하여 하는 듯이 부스스 일어났다. 머리가 오히려 아프며 목이 몹시 말라서 국과 물을 연해 들이켰다.

"물만 잡수셔서 어째요. 진지를 좀 잡수셔야지."

아내는 이런 근심을 하며 밥상머리에 앉아서 고기도 뜯어 주고 생선뼈도 추려 주었다. 이것은 다 오늘 처가에서 가져온 것이다. 나는 맛나게 밥 한 그릇을 다 먹었다. 내 밥상이 나매 아내가 밥을 먹기 시작한다. 그러면 지금껏 내 잠이 깨기를 기다리고 밥을 먹지 아니하였구나 하고 오늘 처가에서 본 일을 생각하였다. 어제 일이 있은 후로 우리 사이에 무슨 벽이 생긴 듯하던 것이 그 벽이 점점 엷어져 가는 듯하며 가엾고 사랑스러운 생각이 일어났었다. 그래서 우리는 정답게 이런 이야기 저런 이야기를 하게 되었다. 우리의 이야기는 오늘 장인 생신 잔치로부터 처형 눈 위에 멍든 것에 옮겨갔다.

처형의 남편이 이번 그 돈을 딴 뒤로는 주야 요리점과 기생집에 돌아다니

더니 일전에 어떤 기생을 얻어 가지고 미쳐 날뛰며 집에만 들면 집안 사람을 들볶고 걸핏하면 처형을 친다 한다. 이번에도 별로 대단치 않은 일에 처형에게 밥상으로 냅다 갈겨 바로 눈 위에 그렇게 멍이 들었다 한다.

"그것 보아, 돈푼이나 있으면 다 그런 것이야."

"정말 그래요. 없으면 없는 대로 살아도 의좋게 지내는 것이 행복이야요."

아내는 충심으로 공명共鳴 ^{남이 하는 일을 찬성함.} 해 주었다.

이 말을 들으매 내 마음은 말할 수 없이 만족해지면서 무슨 승리나 한 듯이 득의양양하였다. 그리고 마음속으로, '옳다, 그렇다. 이렇게 지내는 것이 행복이다' 하였다.

4

이틀 뒤, 해 어스름에 처형은 우리 집에 놀러 왔었다. 마침 내가 정신없이 무엇을 생각하고 있을 즈음에 쓸쓸하게 닫혀 있는 중문이 찌긋둥하며 비단옷 소리가 사으락사으락 들리더니 아랫목은 내게 빼앗기고 윗목에서 바느질을 하고 있던 아내가 문을 열고 나간다.

"아이고 형님 오셔요."

아내의 인사하는 소리가 들리더니 처형이 계집 하인에게 무엇을 들리고 들어온다.

나도 반갑게 인사를 하였다.

"그날 매우 욕을 보셨지요? 못 잡숫는 술을 무슨 짝에 그렇게 잡수셔요."

그는 이런 인사를 하다가 급작스레 계집 하인이 든 것을 빼앗더니 신문지로 싼 것을 끄집어내어 아내를 주며,

"내 신 사는데 네 신도 한 켤레 샀다. 그날 청목당혜를……."

말을 하려다가 나를 곁눈으로 흘끗 보고 그만 입을 닫친다.

"그것을 왜 또 사셨어요."

해쓱한 얼굴에 꽃물을 들이며 아내가 치사하는 것도 들은 체 만 체하고 처형은 또 이야기를 시작한다.

"올 적에 사랑양반을 졸라서 돈 백 원을 얻었겠지. 그래서 오늘 종로에 나와서 옷감도 바꾸고 신도 사고……."

그는 자랑과 기쁨의 빛이 얼굴에 퍼지며 싼 보를 끌러,

"이런 것이야!"

하고 우리 앞에 펼쳐 놓는다.

자세히는 모르나 여하간 값 많은 품 좋은 비단인 듯하다.

무늬 없는 것, 무늬 있는 것, 회색, 옥색, 초록색, 분홍색이 갖가지로 윤이 흐르며 색색이 빛이 나서 나는 한참 황홀하였다. 무슨 칭찬을 해야 되겠다 싶어서,

"참 좋은 것인데요."

이런 말을 하다가 나는 또 쓸쓸한 생각이 일어난다. 저것을 보는 아내의 심중이 어떠할까? 하는 의문이 문득 일어남이라.

"모다 좋은 것만 골라 샀습니다그려."

아내는 인사를 차리느라고 이런 칭찬을 하나마 별로 부러워하는 기색이 없다.

나는 적이 의외의 감이 있었다.

처형은 자기 남편의 흉을 보기 시작하였다.

그 밉살스럽다는 둥 그 추근추근하다는 둥 말끝마다 자기 남편의 불미한 점을 들다가 문득 이야기를 끊고 일어선다.

"왜 벌써 가시려고 하셔요? 모처럼 오셨다가 반찬은 없어도 저녁이나 잡수셔요."

하고 아내가 만류를 하니,

"아니 곧 가야지. 오늘 저녁 차로 떠날 것이니까 가서 짐을 매어야지. 아직 차 시간이 멀었어? 아니, 그래도 정거장에 일찍이 나가야지. 만일 기차를 놓치면 오죽 기다리실라구. 벌써 오늘 저녁차로 간다고 편지까지 했는데……."

재삼 만류함도 돌아보지 아니하고 그는 훌훌히 나간다. 우리는 그를 보내고 방에 들어왔다.

"그까짓 것이 기다리는데 그다지 급급히 갈 것이 무엇이야."

아내는 하염없이 웃을 뿐이었다.

"그래도 옷감 바꿀 돈을 주었으니 기대리는 것이 애처롭기는 하겠지."

밉살스러우니 추근추근하니 하여도 물질의 만족만 얻으면 그것으로 기뻐하고 위로하는 그의 생활이 참 가련하다 하였다.

"참, 그런가 보아요."

아내도 웃으며 내 말을 받는다. 이때에 처형이 사 준 신이 그의 눈에 띄었는지 혹은 나를 꺼려 보고 싶은 것을 참았는지 모르나 그것을 집어들고 조심조심 펴 보려다가 말고 머뭇머뭇한다. 그 속에 그를 해케 할 무슨 위험품이나 든 것같이.

"어서 펴 보구려."

아내가 하도 머뭇머뭇하기로 보다 못하여 내가 재촉을 한다.

아내는 이 말을 듣더니, '작히 좋으랴' 하는 듯이 활발하게 싼 신문지를 헤친다.

"퍽 이쁜걸요."

그는 근일에 드문 기쁜 소리를 치며 방바닥 위에 사뿐 내려놓고 버선을 당기며 곱게 신어 본다.

"어쩌면 이렇게 맞어요!"

연해연방 감탄사를 부르짖는 그의 얼굴에 흔연한 희색이 넘쳐흐른다.

"……."

묵묵히 아내의 기뻐하는 양을 보고 있는 나는 또다시, '여자란 할 수 없어' 하는 생각이 들며, '조심하였을 따름이다' 하매 밤빛 같은 검은 그림자가 가슴을 어둡게 하였다.

그러면 아까 처형의 옷감을 볼 적에도 물론 마음속으로는 부러워하였을 것이다. 다만 표면에 드러내지 않았을 따름이다. 겨우,

"어서 펴 보구려."

하는 한 마디에 가슴에 숨겼던 생각을 속임 없이 나타내는구나 하였다.

내가 무엇을 생각하고 있는지 저는 모르고 새 신 신은 발을 조금 쳐들며,

"신 모양이 어때요?"

"매우 이뻐!"

겉으로는 좋은 듯이 대답을 하였으나 마음은 쓸쓸하였다. 내가 제게 신 한 켤레를 사 주지 못하여 남에게 얻은 것으로 만족하고 기뻐하는도다…….

웬일인지 이번에는 그만 불쾌한 생각이 일어나지 아니하였다. 처형이 동서 同壻를 밉다거니 무엇이니 하면서도 기차를 놓치면 남편이 기다릴까 염려하여 급히 가던 것이 생각난다.

그것을 미루어 아내의 심사도 알 수가 있다. 부득이한 경우라 하릴없이 정신적 행복에만 만족하려고 애를 쓰지마는 기실其實 부족한 것이다.

다만 참을 따름이다. 그것은 내가 생각해야 된다. 이런 생각을 하니 전날 아내에게 그런 말을 한 것이 후회가 난다.

'어느 때라도 제 은공을 갚아 줄 날이 있겠지!'

나는 마음을 좀 너그럽게 먹고 이런 생각을 하며 아내를 보았다.

"나도 어서 출세를 하여 비단신 한 켤레쯤은 사 주게 되었으면 좋으련만……."

아내가 이런 말을 듣기는 참 처음이다.

"네에?"

아내는 제 귀를 못 미더워하는 듯이 의아한 눈으로 나를 보더니 얼굴에 살짝 열기가 오르며,

"얼마 안 되어 그렇게 될 것이야요!"

라고 힘있게 말하였다.

"정말 그럴 것 같소?"

나는 약간 흥분하여 반문하였다.

"그러문요, 그렇고말고요."

아직 아무도 인정해 주지 않는 무명작가인 나를 다만 저 하나가 깊이깊이 인정해 준다. 그러기에 그 강한 물질에 대한 본능적 요구도 참아 가며 오늘날까지 몹시 눈살을 찌푸리지 아니하고 나를 도와 준 것이다.

'아아, 나에게 위안을 주고 원조를 주는 천사여!'

마음속으로 이렇게 부르짖으며 두 팔로 덥석 아내의 허리를 잡아 내 가슴에 바싹 안았다. 그 다음 순간에는 뜨거운 두 입술이……

그의 눈에도 나의 눈에도 그렁그렁한 눈물이 물 끓듯 넘쳐흐른다.

'나'는 결혼 후에 일본 유학까지 다녀왔지만 생활 능력이 없는 무명작가다. 소설을 쓴답시고 매일 집에 들어앉아 있고, 살림은 아내가 세간이나 의복을 전당포에 잡혀서 근근히 살아가고 있다. 오늘 아침에도 먹을거리가 떨어져 전당포에 잡힐 모본단 저고리를 찾는 아내를 보니 마음이 처량해졌다. 한성은행에 다니는 친구 T가 가끔 찾아오면 친척들은 그가 성실하고 돈도 잘 번다고 칭찬하면서 나에 대해서는 문학을 한답시고 가족을 돌보지 않는다고 홀대한다.

그러던 어느 날, 한성은행에 다니는 친구 T가 찾아와 처에게 줄 양산을 샀노라 자랑한다. 그것을 본 아내는 매우 부러워하는 눈치였고, 아내의 그런 모습에 '나'는 불쾌한 생각이 들었다. T는 주식과 물가에 대한 얘기만 잔뜩 늘어놓고 가버렸다. '나'는 6년 전 결혼해 중국과 일본에서 공부했지만 변변치 못한 모습으로 집에 돌아왔다. 그 사이 곱던 아내의 얼굴에는 주름이 지고 세간과 옷가지는 전당포에 잡혀 있었다.

친구 T가 다녀간 다음 날, 처가에서 장인의 생일이라고 할멈이 데리러 왔다. 그런데 막상 입고 나갈 옷이 없다. 옷이란 옷은 죄 전당포에 맡긴 탓이다. '나'는 비단옷 대신 당목옷을 입고 나서는 아내를 보자 마음이 쓸쓸했다. 장인 집에 모인 처형과 아내의 모습을 보니 너무나 대조적이었다. 부유한 모습의 처형과 가난에 찌든 초라한 아내의 모습. 처형은 인천에서 기미(期米 : 쌀 투기)를 해 돈을 잘 버는 남편을 만나 비단옷을 입고 다녔다. 모두가 '나'를 얕잡아 본다는 생각이 들었다.

쓸쓸하고 괴로운 생각을 잊으려 술을 마시려할 때, 처형의 눈에 시퍼런 멍 자국이 보였다. 그날 '나'는 술을 여러 잔 마시고 집에 돌아왔다. 처형의 멍든 눈 부위에 대해 얘기를 하며, 없이 살더라도 의좋게 지내는 것이 행복이란 아내의 말에 '나'는 마음이 흡족해졌다. 처형이 사다 준 신을 신어 보며 좋아하는 아내를 보니 가난을 참아주는 '아내'가 진정으로 고맙고 사랑스러워진다. 어느 새 '나'의 눈에도, '아내'의 눈에도 눈물이 흘러넘친다.

「빈처」의 주인공은 입신 출세하고픈 꿈과 그 꿈이 좌절된 데 대한 불만으로 가득 찬 인물입니다. 그런데 그 꿈과 불만은 자족적이며 개인적인 수준에서 벗어나지 못하고 있죠. 그것은 곧 주인공의 세계관이 그만큼 미숙하다는 것을 반증하는 것이기도 합니다.

「빈처」의 주인공은 동경 유학생이었습니다. 그러나 돈 문제로 학업을 중도 포기하고 귀국할 수밖에 없었지요. 본인에게는 무척이나 안타까운 일이었겠지만, 사실 일제 식민 치하라는 당대의 현실을 생각해 볼 때, 가난에 시달리는 농민·노동자 계층과는 동떨어지게 일본 유학까지 할 수 있었다는 것은 큰 혜택이자 행운이었다고 말할 수 있을 것입니다. 그것은 바로 민족의 해방이라는 시대적 소명을 받아 정치인의 길로 나아갈 수 있는 기회를 제공하기 때문이지요.

그러나 이 작품의 주인공이 보여주는 태도는 애당초 유학의 의미가 개인의 신분 상승 욕구에만 그쳤던 것이 아닌가 되묻게 합니다. 좌절된 꿈을 억누르며 살아가는 주인공의 태도는 식민지 사회에 대응하는 것이라기보다, 자신의 신변을 개선하는 데만 모아져 있기 때문입니다. 다음 대목을 살펴보면 이 같은 주인공의 태도를 알 수 있겠지요. "나도 어서 출세를 하여 비단신 한 켤레쯤은 사주게 되었으면 좋으련만……."

　어떻습니까? 이처럼 속물적인 관심에서 오는 내적 갈등을 아내를 향한 자책감을 통해 균형 잡으려는 주인공은 허울만 좋은 자격지심과 사내로서 턱없는 우월감을 지닌 인물로 비쳐지는데요. 그래서 재력을 가진 T와 같은 동아리들이나 헌신적으로 내조하는 아내는 그보다 열등한 인간성을 지닌 인물로 그려지며, 주인공과 대립하게 되는 것이겠지요.

　여기에서 주인공의 자기 만족적인 신분 상승 욕구와 그 욕구가 동반하는 불만은 극복되지 못한 잠재적이고도 전근대적인 선비적 기질이나 의식에서 오는 것이라고 볼 수 있습니다. 그것은 아내를 대하는 주인공의 태도에서도 쉽게 알 수 있습니다. "막벌이꾼한테 시집을 갈 것이지, 누가 내게 시집을 오랬소! 저 따위가 예술가의 처가 다 뭐야!" 이 말 속에는 아내의 생각이 자신의 생각과 똑같기를 바라는 주인공의 심리가 깔려 있는데, 이는 자격지심에서 오는 우월감이 도사리고 있다고 보는 것이 옳겠지요.

　그는 과거 유교적인 사상의 하나인 여필종부(女必從夫 : 아내는 반드시 남편의

 더 알아두기

반어 反語 irony 아이러니. 겉으로 드러난 말과 실질적인 의미 사이에 상반 관계가 있는 말을 뜻한다. 기교로서는 어떤 말의 뜻과 반대되는 뜻으로 문장의 의미를 강하게 전달하는 것을 이른다.

뜻에 좇아야 한다)의 관습에서 벗어나지 못하고 있는 것입니다. 그러한 관습이 어질지만 무지한 아내와의 대립을 효과적으로 드러내 보임으로써 주인공의 시대 착오적 선비 의식을 강하게 보여주는 것입니다.

그렇다면 주인공의 자족적인 신분 상승의 욕구가 동반하는 사회에 대한 미숙한 현실 인식은 어떻게 드러나 있을까요? 다음의 인용문에서 그것을 찾아봅시다.

친척은 다 멀지 않게 살아도 가난한 꼴을 보이기도 싫고 찾아갈 적마다 무엇을 꾸어 내라고 조르지도 아니하였건만 행여나 무슨 구차한 소리를 할까 봐서 미리 방패막이를 하고 눈살을 찌푸리는 듯하여 나는 발을 끊고 따라서 찾아오는 이도 없었다.

주인공은 사회를 한결같이 단면적으로 보고 있군요. 그가 바라보는 사회는 폐쇄되어 있으며, 분열되어 있습니다. 또한, 정작 그 자신은 사회를 떠나 있는 듯합니다. 하지만 그의 생각과는 달리 사회는 장벽을 치고 있지도 않고, 다시 결합할 수 있는 여지를 얼마든지 마련해 놓고 있습니다. 즉, 사회란 것이 '나'라는 실체에서 출발하는 개인과 개인의 관계망이라는 것을 간과하고 있는 것입니다.

「빈처」의 주인공이 가진 작가로서의 꿈은 가난을 자초하면서 T와 같은 동아리들을 비꼬고는 있지만, 그것은 단면적인 사회 인식에서 보듯 단순한 단계 이상의 것은 아닙니다. T나 처형을 바라보는 그의 뒤틀린 시선은 마치 어린아이의 그것처럼 이기적인 사고가 낳은 자기 불만에 다름 아닌 것이라는 것이죠.

여기에 더해서 「빈처」의 대립적 면모가 지닌 한계도 지적할 수 있을 것입니다. 바로 물질과 정신의 대립인데요, 이 대립에는 앞에서 말했듯이, 주인공이 가지고 있는 전근대적인 선비 의식에서 비롯된 사회 인식의 한계라는 약점이 존재합니다. 즉, 자기 만족을 위한 입신 양명의 꿈과 그 꿈이 동반하는 불만 혹은 그 꿈이 사라진 데서 오는 좌절감을 안고 있는 한, 주인공이 세속적인 인물들로 가득 차 있다고 믿는 사회와 대립하는 모습의 이면에는 한 인간의 감출 수 없는 교만함이 내재되어 있다는 것입니다.

끝으로, 현진건 소설의 특징 중 하나가 반전의 기교에 있다는 것을 「빈처」에서도 확인해 보겠습니다. 「빈처」의 결말부에 나타난 반전은 이전에 전개된 바 있는 물질과 정신의 대립이 작품 전개를 위한 효과적인 장치에 지나지 않고 있음을 보여주고 있습니다.

웬일인지 이번에는 그만 불쾌한 생각이 일어나지 아니하였다. 처형이 동서同壻를 밉다거니 무엇이니 하면서도 기차를 놓치면 남편이 기다릴까 염려하여 급히 가던 것이 생각난다.

그것을 미루어 아내의 심사도 알 수가 있다. 부득이한 경우라 하릴없이 정신적 행복에만 만족하려고 애를 쓰지마는 기실其實 부족한 것이다. 다만 참을 따름이다. 그것은 내가 생각해야 된다. 이런 생각을 하니 전날 아내에게 그런 말을 한 것이 후회가 난다.

인용문에서처럼, 「빈처」 전반에 가득했던 물질과 정신의 대립이 돌연 균형을 잡으며 끝맺고 있음을 알 수 있습니다. 반전에 상응하는 인식의 전환이 구체적인 이유도 없이 애매모호하게 처리되어 있는 것이죠. 그것도 작품의 가장 중요한 부분인 결말에 이르러 반전이 이루어지고 있지만, 그 반전의 필연성은 간과되어 있네요. 이러한 인식적 결함은 사회의 여러 계층을 탐색한 현진건의 다른 작품들에서도 자주 발견되는 부분입니다.

이런 이유로 현진건의 소설에 나타난 반어는 그 현실 인식의 한계라는 약점을 안게 되는 것입니다. 특히, 「빈처」에 나타난 반어의 한계는 「운수 좋은 날」에서도 지적되는 것처럼 당대의 식민지 현실에 대한 작가적 인식의 한계를 드러낸다고 보는 것이 타당할 겁니다.

1 이 작품에서 그려지고 있는 물질적 욕망과 정신적 가치의 대립 및 갈등을 구체적으로 상징하고 있는 소재는 무엇인가요?

2 빈곤한 삶에도 불구하고 정신적 가치를 추구하려는 '나'의 태도를 확인할 수 있는 대목을 찾아보세요.

3 이 작품에서 '나'와 'T', 그리고 아내와 처형의 관계 속에서 비교되고 있는 가치관은 무엇입니까?

4 '나'가 처가에 가 식사도 하지 않고 못 먹는 술만 마신 까닭은 무엇일까요?

5 이 작품은 정신적 가치, 즉 마음의 행복을 더 중시하는 '나'와 '아내'의 화해로 끝이 납니다. 이런 결말을 유도한 작중의 사건은 무엇일까요?

작품의 마지막 점검

구성		
	발단	가난한 생활상의 소개.
	전개	아내와 '나'의 갈등.
	위기	부유한 처형네와의 비교를 통해 심해진 아내와 '나'의 갈등.
	절정	물질보다는 정신의 행복에 만족하기로 함.
	결말	갈등은 해소되고 부부는 다시 사랑을 느끼게 됨.

핵심 정리		
	갈래	단편소설, 신변소설, 고백소설
	배경	개화기 초, 서울 종로
	주제	가난한 부부의 생활고와 사랑.
	시점	1인칭 주인공 시점
	구성	역행적 단순 구성
	문체	간결한 우유체

작중인물의 성격		
	나	경제적 능력이 없는 무명 소설가.
	아내	한때 물질적 유혹에 빠지기도 하지만, 남편에 대한 사랑과 신뢰를 회복하는 인물.
	T	은행원. '나'의 친구로 경제적 능력이 있는 인물. '나'의 무능을 부각시키기 위해 장치된 보조적 인물.
	처형	재력 있는 남편을 둔 덕에 풍요롭게 살고는 있지만, 부부간의 정은 원만하지 않은 인물. T와 마찬가지로 '나'와 '아내'의 갈등 및 화해를 위해 장치된 보조적 인물.

漢字 · 漢文과 친구하기

아~~~, 국어만으로도 힘든데 漢文까지……(ㅡ.ㅡ);;;라고 말하는, 여러분들의 아우성이 들리는 듯합니다.

하지만 여러분, 우리는 죽었다 깨어나도 한국 사람이고 또 동양 사람입니다. 漢文은 동양의 중세공용문자였기 때문에 동양의 모든 민족들은 고유의 언어를 사용하면서도 공통의 문자인 漢文을 사용해 왔습니다.

漢文은 단순히 文字만을 의미하는 것이 아닙니다. 漢文은 문학(文)과 역사(史)와 철학(哲)이 내포되어 있는 동양 문화 그 자체입니다.

한때, 漢文은 중국 것이고 또 실용적이지 못하다고 해서 배척되고, 학교에서 가르치지 않은 적도 있다고 합니다. 하지만 그것이 곧 잘못되고 또 다른 병폐로 나타나자 요즘은 다른 어느 때보다도 한자 교육이 중요시되고 있습니다. 실용적이지 못하다고 해서 배척하고 보니, 우리 문화의 기반이 빈약해졌던 것이죠.

물론 우리에게는 자랑스러운 문자 '한글'이 있습니다. 우리의 아름다운 한글을 아끼고 발전시켜야 함은 당연한 일입니다. 그러나 이것과는 별개로 위에서 말한 文 · 史 · 哲이 한데 어우러져 우리의 역사를 이루어 왔습니다.

우리가 우리의 전통과 문화를 올바로 알고 이것을 창조적으로 계승해 나가기 위한 방법 중에 하나가 바로 漢字 · 漢文를 제대로 아는 것입니다.

그러니 우리가 漢字 · 漢文을 홀대해서는 안 되겠죠? 이러한 이유들이 아직 가슴 깊이 다가오지 않는다면 좀더 현실적으로 생각해 보세요.

국어 공부를 위한 제안

漢字 · 漢文을 모르면 국문학을 이해하기 어렵고, 그 중에서도 고전문학을 이해하기란 더 어렵죠. 그것뿐이겠습니까?

일반 대화 속에서 끊임없이 나오는 사자성어를 이해하지 못하면 무식하다는 소리를 듣기 일쑤입니다. 또한 요즘 취직하기 위해서는 TOEIC, TOEFL은 기본이고 한자능력검정시험 점수까지도 제시해야 한다는 것 아시죠?

자, 여러분! 이제 漢字 · 漢文과 친구해 보세요! 漢子 문화권에 속해 있는 우리 문화를 제대로 이해하는 데 도움이 됩니다.

그뿐입니까?

국문학 아니, 더 구체적으로 국어 공부에도 도움이 됩니다. 또, 나중에 어른이 되어서 취직하는 데도 유리합니다. 어때요, 여러분! 두루두루 편리하지 않습니까?(^^*)

벙어리 삼룡이

● 나도향 羅稻香

어떤 때는 낮잠 자는 벙어리 입에다가 똥을 먹인

때도 있었다. 또 어떤 때는 자는 벙어리 두 팔 두

다리를 살며시 동여매고 손가락과 발가락 사이에

화승불을 붙여 놓아 질겁을 하고 일어나다가 발버

둥질을 하고 죽으려는 사람처럼 괴로워하는 것을

보고 기뻐하였다.

나도향은 의사였던 아버지 성연과 어머니 김성녀 사이에서 장남으로 태어났습니다. 본명은 경손慶孫이며, 호는 도향稻香이지요. 그는 한의사였던 조부의 뜻에 따라, 배재고보를 거쳐 경성의전에 입학했지만, 의학보다 문학에 뜻을 두었던 터라 가족들 몰래 일본으로 건너갔습니다.

그러나 학비가 없어 귀국하게 되었고, 1922년 홍사용·이상화·박종화 등과 함께 《백조》 동인지 창간 작업을 하면서 「젊은이의 시절」을 발표해 본격적으로 작가의 길을 걷게 되었습니다.

나도향이 작품 활동을 한 시기는 5~6년에 지나지 않았습니다. 그러나 초기 지극히 낭만적이고 감상적으로 그려내던 것을 당시의 시대상과 함께 인생의 어두운 단면을 생동감 있게 그려내 아주 빠른 속도로 완숙의 경지에 도달한 작가이기도 합니다.

특히 「벙어리 삼룡이」와 「물레방아」와 같은 작품들은 낭만주의적인 색채를 띠면서도 현실을 비판하는 탁월한 작품이라고 할 수 있답니다.

그는 1926년 24세의 젊은 나이로 급성 폐렴에 걸려 요절했는데요, 대표작으로는 「벙어리 삼룡이」·「물레방아」·「뽕」·「여 이발사」 등이 있습니다.

1922년 당시의 나도향. 그는 낭만주의적인 색채를 띠면서도 현실을 비판하는 작품들을 주로 집필하였다 (1902~1926)

나도향은 초기에 「별을 안거든 우지나 말걸」·「옛날 꿈은 창백하더이다」 등과 같이 지극히 낭만적이고 감상적인 작품들을 발표했습니다.

그 후 「십칠원 오십전」과 「전차 차장의 일기 몇 절」 등에 이르러서는 자연주의적인 냉정한 관찰 정신을 보여주는데, 사물의 한 장면을 스냅 사진처럼 묘사해 냅니다.

그러나 후기에는 「벙어리 삼룡이」·「물레방아」·「뽕」 등과 같은 불후의 명작들을 발표합니다. 한마디로 이 작품들은 현실을 비판하는 사실주의적 색채가 짙은데, 당시의 시대상과 함께 인생의 어두운 단면을 생동감 있게 그려내고 있다는 평가를 받습니다.

1920년대 사실주의 계열을 대표하는 우수한 작품으로 손꼽히는 이 소설들은 본능과 물질에 대한 탐욕 때문에 갈등하고 괴로워하는 인간들의 모습을 섬세하고 객관적으로 잘 묘사하고 있습니다.

「벙어리 삼룡이」는 주인 새아씨를 사이에 두고서 머슴 삼룡이와 주인 아들 간에 벌어지는 오해와 갈등과 비극을 낭만적으로 그려내고 있습니다. 작품의 경향은 사실주의적이라 할 수 있는데, 주인공이 불 속에서 서서히 죽어 가는 장면을 통해 신분을 초월한 사랑을 아름답고 감동적으로 보여주고 있죠. 즉, 주인공 삼룡이가 소극적인 인물에서 적극적인 인물로 변화하는 부분은 매우 중요한 장면이 아닐 수 없겠죠.

그 중에서도 위험을 무릅쓰고 불 속에 뛰어들어 숭고한 사랑을 확인하는 장면은 죽음을 통해서 모든 예속적인 관계가 청산되고 일체의 고뇌가 사라지는 극단적인 결말을 보여줍니다. 이것은 현실에서 이룰 수 없는 사랑을 타오르는 불꽃 속에서 한 순간이나마 이루고자 한 것으로, 이 소설을 낭만적인 소설로 읽히게 만들고 있어요. 바로 이 점이 초기의 감상주의를 극복하고 인간의 진실한 애정과 그것이 주는 인간 구원의 의미를 살펴보게 하지요. 또한 삼룡이의 바보 같은 외면 속에 숨겨진 진실함에 대해 독자들은 감동을 받게 되는데, 이것은 시대의 어두운 상황에 대한 직접적 대응이 아니라 간접적 대응의 표출이라는 점에서 일정한 의의를 가질 수도 있겠지요.

내가 열 살이 될락말락한 때이니까 지금으로부터 십사 오 년 전 일이다.

지금은 그곳을 청엽정青葉町이라 부르지마는 그때는 연화봉蓮花峰이라고 이름하였다. 즉 남대문南大門에서 바라 내려다보면은 오정포가 놓여 있는 산등성이가 있으니, 그 산등성이 이쪽이 연화봉이요, 그 새에 있는 동네가 역시 연화봉이다.

지금은 그곳에 빈민굴이라고 할 수밖에 없이 지저분한 촌락이 생기고 노동자들밖에 살지 않는 곳이 되어 버렸으나 그때에는 자기네 딴은 행세한다는 사람들이 있었다.

집이라고는 십여 호밖에 있지 않았고 그곳에 사는 사람들은 대개 과목밭을 하고, 또는 채소를 심거나, 그렇지 아니하면 콩나물을 길러서 생활을 하여 갔었다.

여기에 그 중 큰 과목밭을 갖고 그 중 여유 있는 생활을 하여 가는 사람이 하나 있었는데, 그의 이름은 잊어버렸으나 동네 사람들이 부르기를 오 생원吳生員이라고 불렀다.

얼굴이 동탕하고 목소리가 마치 여름에 버드나무에 앉아서 길게 목늘여 우는 매미 소리같이 저르렁저르렁하였다.

그는 몹시 부지런한 중년 늙은이로 아침이면 새벽 일찍이 일어나서 앞뒤로 뒷짐을 지고 돌아다니며 집안일을 보살피는데 그 동네에는 그가 마치 시계와 같아서 그가 일어나는 때가 동네 사람이 일어나는 때였다. 만일 그가 아침에 돌아다니며 잔소리를 하지 않으면 동네 사람들이 이상하여 그의 집으로 가 보면 그는 반드시 몸이 불편하여 누워 있었다. 그러나 그와 같은 때는 일년 삼백 육십 일에 한 번 있기가 어려운 일이요, 이태나 삼 년에 한 번 있거나 말거나 하였다.

그가 이곳으로 이사를 온 지는 얼마 되지는 아니하나 언제든지 감투를 쓰고 다니므로 동네 사람들은 양반이라고 불렀고, 또 그 사람도 동네 사람에게 그리 인심을 잃지 않으려고 섣달이면 북어쾌, 김톳을 동네 사람에게 나눠주며 농사 때에 쓰는 연장도 넉넉히 장만한 후 아무 때나 동네 사람들이 쓰게 하므로 그 동네에서는 가장 인심 후하고 존경을 받는 집인 동시에 세력 있는 집이다.

그 집에는 삼룡三龍이라는 벙어리 하인 하나가 있으니 키가 본시 크지 못하여 땅딸보로 되었고 고개가 빼지 못하여 몸뚱이에 대강이를 갖다가 붙인 것

같다. 거기다가 얼굴이 몹시 얽고 입이 크다. 머리는 전에 새 꼬랑지 같은 것을 주인의 명령으로 깎기는 깎았으나 불밤송이 모양으로 언제든지 푸 하고 일어섰다. 그래 걸어다니는 것을 보면, 마치 옴두꺼비가 서서 다니는 것같이 숨차 보이고 더디어 보인다. 동네 사람들이 부르기를 삼룡이라고 부르는 법이 없고 언제든지 '벙어리, 벙어리'라고 하든지 그렇지 않으면 '앵모, 앵모' 한다. 그렇지만 삼룡이는 그 소리를 알지 못한다.

그도 이 집주인이 이리로 이사를 올 때에 데리고 왔으니 진실하고 충성스러우며 부지런하고 세차다. 눈치로만 지내 가는 벙어리지마는 말하고 듣는 사람보다 슬기로울 적이 있고 평생 조심성이 있어서 결코 실수한 적이 없다.

아침에 일어나면 마당을 쓸고, 소와 돼지의 여물을 먹이며 여름이면 밭에 풀을 뽑고 나무를 실어들이고 장작을 패며, 겨울이면 눈을 쓸고 장 심부름이며 진일 마른일 할 것이 못하는 일이 없다.

그럴수록 이 집주인은 벙어리를 위해 주며 사랑한다. 혹시 몸이 불편한 기색이 있으면 쉬게 하고, 먹고 싶어하는 듯한 것은 먹이고 입을 때 입히고 잘 때 재운다.

그런데 이 집에는 삼대 독자로 내려오는 아들이 있다. 나이는 열입곱 살이나 아직 열네 살도 되어 보이지 않고 너무 귀엽게 기르기 때문에 누구에게든지 버릇이 없고 어리광을 부리며 사람에게나 짐승에게 잔인 포악한 짓을 많이 한다.

동네 사람들은,

"후레자식! 아비 속상하게 할 자식! 저런 자식은 없는 것만 못해."

하고, 욕들을 한다. 그래서 그의 어머니는 아들이 잘못할 때마다 그의 영감을 보고,

"그 자식을 좀 때려 주구려. 왜 그런 것을 보고 가만두?"
하고 자기가 대신 때려 주려고 나서면,

"아뇨, 아직 철이 없어 그렇지. 저도 지각이 나면 그렇지 않을 것이 아뇨."
하고 너그럽게 타이른다. 그러면 마누라는 왜가리처럼 소리를 지르며,

"철이 없긴 지금 나이가 몇이오, 낼 모레면 스무 살이 되는데, 또 며칠 아니면 장가를 들어서 자식까지 날 것이 그래 가지고 무엇을 한단 말이오."
하고 들이대며,

"자식은 꼭 아버지가 버려 놓았습니다. 자식 귀여운 것만 알았지 버릇 가르칠 줄은 모르니까……."

이렇게 싸움이 시작만 하려 하면 영감은 아무 말도 하지 않고 바깥으로 나가 버린다.

그 아들은 더구나 벙어리를 사람으로 알지도 않는다. 말 못하는 벙어리라고 오고 가며 주먹으로 허구리를 지르기도 하고 발길로 엉덩이도 찬다.

그러면 그 벙어리는 어린것이 철없이 그러는 것이 도리어 귀엽기도 하고 또는 그 힘없는 팔과 힘없는 다리로 자기의 무쇠 같은 몸을 건드리는 것이 우습기도 하고 앙증하기도 하여 돌아서서 방그레 웃으면서 툭툭 털고 다른 곳으로 몸을 피해 버린다.

어떤 때는 낮잠 자는 벙어리 입에다가 똥을 먹인 때도 있었다. 또 어떤 때는 자는 벙어리 두 팔 두 다리를 살며시 동여매고 손가락과 발가락 사이에 화

승불을 붙여 놓아 질겁을 하고 일어나다가 발버둥질을 하고 죽으려는 사람처럼 괴로워하는 것을 보고 기뻐하였다.

이러할 때마다 벙어리의 가슴에는 비분한 마음이 꽉 들어찼다. 그러나 그는 주인의 아들을 원망하는 것보다도 자기가 병신인 것을 원망하였으며 주인의 아들을 저주한다는 것보다 이 세상을 저주하였다.

그러나 그는 결코 눈물을 흘리지 않았다. 그의 눈물은 나오려 할 때 아주 말라붙어 버린 샘물과 같이 나오려 하나 나오지를 아니하였다. 그는 주인의 집을 버릴 줄 모르는 개 모양으로 자기가 있어야 할 곳은 여기밖에 없고 자기가 믿을 것도 여기 있는 사람들밖에 없을 줄 알았다. 여기서 살다가 여기서 죽는 것이 자기의 운명인 줄밖에 알지 못하였다. 자기의 주인 아들이 때리고 지르고 꼬집어 뜯고 모든 방법으로 학대할지라도 그것이 자기에게 으레 있을 줄밖에 알지 못하였다. 아픈 것도 그 아픈 것이 으레 자기에게 돌아올 것이요, 쓰린 것도 자기가 받지 않아서는 안 될 것으로 알았다. 그는 이 마땅히 자기가 받아야 할 것을 어떻게 해야 면할까 하는 생각을 한 번도 하여 본 일이 없었다.

그가 이 집에서 떠나가라거나 또는 그의 생활 환경에서 벗어나려는 생각은 한 번도 해 보지 못하였다 할지라도 그는 언제든지 그 주인 아들이 자기를 학대하고 또는 자기를 못살게 굴 때 그는 자기의 주먹과 또는 자기의 힘을 생각하여 보았다.

주인 아들이 자기를 때릴 때 그는 주인 아들 하나쯤은 넉넉히 제지할 힘이 있는 것을 알았다.

어떠한 때는 아픔과 쓰림이 자기의 몸으로 스미어들 때면 그의 주먹은 떨리면서 어린 주인의 몸을 치려 하다가는 그는 그것을 무서운 고통과 함께 꽉 참았다.

그는 속으로, '아니다. 그는 나의 주인의 아들이다. 그는 나의 어린 주인이다' 하고, 꾹 참았다.

그리고는 그것을 얼핏 잊어버렸다. 그러다가도 동네집 아이들과 혹시 장난을 하다가 주인 아들이 울고 들어올 때에는 그는 황소같이 날뛰면서 주인을 위하여 싸웠다. 그래서 동네에서도 어린애들이나 장난꾼들이 벙어리를 무서워하여 감히 덤비지를 못하였다. 그리고 주인 아들도 위급한 경우에는 언제든지 벙어리를 찾았다. 벙어리는 얻어맞으면서도 기어드는 충견 모양으로 주인의 아들을 위하여 싫어하지 않고 힘을 다하였다.

벙어리가 스물세 살이 될 때까지 그는 물론 이성과 접촉할 기회가 없었다. 동네의 처녀들이 저를 '벙어리, 벙어리' 하며 괴상한 손짓과 몸짓으로 놀려먹음을 받을 적에 분하고 골나는 중에도 느긋한 즐거움을 느끼어 본 일이 있었으나 그가 결코 사랑으로써 어떠한 여자를 대해 본 일은 없었다.

그러나 정욕을 가진 사람인 벙어리도 그의 피가 차디찰 리는 없었다. 혹 그의 피는 더욱 뜨거웠을는지도 알 수 없었다. 뜨겁다 뜨겁다 못하여 엉기어 버린 엿과 같을지도 알 수 없었다. 만일 그에게 볕을 주거나 다시 뜨거운 열을 준다면 그의 피는 다시 녹을는지도 알 수 없었다.

그가 깜박깜박하는 기름 등잔 아래에서 밤이 깊도록 짚신을 삼을 때이면 남모르는 한숨을 아니 쉬는 것도 아니지마는 그는 그것을 곧 억제할 수 있을 만큼 정욕에 대하여 벌써부터 단념을 하고 있었다.

마치 언제 폭발이 될는지 알지 못하는 휴화산 모양으로 그의 가슴속에는 충분한 정열을 깊이 감추어 놓았으나 그것이 아직 폭발될 시기가 이르지 못한 것이었다. 비록 폭발이 되려고 무섭게 격동함을 벙어리 자신도 느끼지 않는 바는 아니지마는 그는 그것을 폭발시킬 조건을 얻기 어려웠으며 또는 자기가 여태까지 능동적으로 그것을 나타낼 수가 없을 만큼 외계의 압축을 받았으며 그것으로 인한 이지가 너무 그에게 자제력을 강대하게 하여 주는 동시에 또한 너무 그것을 단념만 하게 하여 주었다.

속으로 '나는 벙어리다', 자기가 생각할 때 그는 몹시 원통함을 느끼는 동시에 다른 말하는 사람들과 똑같은 자유와 권리가 없는 줄 알았다. 그는 이와 같은 생각에서 언제든지 단념 안 하랴 단념하지 않으려야 않을 수 없는 그 단념이 쌓이고 쌓이어 지금에는 다만 한 개의 기계와 같이 이 집에 노예가 되어 있으면서도 그것을 자기의 천직으로 알고 있을 뿐이요, 다시는 자기가 살아갈 세상이 없는 것같이밖에 알지 못하게 된 것이다.

그해 가을이다. 주인의 아들이 장가를 들었다. 색시는 신랑보다 두 살 위인 열아홉 살이다. 주인이 본시 자기가 언제든지 문벌이 얕은 것을 한탄하여 신부를 구할 때에 첫째 조건이 문벌이 높아야 할 것이었다. 그러나 문벌 있는 집에서는 그리 쉽게 색시를 내놓을 리가 없었다. 그러므로 하는 수 없이 그 어떠한 영락한 양반의 딸을 돈을 주고 사 오다시피 하였으니 무남독녀의 딸을 둔 남촌 어떤 과부를 꿀을 발라서 약혼을 하고 혹시나 무슨 딴소리가 있을까 하여 부랴부랴 성례식을 시켜 버렸다.

혼인할 때의 비용도 그때 돈으로 삼만 냥을 썼다. 그리고 아들의 처갓집에 며느리 뒤보아주는 바느질삯, 빨래삯이라는 명목으로 한 달에 이천오백 냥씩을 대어 주었다.

신부는 자기 아버지가 돌아가기 전까지 상당히 건디기도 하고 또는 금지옥엽같이 기른 터이라, 구식 가정에서 배울 것 읽힐 것 못하는 것이 없고 게다가 본래 인물이라든지 행동거지에 조금도 구김이 있지 아니하다.

신부가 오자 신랑의 흠절이 생기기 시작하였다.

"신부에게다 대면 두루미와 까마귀지."

"아직도 철딱서니가 없어."

"색시에게 쥐여 지내겠지."

"신랑에겐 과하지."

동넷집 말 좋아하는 여편네들이 모여 앉으면 이렇게 비평들을 한다. 어떠한 남의 걱정 잘 하는 마누라님은 간혹 신랑을 보고는 그대로 세워 놓고,

"글쎄, 인제는 어른이 되었으니 셈이 좀 나요, 저리구 어떻게 색시를 거느려 가누. 색시방에 들어가기가 부끄럽지 않담."

하고 들이대다시피 하는 일이 있다.

이럴 적마다 신랑의 마음은 그 말하는 이들이 미웠다. 일부러 자기를 부끄럽게 하려고 하는 것 같아서 그 후에 그를 만나면 말도 안 하고 인사도 하지

아니한다.

또 그의 고모 되는 이가 와서 자기 조카를 보고,

"인제는 어른이야. 너도 그만하면 지각이 날 때가 되지 않았니. 네 처가 부끄럽지 아니하냐."

하고 타이를 적마다 그의 마음은 그 말하는 사람이 부끄럽다는 것보다도 자기를 이렇게 하게 한 자기 아내가 더욱 밉살머리스러웠다.

"여편네가 다 무엇이냐? 저 빌어먹을 년이 들어오더니 나를 이렇게 못살게 굴지."

혼인한 지 며칠이 못 되어 그는 색시방에 들어가지를 않았다. 집안에서는 야단이 났다. 마치 돼지나 말 새끼를 혼례시키려는 것같이 신랑을 색시 방으로 집어넣으려 하나 막무가내였다. 그럴 때마다 신랑은 손에 닥치는 대로 집어 때려서 자기의 외사촌 누이의 이마를 뚫어서 피까지 나게 한 일이 있었다. 집안 식구들은 하는 수가 없어 맨 나중으로 아버지에게 밀었다. 그러나 그것도 소용이 없을뿐더러 풍파를 더 일으키게 하였다.

아버지께 꾸중을 듣고 들어와서는 다짜고짜로 신부의 머리채를 쥐어 잡아 마루 한복판에 태질을 쳤다.

그리고는,

"이년, 네 집으로 가거라. 보기 싫다. 내 눈앞에는 보이지도 마라."

하였다. 밥상을 가져오면 그 밥상이 마당 한복판에서 재주를 넘고 옷을 가져오면 그 옷이 쓰레기통으로 나간다.

이리하여 색시는 시집오던 날부터 팔자 한탄을 하고서 날마다 밤마다 우는 사람이 되었다.

울면은 요사스럽다고 때린다. 또 말이 없으면, 빙충맞다고 친다. 이리하여 그 집에는 평화스러운 날이 하루도 없었다.

이것을 날마다 보는 사람 가운데 알 수 없는 의혹을 품게 된 사람이 하나 있으니 그는 곧 벙어리 삼룡이였다.

그렇게 예쁘고 유순하고 그렇게 얌전한, 벙어리의 눈으로 보아서는 감히 손도 대지 못할 만큼 선녀 같은 색시를 때리는 것은 자기의 생각으로는 도저히 풀 수 없는 의심이었다.

보기에는 황홀하고 건드리기도 황홀할 만큼 숭고한 여자를 그렇게 학대한다는 것은 너무나 세상에 있지 못할 일이다. 자기는 주인 새서방에게 개나 돼지같이 얻어맞는 것이 마땅한 이상으로 마땅하지마는, 선녀와 짐승의 차가 있는 색시와 자기가 똑같이 얻어맞는 것은 너무 무서운 일이다. 어린 주인이 천벌이나 받지 않을까 두렵기까지 하였다.

어떠한 달밤, 사면은 고요 적막하고 별들은 드문드문 눈들만 깜박이며 반달이 공중에 뚜렷이 달려 있어 수은으로 세상을 깨끗하게 닦아 낸 듯이 청명한데 삼룡이는 검둥개 등을 쓰다듬으며 바깥마당 멍석 위에 비슷이 드러누워 하늘을 쳐다보며 생각하여 보았다.

주인 색시를 생각하면 공중에 있는 달보다도 더 곱고 별들보다도 더 깨끗하였다. 주인 색시를 생각하면 달이 보이고 별이 보이었다. 삼라만상을 씻어 내는 은빛보다도 더 흰 달이나 별의 광채보다도 그의 마음이 아름답고 부드러운 듯하였다. 마치 달이나 별이 땅에 떨어져 주인 새아씨가 된 것도 같고 주인 새아씨가 하늘에 올라가면 달이 되고 별이 될 것 같았다.

더구나 자기를 어린 주인이 때리고 꼬집을 때 감히 입 벌려 말은 하지 못하나 측은하고 불쌍히 여기는 정이 그의 두 눈에 나타나는 것을 다시 생각할 때 그는 부들부들한 개 등을 어루만지면서 감격을 느꼈다. 개는 꼬리를 치며 자기를 귀여워하는 줄 알고 벙어리의 손을 핥았다.

삼룡이의 마음은 주인 아씨를 동정하는 마음으로 가득 찼다. 또는 그를 위하여서는 자기의 목숨이라도 아끼지 않겠다는 의분에 넘치었다.

그것이 마치 살구를 보면 입 속에 침이 도는 것같이 본능적으로 느껴지는 감정이었다.

새댁이 온 뒤에 다른 사람들은 자유로운 안 출입을 금하였으나 벙어리는 마치 개가 맘대로 안에 출입할 수 있는 것같이 아무 의심 없이 출입할 수가 있었다.

하루는 어린 주인이 먹지 않던 술이 잔뜩 취하여 무지한 놈에게 맞아서 길에 자빠진 것을 업어다가 안으로 들여다 누인 일이 있었다. 그때에 아무도 안에 있지 않고 다만 새댁 혼자 방에서 바느질을 하고 있다가 이 꼴을 보고 벙어리의 충성된 마음이 고마워서, 그 후에 쓰던 비단 헝겊조각으로 부지쌈지 하나를 하여 준 일이 있었다.

이것이 새서방님의 눈에 띄었다. 그래서 색시는 어떤 날 밤 자던 몸으로 마당 복판에 머리를 푼 채 내어동댕이가 쳐졌다. 그리고 온몸에 피가 맺히도록 얻어맞았다.

이것을 본 벙어리는 또다시 의분의 마음이 뻗쳐 올라왔다. 그래서 미친 사자와 같이 뛰어 들어가 새서방님을 내어 던지고 새색시를 둘러메었다. 그리고 나는 수리와 같이 바깥 사랑 주인영감 있는 곳으로 뛰어가 그 앞에 내려놓고 손짓과 몸짓을 열 번 스무 번 거푸 하며 하소연하였다.

그 이튿날 아침에 그는 주인 새서방님에게 물푸레로 얼굴을 몹시 얻어맞아서 한쪽 뺨이 눈을 얼러서 피가 나고 주먹같이 부었다. 그 때릴 적에 새서방의 입에서 나오는 말은,

"이 흉칙한 벙어리 같으니, 내 여편네를 건드려!"

하고, 부지쌈지를 뺏어서 갈가리 찢어서 뒷간에 던졌다.

"그러고 이놈아! 인제는 주인도 몰라 보고 막 친다! 이런 것은 죽어야 해."

하고 채찍으로 그의 뒷덜미를 갈겨서 그 자리에 쓰러지게 하였다.

벙어리는 다만 두 손으로 빌 뿐이었다. 말도 못하고 고개를 몇백 번 코가 땅에 닿도록 그저 용서해 달라고 빌기만 하였다. 그러나 그의 가슴에는 비로소 숨겨 있던 정의감이 머리를 들기 시작하였다. 그는 그 아픈 것을 참아 가면서도 북받치는 분노(심술)를 억제하였다.

그때부터 벙어리는 안방에 들어가지 못하였다. 이 들어가지 못하는 것이 더욱 벙어리로 하여금 궁금증이 나게 하였다. 그 궁금증이라는 것이 묘하게 빛이 연하여 주인 아씨를 뵈옵고 싶은 감정으로 변하였다. 뵈옵지 못하므로 가슴이 타올랐다. 몹시 애상哀傷의 정서가 그의 가슴을 저리게 하였다. 한 번이라도 아씨를 뵈울 수가 있으면 하는 마음이 더 나니 그의 마음의 넋은 느끼기를 시작하였다. 센티멘털한 가운데에서 느끼는 그 무슨 정서는 그에게 생명

같은 희열을 주었다. 그것과 자기의 목숨이라도 바꿀 수 있을 것 같았다. 어떤 때는 그대로 대강이로 담을 뚫고 들어가고 싶도록 주인 아씨를 뵈옵고 싶은 것을 꾹 참을 때도 있었다.

그 후부터는 밥을 잘 먹을 수가 없었다. 일도 손에 잡히지 않았다. 틈만 있으면 안으로만 들어가고 싶었다.

주인이 전보다 많이 밥과 음식을 주고 더 편하게 하여 주었으나 그것이 싫었다. 그는 밤에 잠을 자지 않고 집 가장자리를 돌아다녔다.

하루는 주인 새서방님이 술에 취하여 들어오더니 집안이 수선수선하여지며 계집 하인이 약을 사러 갔다 들어오는 것을 보고 그 계집 하인을 붙잡았다. 그리고 무엇이냐고 물었다.

계집 하인은 한 주먹을 뒤통수에 대고 얼굴을 젊다고 하는 뜻으로 쓰다듬으며 둘째손가락을 내밀었다. 그것은 그 집주인은 엄지손가락이요, 둘째손가락은 새서방님이라는 뜻이요, 주먹을 뒤통수에 대는 것은 여편네라는 뜻이요, 얼굴을 문지르는 것은 예쁘다는 뜻으로 벙어리에게 쓰는 암호다.

그런 뒤에 다시 혀를 내밀고 눈을 뒤집어쓰는 형상을 하고 두 팔을 싹 벌리고 뒤로 자라지는 꼴을 보이니, 그것은 사람이 죽게 되었거나 앓을 적에 하는 말 대신의 손짓이다.

벙어리는 눈을 크게 뜨고 계집 하인에게 한 발자국 가까이 들어서며 놀라는 듯이 멀거니 한참이나 있었다.

그의 가슴은 무섭게 격동하였다. 자기의 그리운 주인 아씨가 죽었다는 말

이나 아닌가. 그는 두 주먹을 마주치며 한숨을 쉬었다. 그리고는 자기 딴에 무엇을 생각하는 것처럼 두어 시간이나 두 눈만 껌벅껌벅하고 앉았었다.

그는 밤이 깊어갈수록 궁금증 나는 사람처럼 일어섰다 앉았다 하더니 두시나 되어서 바깥으로 나가서 뒤로 돌아갔다.

그는 도둑놈처럼 조심스럽게 바로 건넌방미닫이 앞 담에 서서 주저주저하더니 담을 넘었다. 가까이 창 앞에 서서 문 틈으로 안을 살피다가 그는 진저리를 치며 물러섰다.

어두운 밤에 그의 손과 발이 마치 그 뒤에 서 있는 감나뭇잎같이 떨리더니 그대로 문을 박차고 뛰어들어갔을 때 그의 팔에는 주인 아씨가 한 손에 기다란 명주 수건을 들고서 한 팔로 벙어리의 가슴을 밀치며 뻗디디었다. 벙어리는 다만 눈이 뚱그래서 '에헤' 소리만 지르고 그 수건을 뺏으려 애쓸 뿐이었다.

집안이 야단났다.

"집안이 망했군!"

"어디 사내가 없어서 벙어리를!"

"어떻든 알 수 없는 일이야!"

하는 소리가 이 구석 저 구석에서 수군댄다.

그 이튿날 아침에 벙어리는 온몸이 짓이긴 것이 되어 마당에 거꾸러져 입에서 피를 토하며 신음하고 있었다. 그 곁에서는 새서방이 쇠줄 몽둥이를 들고서 문초를 한다.

"이놈!"

하고는, 음란한 흉내는 모조리 하여가며 건넌방을 가리킨다. 그러나 벙어리는 손을 내저을 뿐이다. 또 몽둥이에는 살점이 묻어 나왔다. 그리고 피가 흘렀다.

벙어리는 타들어가는 목으로 소리도 못 내며 고개만 내젓는다. 그는 피를 토하며 거꾸러지며 이마를 땅에 비비며 고개를 내흔든다. 땅에는 피가 스며든다. 새서방은 채찍 끝에 납뭉치를 달아서 가슴을 훔쳐 갈겼다가 힘껏 잡아 뽑았다. 벙어리는 그대로 거꾸러지며 말이 없었다.

새서방은 그래도 시원치 못하였다. 그는 어제 벙어리가 새로 갈아 놓은 낫을 들고 달려왔다. 그는 그 시퍼렇게 드는 날을 번쩍 들었다. 그래서 벙어리를 찌르려 할 제 벙어리는 한 팔로 그것을 받았고 집안사람은 달려들었다. 벙어리는 낫을 뿌리쳐 저리로 내던졌다.

주인은 집안이 망하였다고 사랑에 누워서 모든 일을 들은 체 만 체 문을 닫고 나오지를 아니하며 집안에서는 색시를 쫓는다고 야단이다. 그날 저녁에 벙어리는 다시 끌려 나왔다. 그때에는 주인 새서방이 그의 입던 옷과 신짝을 주며 눈을 부릅뜨고 손을 멀리 가리키며,

"가! 인제는 우리 집에 있지 못한다."

하였다. 이 소리를 듣는 벙어리는 기가 막혔다. 그에게는 이 집 외에 다른 집이 없다. 살 곳이 없었다. 자기는 언제든지 이 집에서 살고 이 집에서 죽을 줄밖에 몰랐다. 그는 새서방님의 다리를 껴안고 애걸하였다. 말도 못하는 것을 몸짓과 표정으로 간곡한 뜻을 표하였다. 그러나 새서방님은 발길로 지르고 사람을 불렀다.

"이놈을 좀 내쫓아라."

벙어리는 죽은 개 모양으로 끌려나갔다. 그리고 대갈빼기를 개천 구석에 들이박히면서 나가 곤드라졌다가 일어서서 다시 들어오려 할 때에는 벌써 문이 닫혀 있었다. 그는 문을 두드렸다. 그의 마음으로는 주인 영감을 찾았으나 부를 수가 없었다. 그가 날마다 열고 날마다 닫던 문이 자기가 지금은 열려 하나 자기를 내어쫓고 열리지를 않는다. 자기가 건사하고 자기가 거두던 모든 것이 오늘에는 자기의 말을 듣지 않는다. 어려서부터 지금까지 모든 정성과 힘과 뜻을 다하여 충성스럽게 일한 값이 오늘에는 이것이다.

그는 비로소 믿고 바라던 모든 것이 자기의 원수란 것을 알았다. 그는 그 모든 것을 없애 버리고 자기도 또한 없어지는 것이 나은 것을 알았다.

그날 저녁 밤은 깊었는데 멀리서 닭이 우는 소리와 함께 개 짖는 소리뿐이 들린다. 난데없는 화염이 벙어리 있던 오 생원의 집을 에워쌌다. 그 불을 미리 놓으려고 준비하여 놓았는지 집 가장자리로 쭉 돌아가며 흩어 놓은 풀에 모조리 돌라붙어 공중에서 내려다보면은 집의 윤곽이 선명하게 보일 듯이 타오른다.

불은 마치 피묻은 살을 맛있게 잘라먹는 요마妖魔의 혓바닥처럼 날름날름 집 한 채를 삽시간에 먹어 버렸다. 이와 같은 화염 속으로 뛰어들어가는 사람이 하나 있으니 그는 다른 사람이 아니라 낮에 이 집을 쫓겨난 삼룡이다. 그는 먼저 사랑에 가서 문을 깨뜨리고 주인을 업어다가 밭 가운데 놓고 다시 들어가려 할 제 얼굴과 등과 다리가 불에 데어 쭈그러져 드는 것을 알지 못하였다.

그는 건넌방으로 뛰어들었다. 그러나 색시는 없었다. 다시 안방으로 뛰어

들었다. 그러나 또 없고 새서방이 그의 팔에 매달리어 구원하기를 애원하였다. 그러나 그는 그것을 뿌리쳤다. 다시 서까래가 불이 시뻘겋게 타면서 그의 머리에 떨어졌다. 그러나 그는 그것을 몰랐다. 부엌으로 가 보았다. 거기서 나오다가 문설주가 떨어지며 왼팔이 부러졌다. 그러나 그것도 몰랐다. 그는 다시 광으로 가보았다. 거기도 없었다. 그는 다시 건넌방으로 들어갔다. 그때야 그는 색시가 타 죽으려고 이불을 쓰고 누워 있는 것을 보았다. 그는 색시를 안았다. 그리고는 길을 찾았다. 그러나 나갈 곳이 없었다. 그는 하는 수 없이 지붕으로 올라갔다. 그는 비로소 자기의 몸이 자유롭지 못한 것을 알았다. 그러나 그는 자기가 여태까지 맛보지 못한 즐거운 쾌감을 자기의 가슴에 느끼는 것을 알았다. 색시를 자기 가슴에 안았을 때 그는 이제 처음으로 살아난 듯하였다. 그는 자기의 목숨이 다한 줄 알았을 때, 그 색시를 내려놓을 때는 그는 벌써 목숨이 끊어진 뒤였다. 집은 모조리 타고 벙어리는 색시를 무릎에 뉘고 있었다. 그의 울분은 그 불과 함께 사라졌을는지! 평화롭고 행복스러운 웃음이 그의 입 가장자리에 엷게 나타났을 뿐이다.

오 생원 댁에 '삼룡이'라는 벙어리 머슴이 있었다. 아주 못생긴 추남으로 땅딸보에다 옴두꺼비처럼 생겼으나, 마음씨가 곱고 진실하며 주인에게 충실하고 부지런했다. 주인은 그를 가엽게 여기며 잘 보살펴 주지만, 주인의 외아들은 버릇없고 성정이 포악해 못살게 굴 때가 많았다. 삼룡이는 주인의 외아들에게 말할 수 없는 굴욕과 수모를 당하면서도, 그를 끔찍이 위해 주고 보호해 주려고 애쓴다.

오 생원은 그런 아들이 빨리 철이 들도록 하기 위해 며느리를 맞이한다. 며느리는 몰락한 양반집 딸이지만, 구식 가정에서 여자가 갖춰야 할 법도를 제대로 배운 착하고 아름다운 여자였다. 집안에서나 동네에서 새아씨에 대한 칭찬이 자자해지자, 망나니 같은 새서방은 새색시에 대한 열등감으로 성정이 더욱 포악해진다. 그래서 새색시를 이유 없이 미워하고 학대한다.

이에 삼룡이는 선녀 같은 새색시가 못된 새서방에게 매일 몹쓸 구박과 매질을 당하는 것을 동정하며 의분을 느끼게 된다. 그것이 마침내 연정으로 변해 색시를 사모하게 되면서, 이로 인해 새서방에게 죽도록 매를 맞고 주인집에서도 쫓겨나게 된다. 그날 밤, 오 생원의 집에 불이 나고 삼룡이는 주인을 구한 뒤, 불난 집에서 새색시를 품에 안고 행복한 미소를 지으며 죽는다.

이 작품은 어느 벙어리 머슴의 '신분을 초월한' 아름다운 사랑 이야기를 담고 있습니다. 이 소설의 주인공인 비극적인 인물 '삼룡이'는 오 생원 집에서 일하는 충성스러운 머슴입니다. 그러나 날이 갈수록 주인집 아들과 갈등이 커지면서, 자기가 돈 많은 주인의 소유물이 아니라 한 인간이라는 사실을 발견하게 됩니다. 그리고 자기의 억울한 상황에 저항하는 적극적인 인물로 발전합니다.

이 작품에서 가장 흥미로운 부분은 삼룡이가 위험을 무릅쓰고 불 속에 뛰어들어 새아씨를 구해 내려는 장면과, 결국 불 속을 빠져 나오지 못한 그가 연모하던 새아씨를 품에 안고 행복하게 죽어가는 마지막 장면이라고 할 수 있습니다. 그는 벙어리라는 신체적인 불구를 가지고서 미천한 머슴으로 고통스럽게 살았지만, 그 모든 고통들이 불 속에서 모두 사라지게 되죠. 그리고 살아서는 결코 이루어질 수 없는 주인 아씨와의 사랑도 죽음을 통해 아름답게 승화되었다고 할 수 있겠지요.

또 하나 재미있는 부분은, '삼룡이'라는 이름을 딴 작품 제목이에요. 우리는 제목을 통해 작품의 전체적인 의미를 예측해 보기도 하는데, 이 제목에도 상징적인 의미가 들어 있답니다. 이 작품의 제목은 그냥 주인공의 이름을 딴 '삼룡이'도 아니고 '벙어리 삼룡이'죠. 왜 주인공의 이름 앞에 '벙어리'라는 수식어가 붙었을까요?

그냥 단순히 벙어리니까라고 생각해 볼 수도 있지만, 또 한편으로는 이렇게도 생각해 볼 수 있겠죠. 즉, 벙어리란 말을 못하는 사람을 말합니다. 그래서 벙어리인 사람은 어떤 억울한 일을 당해 오해를 받아도 자신을 올바르게 표현하고 변명할 수 없는 인물이죠. 이러한 상황은 육체적인 비극일 뿐만 아니라, 정신적으로도 삼룡이의 삶을 심하게 구속하는 비극적인 상황으로 이어집니다. 따라서 '벙어리 삼룡이'라는 제목은 몸과 마음이 구속된 인간의 비극을 함축하고 있다고 볼 수 있습니다.

주인공인 삼룡이는 오 생원 집에 대를 이어 봉사하고 있는 충견 같은 하인입니다. 그는 벙어리일 뿐만 아니라 외모도 아주 추하지만, 마음은 진실하고 착한 인물이에요. 그는 말 못하는 자기를 사람 취급도 하지 않는 포악한 주인집 아들에게 항상 괴롭힘을 당하지만, 자기의 상전이기 때문에 저항을 하지 않습니다.

그뿐만 아니라, 그는 자신이 말 못하는 불구이기 때문에 보통 사람들이 누리는 자유와 권리를 누릴 수 없다고 생각합니다. 자기 스스로 나는 벙어리이기 때문에 '말하는 사람들과 똑같은 자유와 권리가 없는' 줄 알았고, 이와 같은 생각에서 '이 집에 노예가 되어 있으면서도 그것을 자기의 천직으로 알고 있을 뿐'이지요. 삼룡이는 이렇게 자기가 머슴이며 벙어리이기 때문에, 주인 아들에게 고통받고 수모를 당하는 일들을 자기가 참아내야 할 숙명적인 짐이라고 생각합니다.

그런데 사건의 발단은 분별없는 주인 외아들이 정숙한 색시를 맞아들이고도 그 색시를 까닭 없이 구박하는 데서부터 시작됩니다. 선녀처럼 예쁘고 착한 새아씨를 망나니 같은 주인 외아들이 함부로 대한다는 것은 삼룡이로서는 도저히 이해할 수 없는 일이었습니다. 더구나 새아씨는 사람 취급도 못 받고 사는 그에게 따뜻하게 대해 준 사람이었기 때문에, 더욱 새신랑의 못된 행동에 의분을 갖게 됩니다.

그런데 어느 날, 만취한 어린 주인을 모셔온 일로 삼룡이는 새아씨에게서 비단 쌈지 하나를 받습니다. 이 일이 빌미가 되어서 삼룡이는 안방 출입을 못하게 되었고, 새아씨를 보지 못하게 되자 그의 궁금증은 점차 묘한 그리움으로, 그리고 더 나아가서 사랑의 감정으로까지 발전하게 되지요. 그가 혼자 새아씨를 그리워하고 사랑의 감정을 키워 가던 어느 날, 새신랑의 모진 학대를 견디지 못하고 목을 매달려는 새아씨를 발견하고는 그것을 필사적으로 말리다가 집안 사람들에게 억울한 누명을 덮어쓰게 됩니다.

이 사건으로 그는 새신랑에게 그 어느 때보다도 혹독하게 매를 맞습니다. 새서방의 잔인한 성격과 자신을 죽이려고 달려드는 상전 앞에서 꼼짝없이 죽어가는 삼룡이의 억울한 처지가 아주 대조적으로 드러나고 있습니다.

그런데 새서방이 삼룡이를 이렇게 잔혹하게 매질하는 것은 단지 그의 망나니같은 인간 됨됨이 탓 때문일까요? 그런 점도 없지 않아 있겠지만, 그 당시에는 머슴을 인간으로 보지 않고 재산이나 소유물로 보았던 때라, 함부로 매질할 수 있었던 것입니다. 같은 의미에서, 삼룡이가 죽을지도 모르는 무서운 매질을 피하지 못하고 당하는 것은 그가 자기를 변명하지 못하는 벙어리이기 때문이 아니라, 주인집의 머슴이었기 때문이죠. 봉건적 사회에서 주인과 머슴 간에는 이런 비인간적인 행위들이 법의 제재 없이 횡행했답니다.

한편, 이러한 봉건적인 사고는 머슴인 삼룡이와 못된 주인 아들에게서만 나타나는 게 아니라, 주인 오 생원의 성격에서도 보여지고 있습니다. 오 생원이 며느릿감을 찾을 때 내세운 첫째 조건이 양반집 규수여야 한다는 것이었습니다. 오 생원은 부자였지만 원래 고상한 양반 집안이 아니었기 때문에, 그런 약점을 양반집 규수를 며느리로 맞아서 덮을 수 있다고 생각한 것입니다. 그래서 그는 가난한 양반의 딸을 돈을 주고 사오다시피 해서 며느리를 들입니다. 이렇게까지 그가 신분에 대해 민감했던 이유는 그 당시만 해도 양반과 상놈의 차별이 엄연하게 존재했기 때문이죠.

삼룡이는 이 일로 모진 고문을 당하고 결국 주인집에서 쫓겨나게 됩니다. 그는 이때까지 주인집을 떠나려 하거나 주인집 밖의 다른 곳에서 살 수도 있다는 생각을 한 번도 해 본 적이 없었습니다. 따라서 하늘이 무너져 내리는 것 같은 아득한 절망을 느끼지만, 또 한편으로는 마음속에 커다란 변화를 겪습니다. 주인은 자기를 먹여 주고 재워주고 보살펴 준 은인이 아니라, 한 번도 자기를 동등한 인간으로서 인정해 주지 않았던 원수였던 것을 알게 된 거지요.

이로써 이제까지 주인에게 억울하게 당하기만 하던 그가 적극적인 인물로 변모하게 됩니다. 삼룡이 쫓겨난 그날 밤, 오 생원의 집에 불이 나고, 삼룡이는 자기 목숨이 위태로운 줄도 모르고 주인을 구출해 낸 다음 색시를 구하려다 함께 불에 타 죽고 맙니다.

그런데 오 생원 집에는 누가 불을 낸 걸까요? 범인은 바로 이날 이 집에서 쫓겨난 삼룡이입니다. 삼룡이의 사랑은 현실적으로는 전혀 실현 불가능한 일이었습니다. 주인 아씨는 유부녀인데다가 신분상으로도 그녀와 삼룡이 사이엔 뛰어넘을 수 없는 장애물이 있었으니까요.

결국 삼룡이는 주인 아들의 오해와 학대로 쫓겨나게 되는 최악의 상황에서 불을 지름으로써, 사랑을 이루려고 합니다. '공중에 있는 달보다도 더 곱고 별들보다도 더 깨끗'한 주인 색시를 구원하고, 자기의 사랑을 지킬 수 있는 방법은 오직 불의 힘을 빌리는 수밖에는 없었던 것이죠. 결국 삼룡이는 모든 부조리한 주인집 처사와 부당함을 불로써 태워 없애 버립니다.

그는 불을 통해서 자기가 가치 있는 인격체로서 다시 태어나기를 간절히 원하고 있었습니다. 그래서 그의 죽음은 더욱 아름답고 고상한 사랑으로 승화되고 자유의 의미를 획득하게 됩니다. '불'이 지닌 이와 같은 상징성이 이 작품의 핵심이라 할 수 있죠. 불 속에서 주인 아씨를 안은 채 웃으면서 죽는 모습, 현실에서 이룰 수 없는 사랑을 타오르는 불꽃 속에서 한 순간이나마 이루는 결말 처리 방식이 이 작품을 낭만적인 소설로 읽히도록 하고 있습니다.

1 삼룡이의 내적 갈등은 무엇인가요?

2 주인공의 내면 심리가 극적 전환을 하게 되는 동기는 무엇인가요?

3 작품의 주제에 대해 생각해 봅시다.

4 이 작품이 지주에 대한 머슴의 보복 행위를 주제로 한 것이 아니라는 사실을 알려주는 결정적 사건은 무엇인가요?

5 소설에서 '불'이 상징하고 있는 것은 무엇인가요?

구성	발단	인심이 후하고 존경받는 오 생원.
	전개	오 생원의 아들은 삼룡이를 괴롭히지만, 삼룡이는 꼭 참는다.
	위기	삼룡이에게 새아씨가 부싯돌 쌈지를 만들어 주었는데, 그것이 말썽이 된 뒤로 기어이 삼룡이는 내쫓기기까지 한다.
	절정	불길 속으로 뛰어든 삼룡이는 주인을 구출해 낸다.
	결말	새아씨를 가슴에 안은 삼룡이는 타오르는 화염 속에서 평화롭고 행복한 미소를 짓는다.

핵심 정리	갈래	단편소설
	배경	1920년대 남대문 밖 연화봉 마을
	주제	한 인간의 숭고한 사랑. 사랑을 통한 인격적 존재로서의 성장과 인간성 회복.
	시점	서두는 1인칭 관찰자 시점, 뒤에 3인칭 전지적 작가 시점으로 바뀜.
	구성	액자적 구성, 역행적 구성
	문체	서정적 건조체

작중인물의 성격	삼룡이	지독한 추남에 벙어리인 이 작품의 주인공. 작품 초반부에서는 주인에게 철저히 복종하는 인물이지만, 후반부로 가면서 주인집 아들이 새아씨를 학대하고 자신에게 가혹한 행위를 하는 것에 차츰 반감을 느끼고 주인집에 불을 지르는 인물로 변모. 소극적인 인물에서 적극적인 인물로 변화하는 동적 인물.
	새아씨	영락한 양반의 딸로, 돈에 팔려 시집온 아름답고 착한 인물. 못된 남편에게 갖은 수모와 학대를 받지만, 참고 견디는 순종적인 여성. 한편, 삼룡이를 불쌍하게 여겨 따뜻하게 대해 주다가 남편에게 오해를 사게 되고 죽을 생각까지 하게 되는 선한 인물.
	오 생원	부지런하고 인심이 좋아서 동네 사람들로부터 존경을 받는 인물. 그러나 자식을 너무 버릇없이 키워 망나니로 만들어 버렸고, 자기 집안이 재산은 많으나 고상한 양반 가문이 아닌 것을 한탄해 영락한 양반집 딸을 돈으로 사오다시피 해 며느리로 삼는다.

작중인물의 성격

오 생원의 아들

오 생원의 삼대 독자로 귀하게 자란 탓에, 버릇없고 포악한 인물. 새색시에게 열등감을 느껴 그녀를 심하게 학대하고, 벙어리에다 바보 같은 삼룡이에게 비인간적으로 대하는 망나니. 그의 모진 박해로 새색시는 죽을 생각을 하고, 삼룡이는 주인집에서 쫓겨나는데, 새신랑의 비인간적인 작태와 가혹한 행위로 인해 삼룡이가 적극적인 인물로 변모하게 되는 계기를 마련하는 인물.

문학, 고독과 함께 탄생하다…….

「물레방아」의 작가 나도향(1902~1926)에게도 집이 있기는 있었답니다. 서울 남대문 성 밑의 골목 안 어디라나요? 그러나 그 집은 그야말로 게딱지만한 집이었죠. 게다가 그의 부친이 그 집에 약방을 차려 놓고 앉았기 때문에 그나마 도향은 그 집에서 함께 살려야 살 수가 없었다는군요. 그래서 그는 어쩔 수 없이 이 집 저 집 돌아다니며 걸식을 했답니다. 서울 장안에 제 집이 있으면서도, 석양 아래 외로운 그림자를 이끌고 전전하던 그의 모습을 상상해 보세요. 문자 그대로 지나가는 나그네였죠. 그러니 그의 작품들은 따뜻한 제 집에서 쓴 것도 아니요, 또 조용한 서재에서 쓴 것도 아니었습니다. 그는 원고지와 잉크병을 들고 다니며 하숙이나 여관에서 '고독'을 씹을 대로 씹어가면서 작품을 썼던 것입니다.

레디메이드 인생

● 채만식 蔡萬植

일천구백삼십사년의 이 세상에도 기적이 있다. 그

것은 P가 굶어죽지 아니한 것이다. 그는 최근 일

주일 동안 돈이 생긴 데가 없다. 잡힐 것도 없었고

어디서 벌이한 적도 없다. 그렇다고 남의 집 문앞

에 가서 밥 한술 주시오 하고 구걸한 일도 없고 남

의 것을 훔치지도 아니하였다.

호가 백릉·채옹인 채만식은 1902년 전북 옥구에서 출생했습니다. 1920년에 집안의 강제로 한 살 연상인 은선흥과 결혼하지만, 훗날 이혼하고 여고를 졸업한 신여성과 재혼하게 되지요. 1922년에 중앙고보를 졸업하고 일본의 와세다 대학에 입학했으며, 1923년에 처음으로 중편 「과도기」를 탈고합니다. 하지만 이 작품은 한참이 지난 1973년에야 유작으로 발표되지요.

부친의 파산으로 대학을 중퇴하고 귀국한 채만식은 1924년 강화의 사립학교 교원으로 취직하는데, 이 무렵 단편 「세 길로」가 《조선문단》에 추천되어 등단하게 됩니다. 1925년 《동아일보》기자로 입사하고, 1934년에 「레디메이드 인생」을 발표합니다.

1937년에는 장편 『탁류』를 《조선일보》에, 1938년에는 『천하태평춘』(후일 『태평천하』로 개명)을 《조광》지에 연재합니다. 그리고 1944년에 장편 『여인전기』를 《매일신보》에 연재하고, 1946년에는 단편 「논 이야기」, 1948년에는 일제 말기의 친일 행적을 반성하는 단편 「민족의 죄인」 등을 발표합니다.

그는 한국전쟁 발발 직전인 1950년 6월 11일 서울 자택에서 폐질환으로 사망했습니다.

한국 풍자문학의 대표 작가인 채만식.
1924년 문단에 데뷔할 무렵
(1902~1950)

한국 풍자문학의 대표적인 작가 채만식이 본격적인 작품활동을 한 시기는 카프가 해산되고 일제의 압력이 가중되던 때였습니다. 그는 일제에 대한 자신의 무력감을 자조적으로 드러내면서 식민 시대를 비판하는 방법으로 고백적 풍자문학의 길을 선택했는데, 여기서 동원한 주요 기법은 아이러니였습니다. 이러한 아이러니는 그의 작품을 이루는 문장과 행간, 그리고 인물들의 성격 모두에서 잘 드러나고 있지요.

그의 작품에 등장하는 인물들은 크게 두 가지 성격으로 나뉘는데, 하나는 작가가 지지하는 긍정적 인물이요, 다른 하나는 작가가 반대하는 부정적 인물입니다. 그 중에서도 그의 소설의 아이러니는 부정적 인물을 주인공으로 삼고, 긍정적 인물을 배후에 두거나 희화시킴으로써 획득하고 있습니다.

채만식은 당시 일제의 엄격한 검열제도를 피해 자기가 보고 느낀 것을 진솔하게 표현하기 위해서 마련한 장치가 바로 역설적인 방법의 글쓰기였던 셈이죠. 따라서 아이러니로 가득 찬 문장과 주인공들을 통해 식민지 교육의 모순과 고리대금업, 도박과 같은 비정상적 자본 이동의 현상을 날카롭게 비판하고 있는 것입니다.

전북 옥구군 임피면에 있는 채만식의 분묘

「레디메이드 인생」은 주인공 P가 직업을 얻기 위해 이곳 저곳을 수소문하며 다니는 과정에서 만나는 사람들과의 대화를 통해, 세상을 보는 P의 시각과 사유의 변이를 보여주고 있습니다.

이것은 1930년대 중반 일제 식민 치하에서의 지식인들의 삶이 어떠했는가, 그들의 고민과 갈등이 무엇이었는가를 설명적으로 풀어 보여주는 기능을 하기도 합니다. 물론 여기에서도 여전히 풍자와 냉소가 동원되고 있지요. 변화된 사회 현실에서 낙오되어 파멸하는 지식인의 모습을 통해 작가는 지식인을 소외시킨 당대 사회의 물질 만능주의적 태도를 비판하고 있는데요, 이러한 비판은 사회만을 향한 것은 아니고, 지식인 스스로를 풍자하는 자조적인 측면까지 담고 있다는 점에 주목해야겠지요.

주인공은 자기 자신을 연민하고 비하하고 있는데, 이러한 태도는 자신의 아들을 학교에 보내지 않고 공장에 취직시키는 데까지 나아가고 있습니다. 그렇다고 주인공이 지식인의 허울을 벗고 노동자 계층과의 연대를 희망한 것이라고 보기는 힘들고, 다만 식민지 교육이 무용하다고 생각하기 때문에 결정한 차선책이 아닐까 생각합니다.

1

"뭐 어데 빈 자리가 있어야지."

K사장은 안락의자에 폭신 파묻힌 몸을 뒤로 벌떡 젖히며 하품을 하듯이 시원찮게 대답을 한다. 두 팔을 쭉 내뻗고 기지개라도 한번 쓰고 싶은 것을 겨우 참는 눈치다.

이 K사장과 둥근 탁자를 사이에 두고 공손히 마주 앉아 얼굴에는 '나는 선배인 선생님을 극히 존경하고 앙모합니다' 하는 비굴한 미소를 띠고 있는 구변없는 구변을 다하여 직업 동냥의 구걸 문구를 기다랗게 늘어놓던 P……. P는 그러나 취직 운동에 백전백패百戰百敗의 노졸老卒인지라 K씨의 힘 아니 드는 한마디의 거절에도 새삼스럽게 실망도 아니한다. 대답이 그렇게 나왔으니 인제 더 졸라도 별수가 없는 것이지만 헛일삼아 한마디 더 해 보는 것이다.

"글쎄올시다, 그러시다면 지금 당장 어떻게 해 주십사고 무리하게 조를 수야 있겠습니까마는…… 그러면 이 담에 결원이 있다든지 하면 그때는 꼭……"

이렇게 말하고 P는 지금까지 외면하였던 얼굴을 돌리어 K사장을 조심성 있게 바라보았다. 그러나 K사장은 우선 고개를 좌우로 두어 번 흔들고는 여전히 하품 섞인 대답을 한다.

"결원이 그렇게 나나 어데…… 그리고 간혹 가다가 결원이 난다더라도 유력한 후보자가 몇십 명씩 밀려 있어서……"

P는 아무 말도 아니하고 고개를 숙였다. 인제는 영영 틀어진 것이다. '안녕히 계십시오' 하고 일어서는 것밖에는 별수가 없다.

별수가 없이 되었으니 '네 그렇습니까' 하고 선선히 일어서야 할 것이지만 지금까지의 은근히 모시고 있던 태도에 비하여 그것이 너무 낯간지러운 표변임을 알기 때문에 실망이나 하는 체하고 잠시 더 앉아 있는 것이다.

"거참 큰일들 났어."

K사장은 P가 낙심해하는 것을 보고 밑천이 들지 아니하는 일이라서 알뜰히 걱정을 나누어 준다.

"저렇게 좋은 청년들이 일거리가 없어서 저렇게들 애를 쓰니."

P는 속으로 코똥을 '흥' 하고 뀌었으나 아무 대답도 아니하였다.

K사장은 P가 이미 더 조르지 아니하리라고 안심한지라 먼저 하품 섞어 '빈자리가 있어야지' 하던 시원찮은 태도는 버리고 그가 늘 흉중에 묻어 두었다

가 청년들에게 한바탕씩 해 들려주는 훈화를 꺼낸다.

"그렇지만 내가 늘 말하는 것인데…… 저렇게 취직만 하려고 애를 쓸 게 아니야. 도화지에서 월급 생활을 하려고 할 것만이 아니라 농촌으로 돌아가서……."

"농촌으로 돌아가서 무얼 합니까?"

P는 말 중동을 잘라 불쑥 반문하였다. 그는 기왕 취직 운동은 글러진 것이니 속시원하게 시비라도 해 보고 싶은 것이다.

"허, 저게 다 모르는 소리야……. 조선은 농업국이요, 농민이 전 인구의 팔할이나 되니까 조선 문제는 즉 농촌 문제라고 볼 수가 있는데, 아 지금 농촌에서 할 일이 오죽이나 많다구?"

"저는 그 말씀 잘 못 알아듣겠는데요. 저희 같은 사람이 농촌에 가서 할 일이 있을 것 같잖습니다."

"그럴 리가 있나! 가령 응…… 저……."

K사장은 끝내 대답을 하지 못한다. 그것은 무리가 아니다.

그가 구직하러 오는 지식 청년들에게 농촌으로 돌아가 농촌 사업을 하라는 것은(다음에 또 꺼내는 일거리를 만들라는 것은) 결코 현실에서 출발한 이론적 근거가 있는 것이 아니었다. 그저 지식 계급의 구직꾼이 넘치는 것을 보고 막연히 '농촌으로 돌아가라', '일을 만들어라' 라고 해 왔을 따름이다. 따라서 거기에 대한 구체적 플랜이 있는 것도 아니었던 것이다. 한편으로는 한 행세거리로 또 한편으로는 구직꾼 격퇴의 수단으로 자룡이 헌 창 쓰듯 썼을 뿐이지.

그리하여 그 동안까지는 대개는 그 막연한 설교를 들은 성 만 성 물러가는 것이 그들의 행티였었는데 오늘 이 P에게만은 그렇지가 아니하여 불가불 구체적 설명을 해 주어야 하게 말머리가 돌아선 것이다. 그래서 그는 떠듬떠듬 생각해 가면서 생각나는 대로 주워섬기는 것이다.

"가령 응…… 저…… 문맹퇴치 운동도 있지. 농민의 구할은 언문도 모른단 말이야! 그리고 생활개선 운동도 좋고…… 헌신적으로."

"헌신적으로?"

"그렇지……. 할 테면 헌신적으로 해야지."

"무얼 먹고 헌신적으로 그런 사업을 합니까? 먹을 것이 있어서 그런 농촌사업이라도 할 신세라면 이렇게 취직을 못해서 애를 쓰겠습니까?"

"허! 그게 안 된 생각이야. 자기가 먹고 살 재산이 있으면서 사회를 위해서 일도 아니하고 빈들빈들 논다는 것은, 그것은 타락된 생각이야."

P는 K사장이 억단을 내세우는 것을 보고 속으로 싱그레 웃었다.

"그렇지만 지금 조선 농촌에서는 문맹퇴치니 생활개선이니 합네 하고 손끝이 하얀, 대학이나 전문학교 졸업생들이 모여오는 것을 그다지 반겨하기는커녕 머릿살을 앓을 것입니다. 농민이 우매하다든지 문화가 뒤떨어졌다든지 또 생활이 비참한 것의 근본 원인이 기역 니은을 모른다든가 생활개선을 할 줄 몰라서 그런 것이 아니니까요. 그리고 조선의 지식 청년들이 모두 그런 인도주의자가 되어집니까?"

"되면 되지 안 될 건 무어야?"

"그건 인도주의란 그것이 한 개 공상이니까 그렇겠지요."

"허허…… 그러면 P군은 ××주의잔가?"

"되다가 찌부러진 찌스레깁니다. 철저한 ××주의자라면 이렇게 선생님한 테 와서 취직 운동도 아니합니다."

"못써. 그렇게 과격한 사상으로 기울어서야 쓰나……. 정 농촌으로 돌아가기가 싫거든 서울서라도 몇 사람 마음 맞는 사람이 모여서 무슨 일을—조국에 신문이 모자라니 신문을 하나 경영하든지 또 조그맣게 하자면 잡지 같은 것도 좋고 또 영리 사업도 좋고……. 그러면 취직 운동하는 것보다 훨씬 낫잖은가?"

"좋은 줄이야 압니다만 누가 돈을 내놉니까?"

"그거야 성의 있게 하면 자연 돈도 생기는 거지."

P는 엉터리없는 수작을 더 하기가 싫어 웬만큼 말을 끊고 일어섰다.

속에 있는 말을 어느 정도까지 활활 해 준 것이 시원은 하나 또 취직이 글렀구나 생각하니 입안에서 쓴침이 고여 나온다.

복도에서 편집국장 C를 만났다. P는 C와 자별히 사이가 가까운 터였다.

"사장 만나러 왔소?"

C가 묻는 것이다.

"아니."

P는 거짓말을 하였다. 그는 지금 K사장을 만나 거절당한 이야기를 하기가 어쩐지 창피하기도 할 뿐 아니라 또 전부터 C더러 K사장에게 자기의 취직운동을 부탁해 왔던 터인데 직접 이렇게 찾아와서 만났다고 하기가 혐의쩍기도 하여 시치미를 뚝 뗀 것이다.

"아주 단념하오."

C는 자기에게 부탁한 취직 운동을 단념하란 말이다. 그러면 벌써 C가 K사장에게 이야기를 하였고 그 결과 일이 틀어진 것을 P는 모르고 와서 헛노릇을 한바탕 한 것이다. P는 먼저 C를 만나보지 아니하고 K사장을 만난 것을 후회하였다. C는 잠깐 멈췄던 말을 계속한다.

"어제 아침에 사장더러 P군의 사정이 퍽 난처하니 어떻게 생각해 봐 주면 좋겠다고 여러 말을 했다가 코떼었소. 신문사가 구제 기관이 아닌데 남의 사정이 난처한 것을 어떻게 하라느냐고 그럽디다……. 하기야 그게 옳은 말이지만."

신문사가 구제 기관이 아니라고 한다는 그 말이 P의 머리에는 침 끝으로 찌르는 것같이 정신이 들게 울리었다.

"흥! 망할 자식들!"

P는 혼잣말로 이렇게 두덜거리며 C와 작별도 아니하고 밖으로 나와 버렸다.

2

P는 광화문 네거리의 기념비각記念碑閣 옆에서 발길을 멈추고 망설였다. 어디로 갈까 하는 것이다.

봄 하늘이 맑게 개었다. 햇볕이 살이 올라 포근히 온몸을 싸고돈다. 덕석 같은 겨울 외투를 벗어버리고 말쑥말쑥하게 새로 지은 경쾌한 춘추복의 젊은 이들이 봄볕처럼 명랑하게 오고 가고 한다.

멋쟁이로 차린 여자들의 목도리가 나비같이 보드랍게 나부낀다. 그 오동보 동한 비단 다리를 바라다보노라니 P는 전에 먹던 치킨 커틀릿이 생각났다.

창을 활활 열어제친 전차 속의 봄 사람들을 보니 P도 전차를 잡아타고 교외로 나가고 싶었다. 그러나 크림 맛을 못 본 지 몇 달이 된 낡은 구두, 고기작거린 동복 바지, 양편 포켓이 오뉴월 쇠불알같이 축 처진 양복저고리, 땟국 묻은 와이셔츠와 배배꼬인 넥타이, 엿장수가 이 전어치 주마던 낡은 모자, 이렇게 아래로부터 훑어 올려다보며 생각하니 교외의 산보는커녕 얼른 돌아가서 차라리 이불을 뒤쓰고 드러눕고만 싶었다.

마침 기념비각 앞에 자동차 하나가 머물더니 서양 사람 내외가 내린다. 그들은 사내가 설명하고 여자가 듣고 하면서 기념비각을 앞뒤로 구경한다. 여자는 사진까지 찍는다.

대원군이 만일 이 꼴을 본다면…… 이렇게 생각하매 P는 저절로 미소가 입가에 떠올랐다.

3

대원군은 한말韓末의 돈키호테였다. 그는 바가지를 쓰고 벼락을 막으려 하였다. 바가지는 여지없이 부스러졌다. 역사는 조선이라는 조그마한 땅덩어리나마 너무 오래 뒤떨어뜨려 놓지 아니하였다.

갑신정변甲申政變에 싹이 트기 시작하여 가지고 한일합방의 급격한 역사적 변천을 거쳐 자유주의의 사조는 기미년에 비로소 확실한 걸음을 내어디디었다.

자유주의의 새로운 깃발을 내어걸은 '시민市民'의 기세는 등등하였다.

'양반? 흥! 누구는 발이 하나길래 너희만 양발(반)이라느냐?'

'법률의 앞에서는 만인이 평등이다.'

'돈…… 돈이 있으면 무어든지 할 수 있다.'

신흥 부르주아지는 민주주의의 간판을 이용하여 노동자 농민의 등을 어루만지고 경제적으로 유력한 봉건 귀족과 악수를 하는 동시에 지식 계급을 대량으로 주문하였다.

'유자천금이 불여교자 일권서遺子千金不如敎子一券書' 자식에게 천금의 재산을 남겨주는 것보다는 한 권의 책을 물려주는 것이 낫다. 라는 봉건시대의 진리가 자유주의의 세례를 받아 일단의 더 발전된 얼굴로 민중을 열광시켰다.

'배워라, 글을 배워라……. 지식만 있으면 누구나 양반이 되고 잘살 수가 있다.'

이러한 정열의 외침이 방방곡곡에서 소스라쳐 일어났다.

신문과 잡지가 붓이 닳도록 향학열을 고취하고 피가 끓는 지사志士들이 향촌으로 돌아다니며 세치의 혀를 놀리어 권학勸學을 부르짖었다.

'배워라! 배워야 한다. 상놈도 배우면 양반이 된다.'

'가르쳐라! 논밭을 팔고 집을 팔아서라도 가르쳐라. 그나마도 못하면 고학이라도 해야 한다.'

'야학을 실시하여라.'

재등齋藤 총독이 문화 정치의 간판을 내걸고 골고루 학교를 증설하였다.

보통학교의 교장이 감발을 하고 촌으로 돌아다니며 입학을 권유하였다.

생도에게는 월사금을 받기커녕 교과서와 학용품을 대주었다.

민간의 유지는 돈을 거둬 학교를 세웠다. 민립 대학도 생기려다가 말았다. 청년회에서 야학을 설시하였다. '갈돕회'가 생겨 갈돕만주 외우는 소리가 서울의 신풍경을 이루었고 일반은 고학생을 존경하였다.

여학생이라는 새 숙어가 생기고 신여성이라는 새 여인이 생겨났다.

이와 같이 조선의 관민이 일치되어 민중의 지식 정도를 높이는 데 전력을 하였다. 즉 그들 관민이 일치하여 계획한 조선의 문화 정도는 급속도로 높아 갔다. 그리하여 민중의 지식 보급에 애쓴 보람은 나타났다.

면서기를 공급하고 순사를 공급하고 군청 고원을 공급하고 간이 농업학교 출신의 농사 개량 기수를 공급하였다.

은행원이 생기고 회사원이 생겼다. 학교 교원이 생기고 교회의 목사가 생겼다. 신문 기자가 생기고 잡지 기자가 생겼다. 민중의 지식 정도가 높았으니 신문 잡지 독자가 부쩍 늘고 의사와 변호사의 벌이가 윤택하여졌다.

소설가가 원고료를 얻어먹고, 미술가가 그림을 팔아먹고, 음악가가 광대의 천호賤號에서 벗어났다.

인쇄소와 책장사가 세월을 만나고 양복점 구둣방이 늘비하여졌다.

연애 결혼에 목사님의 부수입이 생기고 문화 주택을 짓느라고 청부업자가 부자가 되었다. 그리하여 부르주아지는 '가보'를 잡고 공부한 일부의 지식꾼 '진주(다섯 끗)'를 잡았다.

그러나 노동자와 농민은 무대를 잡았다. 그들에게는 조선 문화의 향상이나 민족적 발전이나가 도리어 무거운 짐을 지워주었을지언정 덜어주지는 아니하였다. 그들은 배〔梨〕주고 속 얻어먹은 셈이다.

……(원문 20여 자 탈락)……

인텔리…… 인텔리 중에도 아무런 손끝의 기술이 없이 대학이나 전문학교의 졸업 증서 한 장을, 또는 조그마한 보통 상식을 가진 직업 없는 인텔리…… 해마다 천여 명씩 늘어가는 인텔리…… 뱀을 본 것은 이들 인텔리다.

부르주아지의 모든 기관이 포화 상태가 되어 더 수요가 아니 느니 그들은 결국 꼬임을 받아 나무에 올라갔다가 흔들리우는 셈이다. 개밥의 도토리다.

인텔리가 아니었으면 차라리……(원문 9자 탈락)……노동자가 되었을 것인데 인텔리인지라 그 속에는 들어갔다가도 도로 달아나오는 것이 구십구 퍼센트다. 그 나머지는 모두 어깨가 축 처진 무직 인텔리요, 무력한 예비군 속에서 푸른 한숨만 쉬는 초상집의 주인 없는 개들이다. 레디메이드 인생이다.

4

"제길!"

P는 혼자 투덜거리며 지금까지 섰던 기념비각 옆을 떠났다.

……(원문 일부 탈락)……

P는 자기 자신이고 세상의 모든 일이고 모두 짜증이 나고 원수스러웠다.

광화문 큰 거리를 총독부 쪽으로 어슬어슬 걸어가노라니 그의 그림자가 짤막하게 앞에 누워 간다. P는 그 자기의 그림자를 콱 밟고 싶었다. 그러나 발을 내어디디면 그림자도 그만큼 앞으로 더 나가곤 한다. 이 그림자가 자기 자신에서 그리고 그림자를 밟으려는 자기 자신과 앞으로 달아나는 그림자에서 P는 자기의 이중 인격의 모순상相을 발견하였다.

동십자각 옆에까지 온 P는 그 건너편 담배 가게 앞으로 갔다.

"담배 한 갑 주시오."

하고 돈을 꺼내려니까 담배 가게 주인이,

"네, 마코^{당시의 하급 담배 상표.} 입니까?"

묻는다.

P는 담배 가게 주인을 한번 거들떠보고 다시 자기의 행색을 내려 훑어보다가 심술이 버쩍 났다. 그래서 잔돈으로 꺼내려던 것을 일부러 일 원짜리로 꺼내려는데 담배 가게 주인은 벌써 마코 한 갑 위에다 성냥을 받쳐 내어민다.

"해태 주어요."

P는 돈을 들이밀면서 볼멘소리를 질렀다. 그러나 담배 가게 주인은 그저 무신경하게,

"네!"

하고는 마코를 해태로 바꾸어 주고 팔십오 전을 거슬러다 준다.

P는 저편이 무렴해하지 아니하는 것이 더욱 얄미웠다.

그는 해태 한 개를 꺼내어 붙여 물고 다시 전찻길을 건너 개천가로 해서 올라갔다. 인제는 포켓 속에 남은 것이 꼭 삼 원하고 동전 몇 푼이었다. 엊그제

겨울 외투를 사 원에 잡혀서 생긴 것이다.

방세와 전깃불값이 두 달치나 밀렸다. 삼 원은 방세 한 달치를 주고 일 원에서 전등삯 한 달치를 주고도 싶었으나 그러고 나면 그 나머지로 설렁탕이나 호떡을 사먹어도 하루밖에는 못 지낸다. 그래 그대로 넣어두고 한 이틀 지내는 동안에 일 원이 거진 달아났던 판인데 공연한 객기를 부리느라고 당치도 아니한 해태를 샀기 때문에 인제는 일 원 돈은 완전히 달아나고 삼 원만 남을 것이다.

P는 포켓 속에 손을 넣고 잔돈과 지폐를 섞어 삼 원 남은 돈을 만지작거렸다. 그러면서 왼편 손으로는 손가락을 꼽아가며 삼 원을 곱쟁이쳐 보았다.

육 원, 십이 원, 이십사 원, 사십팔 원, 구십육 원, 백구십이 원, 팔 원 모자라는 이백 원…… 사백 원, 팔백 원, 일천육백 원, 삼천이백 원, 육천사백 원, 일만 이천팔백 원, 팔백 원은 떼어버리고 이만 사천 원, 사만 팔천 원, 구만 육천 원, 십구만 이천 원, 삼십팔만 사천 원, 칠십육만 팔천 원, 일백오십삼만 육천 원…….

삼 원을 열여덟 번만 곱집으면 일백오십삼만 원, 그놈이 있으면…… 이렇게 생각하매 어깨가 으쓱해졌다. 삼 원의 열여덟 곱쟁이가 일백오십만 원이니 퍽 쉬운 일이다.

그놈만 있으면 백만 원을 들여서 오십 전짜리 십육 페이지 신문을 하나 했으면 우선 K사장의 엉엉 우는 꼴을 볼 수가 있을 것이다.

그러나 아쉬운 대로 십오만 원만 있어도, 일만 오천 원 아니 일천오백 원만 있어도, 아니 일백오십 원만 있어도 십오 원만 있어도 우선 방세와 전등삯을 주고 한 달은 살아가겠다.

P는 한숨을 내쉬었다. 한 달? 한 달만 살고 나면 그담은 어떻게 하나……. 그대로 몇백 원은 있어야지, 아니 몇천 원은 아니 몇만 원은…….

P는 늘 하는 버릇으로 이런 터무니없는 공상을 되풀이하였다.

그는 최근 이러한 공상을 하면서부터 취직을 시들하게 여겼다. 취직이 된댔자 사오십 원이나 오륙십 원의 월급이다. 그것을 가지고 빠듯빠듯 살아간들 무슨 아기자기한 재미가 있을 턱도 없는 것이다.

가령 근실히 해서 월괘저금月掛貯金 같은 것도 하고 집도 장만하고 여편네도 생기고 사장이나 중역들의 눈에 들어 지위도 부장쯤으로는 올라가고 그리하여 생활의 근거도 안정이 되고 하면 지금 같은 곤란을 당하지 아니하겠지만, 그러나 P에게는 아직도 젊은 때의 야심이 있어 그러한 고식된 안정이나 명색 없는 생활은 도리어 피하고 싶었던 것이다. 좀더 남의 눈에 띄며 좀더 재미있고 그리고 자유로운 생활…….

물론 그는 지금이라도 누가 한 달에 삼십 원만 줄 테니 와서 일을 해 달라면 마치 굶주린 개가 고기를 보고 덤비듯이 덮어놓고 덤벼들 것이다. 그러나 속으로는 그와는 딴판으로 배포를 부리고 있는 것이다.

P는 삼청동으로 올라가느라고 건춘문 앞까지 이르렀을 때에 저편에서 말쑥하게 몸 치장을 한 여자 하나가 마주 내려왔다.

역시 삼청동 근처에 사는 여자인지 P와는 가끔 마주치는 여자다. P는 그 여자와 만날 때마다 일부러 눈여겨보지 않는 체하면서도 실상은 고비 샅샅 관찰을 하였고, 그리고 속으로는 연애라도 좀 했으면 하던 터이었다. 무엇보다도 동그스름한 얼굴에 이목구비가 모두 모지지 아니하고 얼굴의 윤곽이 동글 듯이 모가 나지 아니한 것, 그래서 맘자리도 그렇게 동글려니 하는 것이 P의 마음을 끈 것이다.

그 여자는 자주 만나는 이 협수룩한 양복쟁이 P를 먼 빛으로도 알아보았는지 처녀다운 조심스런 몸매로 길을 가로 비켜 가까이 왔다.

P는 고개를 꼿꼿이 쳐들고 앞만 쳐다보면서도 속으로는, '저 여자가 지금 내 옆으로 다가와서 조그만 소리로 정답게 구애求愛를 한다면? 사뭇 들이안긴다면…… 어쩔꼬?' 이런 생각을 하면서 히죽이 웃는데 여자는 벌써 지나쳐 버렸다.

'흥! 어쩌긴 무얼 어째……? 이년아, 일없다는데 왜 이래! 하고 발길로 칵 차 내던지지' 하고 P는 어깨를 으쓱하였다.

삼청동 꼭대기에 있는 집—집이 아니라 사글세로 들은 행랑방—에 돌아왔다. 객지에 혼자 있으니 웬만하면 하숙에 있을 것이로되 밥값이 밀리고 그것에 졸릴 것이 무서워 P는 방을 얻어 가지고 있었던 것이다. 먹는 것이야 수중에 돈이 있는 때에 따라 호떡도 설렁탕도 백화점의 런치도 그렇잖고 몇 끼니씩 굶기도 하여 대중이 없었다.

별 구경을 잘 못해서 겨울에도 곰팡이가 슬고 이불을 며칠씩 그대로 펴두는 방바닥에서는 먼지가 풀신풀신 올랐다. 하도 어설퍼 앉으려고도 아니하고 방 가운데 우두커니 서서 있노라니까 안방문 여닫는 소리가 들리며 주인 노파가 나와서 캑 하고 기침을 한다. P는 또 방세 졸릴 일이 아득하였다.

그러나 노파는 방세보다도 우선 편지 한 장을 들이밀어 준다. 고향의 형에게서 온 것이다. 편지를 뜯어 읽고 난 P는 말가웃(一斗半)이나 되게 한숨을 푸내쉬었다. 그리고는 편지를 박박 찢어 버렸다.

5

편지의 요건은 P의 아들에 관한 것이다.

P에게는 연전에 갈린 아내와의 사이에 생긴 창건이라는 아들이 있다. 금년에 아홉 살이다. 아내와 갈릴 때에 저편에서 다만 어린애만이라도 주었으면 그것을 데리고 길러가는 재미로 혼자 사는 세상에 낙을 붙이겠다고 사정하였다. 그리고 적어도 중학교까지는 마치게 하겠다는 것이었다.

그렇게 했으면 P도 한 짐을 덜었을 것이다. 그러나 그는 듣지 아니하였다.

어릴 적부터 소박데기 어미의 손아귀에서 아비의 원망과 푸념을 들어가면서 자란 자식은 자란 뒤에 그 아비에게 호감을 가지지 못한다. P는 자식을 꼭 찾고 싶은 것은 아니나 아무튼 장성하면 아비라고 찾아올 터인데 그때에 P는 이미 늙고 자식은 팔팔하게 젊은 놈이 제 어미를 소박한 아비라서 아니꼽게 군다면 그것은 차마 못 당할 노릇이다.

이러한 생각으로 P는 창선이를 내주지 아니한 것이다. 그러나 빼앗아 놓고 보니 인제 겨우 너덧 살밖에 아니 먹은 것을 자기 손으로 어찌할 수가 없다. 그리하여 할 수 없이 어렵사리 지내는 그 형에게 맡기어 놓고 다시 서울로 올라온 것이다. 보통학교에 다닐 나이가 되면 서울로 데려오겠다고 해두고. P의

형은 작년에 조카를 보통학교에 입학시켰다. 그러나 극빈 축에 드는 집안인지라 몇 푼 안 되는 월사금과 학비를 대지 못하여 중도에 퇴학시켰다. 애초에 입학시킬 상의로 P에게 편지를 했을 때 P는 공부 같은 것은 시켰자 소용이 없으니 차라리 뼈가 보드라운 때부터 생일[勞動]을 시키라고 하였다. P의 형은 그러나 백부伯父의 도리로나 집안의 체면으로나 창선이를 생일을 시킬 수가 없었다. 차라리 자기 손에 두어 헐벗기고 헐입히면서 공부도 시키지 못하느니 제 아비인 P더러 데려가라고 작년부터 편지를 하던 터이다.

금년도 입학 시기가 당함에 P의 형은 P에게 수차 편지를 하였다. 금년에 입학을 시키지 못하면 명년에는 학령이 초과되어 들려주지 아니할 것이니 어서 데려다가 공부를 시키라는 것이다.

그 어린것이 굶기를 먹듯 하고 재주는 있으면서 남의 집 아이들이 학교에 다니는 것을 부러워하는 꼴은 차마 애처로워 볼 수가 없다. 차라리 이꼴 저꼴 보지 아니하는 것이 속이나 편하겠다.

이번 편지에는 이러한 구절이 있고 끝에 가서,

여비가 몇 원 변통되면 차를 태우고 전보를 칠 테니 정거장에 나와 데려가거라. 나도 웬만하면 객지에 혼자 있는 너에게 어린 자식을 떠맡기듯이 보내겠느냐마는 잘못하다가 그것을 굶겨 죽이겠기에 생각다 못하여 단행하는 것이다.

이러한 말이 씌어 있었다.

P는 박박 찢은 편지를 돌돌 뭉쳐 방구석에 내던지고 한숨을 푸 내쉬었다.

인제는 자식을 데리고 있기가 피할 수 없이 되었는데 어떻게 했으면 좋을까 하는 것이다. 그는 형이 원망스럽고 아니꼬웠다. 굳이 제 아비를 따라 보낸다는 것이 아니라 부둥부둥 공부를 시키라는 것 때문이다. 기왕 서울로 보내나 시골서 데리고 있으나 고생시키기는 일반이니 차라리 시골서 일찍부터 생일이나 시켰으면 P에게는 여러 가지로 좋을 것이었다.

"흥! 체면! 공부! 죽어도 인텔리는 만들잖는다."

P는 혼자 이렇게 투덜거렸다.

"집에서 온 편지유? 무슨 걱정이 생겼수?"

말거리를 찾지 못하여 머뭇거리고 섰던 안방 노인이 동정이나 하는 듯이 이렇게 묻는다.

"아, 아니오."

P는 마지못해서 코대답을 하였다.

"필경 무슨 걱정이 생긴 게구려!"

노인은 자기의 말거리를 만들려고 아니라는데도 이렇게 걱정을 내어놓는다.

"그게 모두 가난한 탓이지……. 저렇게 젊고 똑똑한 이가, 저게 모두 가난한 탓이야! 어디 구실〔職業〕 자리 말한다더니 아직 아니 됐수?"

"네 아직……."

"거 큰일났구려! 어서 돼야 할 텐데……. 나두 꼭 죽겠수……. 이 늙은 것이…… 돈 좀 마련되잖았수?"

"네 아직 좀……."

"저걸 어쩌나! 오늘은 물값이야 전깃불 값이야 사뭇 받으러 달려들 텐데!"

"며칠만 더 미루십시오. 설마 하니 마나님이야 아니 드리겠습니까……."

"아무렴! 실수야 없을 줄 알지만 내가 하도 옹색하니까 그러는 거지……."

P는 노인이 지껄이게 두어두고 혼자 생각하였다. 전에 아는 집에서 셋방을 얻어들었을 때에는 두 달이고 석 달이고 세가 밀려야 조르는 법이 없었다. 밀려도 조르지 아니하는 아는 집…… 이것이 P는 도리어 미안해서 이곳으로 옮겨온 것이다. 옮겨와 가지고 막상 졸림질을 당하니 미안해도 졸림질을 아니하던 옛집이 그리워지는 것이다.

노인이 문을 가로막고 서서 수다스런 소리로 더 지껄이려고 하는데 마침 P의 동무 M과 H가 찾아왔다.

"어디 나가나?"

M이 그렇지 않아도 벌씸한 코를 한번 더 벌씸하고 사이 벌어진 앞니를 내어 보이며 싱긋 웃는다.

몸집은 M과 같이 뚱뚱하지만 키가 작아 M의 뒤에 가려 섰던 H가 옆으로 나서며,

"안녕하시오."

하고 인사를 한다.

P는 싱긋이 웃었다. 이 M과 H는 같은 하숙에 있는데 두 사람은 곧잘 같이 돌아다닌다. 같이 가는 것을 나란히 세워 놓고 보면 하나는 키가 커서 우뚝하고 하나는 키가 작아서 납작 붙어가는 것 같다.

얼굴도 M은 우둘두둘한 게 정객 타입으로 생기었고 잘못하면 복싱 링에 내세워도 좋겠고 H는 안존한 게 사무원 타입이다.

일상의 언행을 보아도 H는 무슨 이야기가 자기 전문인 법률에 관한 것에 다다르면 육법전서의 조목을 따르르 외면서 이렇고저렇고 하다고 설명을 하고, M은 동경서 학생 ××에 제휴를 했던 만큼 그리고 전문이 정경과인 만큼 좌익 진영에서 쓰는 어투가 그대로 나온다.

"여전히 모두 동색冬色이 창연하군!"

P는 두 사람의 툭툭한 겨울 양복을 보고 그리고 자기의 행색을 내려보며 웃었다.

M이 신을 벗고 들어와 먼지 앉은 책상 위에 걸터앉으며,

"춘래 불사춘일세."

하고 한마디 왼다. H도 따라 들어와 한편에 앉으며 한마디한다.

"아직 괜찮아……. 거리에서 보니까 동복 입은 사람이 많데……."

"괜찮기는 뭐 괜찮아……. 우리가 길로 돌아다니니까 사방에서 아이구야! 소리가 들리데."

"왜?"

"봄이 발 밑에서 짓밟히느라고."

"하하하하."

세 사람은 소리를 내어 웃었다.

"참 시험 본 것 어떻게 되었소?"

P는 H가 일전에 총독부서 본 고원 채용 시험을 생각하고 물어 보았다.

"말두 마시우……. 인제는 꼭 들어앉아 공부나 해가지고 변호사 시험이나 치겠소."

사람이 별로 변통성이 없고 그렇다고 여기저기 반연도 없이 취직이 여의하게 되지 못하는 것을 볼 때에 P는 가엾은 생각이 늘 들곤 하였다.

"가만 있게. 어서 변호사 시험만 패스하게. 그러면 인제 내가 백만 원짜리 주식회사를 조직해 가지고 자네를 법률 고문으로 모셔옴세."

이것은 M이 늘 농삼아 하는 농담이다. M도 일 년이나 취직 운동을 하면서 지냈건만 그는 되레 배포가 유하다. 조금 더 재빠르게 했으면 M은 벌써 취직이 되었을지도 모르나 그는 타고난 배포와 그리고 남에게 아유구용阿諛苟容 _{아첨하며 구차스레 구는 모양.} 을 하길 싫어하는 성질로 말하자면 취직 전선의 낙오자다.

별로 만나야 할 일도 없다. 그러나 제가끔 혼자 있으면 우울해지니까 이렇게 서로 찾으며 자주 만나게 된다. 만나 앉아서 이야기라도 지껄이면 그 동안만은 명랑하여진다. 지금 서울 안에 P니 M이니 H와 같이 매일 만나 하는 일 없이 돌아다니고 주머니 구석에 돈푼 있으면 서로 털어 선술잔이나 먹고 하는 룸펜의 패가 수없이 많다.

무어나 일을 맡기었으면 불이 번쩍 일게 해낼 팔팔한 젊은 사람들이다. 그렇건만 그들은 몸을 비비 꼬고 있다.

아무 데도 용납지 못하는 사람들이다. ××적 ××에서 그들을 불러들이기에는 ××적 ××의 주관적 정세가 너무도 미약하다. 그것은 그들의 몇 부분이 동경서 학생으로 있을 시절에는 그 속에서 활발하게 ××을 계속하던 것이 조선에 나오면서 탈리되는 것으로 보아 그러한 해석을 내리지 아니할 수가 없다. 그렇다고 부르주아지의 기성 문화기관에 들어가자니 그곳에서는 수요를 찾지 아니한다. 레디메이드로 된 존재들이니 아무 때라도 저편에서 필요해야만 몇씩 사들여 간다.

M이 마코를 꺼내 놓고 붙여 문다. P는 포켓 속에 들어 있는 해태를 차마 내놓기가 낯이 따가워 M의 마코를 집어 당겼다.

……(원문 80여 자 탈락)……

P는 설명을 시작한다. P 자신 그러한 장난 비슷한 공상은 하면서 일단 해 보라고 하면 주저할 것이지만 어쨌거나 그랬으면 통쾌하리라는 것이다.

"먼첨 경무국에 들어가서 아주 까놓고 이야기를 한단 말이야. 우리가 지금 대상으로 하고 있는 것은 총독부가 아니라 조선의 소위 민간측 유지들이니까 간섭을 말어 달라고."

"그러면 관허官許 메이데이로구면."

"그래 관허도 좋아……. 그래 가지고는 기에다가는 무어라고 쓰느냐 하면 '우리에게 향학열을 고취한 놈이 누구냐' 어때?"

"좋지."

"인텔리에게 직업을 내라……. 이렇게 노래를 지어 부르거든."

……(원문 10여 자 탈락)……

"응, 유지와 명사의 가면을 박탈시키라고, 한 몇십 명이 그렇게 데모를 한단 말이야."

"하하하하."

M은 이렇게 웃고 H는 시원찮은 핀잔을 준다.

"듣그럽소 여보……. 아, 글쎄 멀끔멀끔한 양복쟁이들이 종로 네거리로 기를 받고 그렇게 다녀봐! 애들이 와서 나 광고지 한장 주, 하잖나."

"하하하하."

"허허허허."

창 밖에서 냉이 장수가 싸구려 소리를 외치고 지나간다. M이 그에 응하여,

"이크, 봄을 덤핑하는구나."

"흥, 경제학자라 다르군……. 참 우리 하숙에서는 채소를 좀 먹여 주어야지!"

"밥값을 잘 내보지."

"그도 그렇지만."

"나는 석 달치 밀렸네."

"나도 그렇게 될 걸."

"그러니까 나처럼 이렇게 아파트 생활을 해요."

이것은 P의 말이다. 아파트라고 말해 놓고 서글퍼서 허허 웃었다.

"조선식 아파트! 그렇지만 우리가 아파트 생활을 했다면 아마 두어 달 전에 굶어죽었을 걸."

"나는 돈을 보면 초면 인사를 해야 되겠네……. 본 지가 하도 오래서 낯을 잊었어."

"여보게."

하고 M이 의젓하게 H를 달군다.

"돈 구경한 지 오래 됐다지?"

"응."

"존 수가 있네."

"뭣?"

"자네 책 좀 삼사三四 구락부에 보내세."

"싫으이."

"자네 돈 구경하고…… 구경하고 나서 그놈으로 한잔 먹고……."

"한잔 말이 났으니 말이지, 요즘 같으면 술이나 실컷 먹고 주정이라도 했으면 속이 시원하겠네."

"그러니까 말이야……. 가세, 가서 다섯 권 잽혀."

"일없다."

"내가 찾아주지."

"흥."

"정말이야."

"싫어."

6

그날 밤.

P와 M은 H를 졸라 그의 법률책을 잡혀 돈 육 원을 만들어 가지고 나섰다. 선술집에 가서 엔간히 취하도록 먹은 뒤에 C라는 카페에 가서 술 두병을 놓고

자정이 되도록 노닥거렸다.

그곳에서 나올 때는 육 원 돈이 이 원 남았다. 이 원의 처지를 생각하다 세 사람은 일제히 동관으로 가기로 하였다.

세 사람이 모두 다리가 비틀거렸다. 그 중에서도 P는 더욱 취하였다.

닐리리 가락으로 들어박힌 갈봇집, 다 쓰러져 가는 초가집을 세 사람이 아는 집 들어서듯 쑥쑥 들어서니,

"들어옵시오."

"어서 옵시오."

라고 머리 딴 계집애와 배가 북통 같은 애 배인 계집이 마루로 나선다.

P가 무심결에 해태갑을 꺼내어 붙여 무니까 머리 딴 계집애가 P의 목을 얼싸안고 볼에다 입을 쪽 맞추더니,

"나도 하나."

하고 손을 벌린다. P는 기가 막혀 담뱃갑을 내미는데 H와 M은 박수를 하며,

"부라보!"

하고 굉장하게 큰 소리로 외친다.

건넌방에 들어가 앉으니 마루에서 딸그락딸그락 소리가 난다. 배부른 계집은 푸대접을 받고 머리 딴 계집애가 H와 M의 손으로 옮아 다니면서 주물린다. 깩깩 소리를 지르며 엄살을 한다. 말을 붙이고 대답을 주고받고 하는 것이 H와 M은 전에 한번 와 본 집인 듯하다.

잔은 사발 만한데 술 주전자는 눈알 만하다. 술을 부어 놓으니 M이 척 받아 놓고는 노래를 투정한다. 계집애는 그보다 더 약아서 제가 그 술을 쭉 들이마

시고는 빈 잔만 M의 입에 대어 준다.

P는 개숫물같이 밍밍한 술을 두어 잔 받아먹는 동안에 비위가 콱 거슬려서 진정하느라고 드러누웠다.

H가 계집애를 무릎에 올려놓고 신이 나게 노래를 부른다. 물론 고저도 장단도 맞지 아니하는 노래다.

M이 애 밴 계집을 실컷 시달려 주다가 머리 딴 계집애를 빼앗아 가더니 귀에 대고 무어라고 속삭거린다. 그러면 둘이서 연해 P를 건너다보며 싱긋빙긋 웃는다.

"저이가 나더러 당신하고 오늘 저녁…… 응, 어때?"

"그래라."

P는 불쑥 성난 것처럼 대답한다.

"아이! 싱거워!"

계집애는 P를 한번 꼬집어주고 다시 M에게로 달아났다. M에게로 가서 또 무어라고 속삭거리더니 재차 와가지고는 귓속말을 한다.

"자고 가, 응?"

"그래 글쎄."

"꼭."

"응."

"정말?"

"응."

술은 네 주전자가 들어왔는데 세 사람 손님은 두서너 잔씩밖에 아니 먹었다. 그 나머지는 다 저희가 먹었다. 계집애가 술이 곤주가 되게 취해 가지고 해롱해롱 까분다.

술값을 치르는 것을 보고 P도 따라 일어섰다. M이 몸뚱이로 슬쩍 밀어서 방안으로 들여보내고 뒤에서 계집애가 양복 뒷깃을 잡아당긴다.

"그래라, 자고 간다."

P는 방 가운데 벌떡 드러누웠다.

"너희 집이 어디냐?"

계집애가 옆에 와서 앉는 것을 보고 P가 물었다.

"××도 ××."

"언제 왔니?"

"작년에."

P는 몸을 일으켰다. 속이 왈칵 뒤집혀 좀더 진정하려고 하는 생각인데 계집애가 콱 밀어뜨린다.

"나이 몇 살이냐?"

"열여덟."

"부모는?"

"부모가 있으면 여기서 이 짓을 해?"

"왜 이 짓이 나쁘냐?"

"흥…… 나도 사람이야."

"에꾸! 나는 네가 신선인 줄 알았더니 인제 보니까 사람이로구나!"

"듣그러!"

계집애는 눈을 쪽 흘기고는 갑자기 웃으면서 P의 목을 끌어안는다.

"자고 가, 응?"

"우리 마누라한테 자볼기 ^{자막대기로 볼기를 맞는다는 뜻.} 맞고 쫓겨난다."

"그러면 내한테 와서 살지……. 여기 내 빚 팔십 원만 물어주면……."

"팔십 원이냐?"

"응."

"가겠다."

P는 또 일어나려는 것을 계집이 껴안고 놓지 아니한다.

"자고 가……. 내가 반했어."

"아서라."

"정말!"

"놓아."

"아니야, 안 놓아. 자고 가요 응…… 자고…… 나 돈 좀 주어."

"돈? 내가 돈이 있어 보이니?"

"돈 소리가 절렁절렁 나는데?"

미상불 P의 포켓 속에는 아까부터 잔돈 소리가 가끔 잘랑거렸다.

"자고 나 돈 조금 주고 가 응?"

"얼마나?"

"암만도 좋아……. 오십 전도, 아니 이십 전도."

계집애의 말이 떨어지기도 전에 P는 불에 덴 것같이 벌떡 일어섰다. 일어서면서 그는 포켓 속에 손을 넣고 있는 대로 돈을 움켜쥐어 방바닥에 홱 내던졌다. 일 원짜리 지전 두장과 백동전이 방바닥에 요란스럽게 흐트러진다.

　"앗다, 돈!"

　내던지고는 P는 뛰어나왔다. 그의 눈에는 눈물이 고였다.

7

　　　　P는 정조貞操적으로 순진한 사나이가 아니다.

　열네 살 때에 소꿉질 같은 장가를 갔고 그 뒤 동경 가서 있을 동안에 거기 여자와 살림도 하였다. 조선에 돌아와 직업을 가지고 있는 사이에 기생과 사귀어 한동안 죽을 둥 살 둥 모르게 지내기도 하였다.

　그 밖에도 정 두어 지낸 여자가 두엇 더 있다. 그러나 삼십이 되도록 지금까지 유곽을 가거나 은근자 ^{몰래 정조를 파는 여자. 흔히 퇴물기생을 가리켰으나, 젊은 방랑녀나 유한 부녀도 이에 속하게 됨.} 집을 가거나 동관의 색주가 집에 가서 잠자리를 한 일은 없다.

　그것은 P의 괴벽이다. 어떠한 여자를 물론하고 그가 정이 들지 아니한 여자이면 절대로 관계를 아니하는 것이다.

　그 대신 한번 P의 눈에 들고 따라서 정이 들면 아무것도 돌아보지 아니하고 심각한 열정에 맡기어 완전히 그 여자를 움켜쥐어 버리며 또한 그 여자에게 전부를 내주어버린다. 그리하여 그는 늘 올 오어 너싱(all or nothing)을 말한다.

　이것이 처세상 퍽 이롭지 못한 것을 P도 잘 안다. 또 공연한 승벽 ^{남과 겨루어 어떻게}

해서든지 꼭 이기려고 기를 쓰는 버릇 이요, 고집인 줄 알건만 그는 그것을 고치지 못한다.

이날 밤에도 그는 그 계집애를 조금도 어떻게 하겠다는 생각은 나지 아니하였다.

술 취한 끝에 속이 괴로우니까 진정을 하자는 판인데 '오십 전, 아니 이십 전도 좋아' 하는 소리에 버쩍 흥분이 된 것이다.

너무도 인간이 단작스럽고 하는 짓이 매우 치사스럽고 더러운 데가 있고 악착스러운 것 같았다. P가 노상 보고 듣는 세상이 돈을 중간에 놓고 악착스럽게 으르릉으르릉하는 것임을 모르는 바는 아니나 정조 대가로 일금 이십 전을 요구하는 것은 처음 보았다.

P는 그러한 여자가 정조를 파는 데 무신경한 것도 잘 알고 있으며 따라서 그것이 비도덕이니 어쩌니 하는 것도 아니다. 그의 관점과 해석은 그런 것보다 더 나아간 입장에 있었다.

그러나 '이십 전만 주어도……' 소리에는 이것저것 생각하고 헤아릴 나위도 없었다. 더럽고 얄미우면서도 눈물이 고였다. 삼 원쯤 되는 전재산을 털어 내던지고 정신없이 뛰어나온 것이다.

술 취한 P를 혼자 남겨둔 H와 M은 골목에 기다리고 서서 있었다. P가 뛰어나오는 것을 보고 우선 농을 건넨다.

"한턱 하오."

"장가 간 턱 하게."

P는 고개를 흔들었다. 그리고 멍하니 서서 생각을 하였다.

다분의 가면 밑에서 꿈틀거리는 인도주의에 몹시 증오를 느끼는 P는 이날 밤 갑자기 자기의 행동을 어떻게 해석할지 몰라 괴로워하였다.

내일을 굶어야 할 그 돈이지만 돈이 아까운 것이 아니다. 정조 값으로 이십 전을 주어도 좋다는데 왜 정조는 퇴하고 돈만 있는 대로 털어 주었는가? 왜 눈에 눈물이 고였는가?

8

P는 머리가 띵하고 속이 뉘엿거리어 정신을 차릴 수가 없었다. 그는 두 친구에게 인사도 변변히 하지 아니하고 코를 벤 듯이 삼청동으로 올라갔다. 어서 바삐 좀 드러눕고만 싶었던 것이다.

아무리 방구들은 차고 지저분하게 늘어놓았어도 제 처소는 반가운 것이다. 더구나 몸이 괴로울 때는!

P는 누더기 양복이나마 벗으려고도 아니하고 그대로 펴두었던 이부자리 속에 몸을 파묻었다. 드러누우니 취기가 새삼스레 더하여 영영 옷을 벗을 생각도 잊어버리고 그대로 잠이 들었다.

얼마를 자고 났는지 괴로워 부대끼다 잠이 깨었을 때는 목이 타는 듯이 말랐다. 물은 없다. 물이 없어 못 먹느니라 생각하니 목이 더 말랐다.

밤은 어느 때나 되었는지 짐작할 수가 없다. 전등은 그대로 켜져 있다. 밖에서는 사람 지나다니는 발자국 소리도 들리지 아니한다. 전차 달리는 소리도 들리지 아니하고 가끔 가다가 자동차의 경적이 딴 세상의 소리같이 감감하게 들리어온다.

밤이 깊지 아니했으면 잠긴 안 대문을 두드려 주인 노인에게라도 물을 청하겠지만 깊은 밤에 그리하기도 미안하다. 그것도 방세나 여일하게 내었을 제 말이지 얼굴 대하기를 이편에서 피하는 판에 차마 못할 일이다. 물지게 장수의 삐득거리는 소리가 들리나 하고 귀를 기울였으나 감감히 소리가 없다.

목은 더욱더욱 말라 들어온다. 입술이 바싹 마르고 입안이 침기가 없고 목구멍이 바삭바삭 소리가 날 듯이 마르고, 그리고는 창자 속까지 말라 내려가는 듯하다.

방금 미칠 듯하다. 눈앞에 용용하게 흘러가는 푸른 한강이 어릿어릿하고 솨 쏟아지는 수통 꼭지가 보이는 듯하다.

P는 배가 고른 고비는 많이 겪어보았으나 이대도록 목마른 참은 당하기 처음이다.

배는 고르면 기운이 없어 착 가라앉을 뿐이었지만 목이 극도로 마름에는 금시 미치고 후덕후덕 날뛸 것 같다.

일어나는 삼청동 꼭대기로 올라가면 산골짜기의 물도 있고 또 우물도 있기는 하다. 그러나 이 어두운 밤에 어디가 어디인지 보이지 아니할 테고 또 우물에는 두레박도 없을 것이다.

겨우겨우 참아가며 몇 시간을 삐대었다. 실상 한 시간도 못 되는 동안이지만 P에게는 여러 시간인 듯만 싶었다.

그런 뒤에 겨우 물지게 소리를 듣고 그는 수통 있는 곳을 찾아 뛰어나갔다.

사정 이야기도 변변히 하지 아니하고 쏟아지는 수통 꼭대기에 매어 달리어 한 동이는 되리만큼 냉수를 들이켰다. 물장수가 어이가 없어 물끄러미 치어다 보고만 있다가 P의 끔벅하고 돌아서는 등뒤에다 혀를 끌끌 찬다.

밥보다도 더 다급하게 그립던 물을 실컷 들이켜고 나니 찌뿌드드하게 엉킨 듯 불쾌하던 취기醉氣도 적이 걷히고 정신이 말쑥하여졌다.

P는 새삼스레 양복을 벗어 던지고 다시 자리에 파묻혔다. 이제는 잠이 십 리나 달아나고 눈이 초랑초랑하여진다. 그러면서 어젯밤 일이 머리에 떠오른다.

그것은 마치 못 먹을 것을 먹은 것처럼 께름칙한 기억이다. 아무렇게나 씻어 넘겨 버리재도 그러나 머리 한 구석에 박혀 가지고 사라지려 하지 아니하는 어룽〔斑點〕과 같다. 어떻게 해서라도 시원스러운 해석을 내리고 나야 마음이 놓일 것 같다.

정조 대가代價로 일금 이십 전을 부르는 여자…….

방금 세상에는 한번 정조를 빼앗긴 것으로 목숨을 버려 자살하는 여자도 있다. 그러는 한편 '이십 전도 좋소' 하는 여자가 있다.

여자의 정조가 그것을 잃었다고 자살을 하도록 그다지도 고귀한 것이라면 '이십 전에도 팔겠소' 하는 여자가 눈을 멀끔멀끔 뜨고 있는 사실은 무엇으로 설명할 것인가?

또 정조를 '이십 전에라도 팔겠소' 하는 여자가 있도록 그것이 아무렇지도 아니한 것이라면 그것을 한번 빼앗긴 때문에 생명을 내버리는 여자가 있는 것은 무엇으로 설명할 것인가?

이 두 여자가 모두 건전한 양식의 소유자라고 볼 수는 없다.

그러나 그 가운데 나무라기로 들면 차라리 정조를 빼앗긴 것으로 자살한 여자를 나무랄 것이지 '이십 전에 팔겠소' 하는 여자는 나무랄 수가 없다.

열여섯 살부터 시작하여 이래 삼 년이나 색주가 집으로 굴러다니는 여자다.

언제 누구에게 뒤떨어진 도덕 관념이나 정당한 인생관을 얻어들은 적이 없을 것이다.

술잔을 들고 앉아 한 잔이라도 오는 손님에게 더 먹이어 한푼어치라도 주인의 수입을 도와주면 칭찬이 오니 그만이다.

"고년 어여쁘다. 나하고 ××."

하고 손님이 말하면 그에 좋아 비록 조발무發 ^{정한 시간보다 일찍 떠남.} 일지언정 생리적 만족을 얻는 한편 그야말로 단돈 이십 전이라도 벌면 그만이다.

옆에서 그것을 시키기는 할지언정 그것이 나쁘다고 가르쳐 주는 사람이 있을 턱이 없는 것이다. 사실 일반 매춘부가 정조적으로 양심을 가진 듯이 보인다는 것은 그 대부분이 되레 한 가식假飾에 지나지 못하는 것이다.

그것은 그들에게 있어서 일종의 정당성을 가진 노동인 것이다.

그러나 그것을 보고 불쌍하다고 여기고 동정하는 것은 위문이 폐문이다.

지금 세상은 정당한 성도덕性道德이 서 있는 때도 아니다. 그것은 한 세대世代에 여러 가지의 시대 사조가 얼크러져 있는 때문이다. 그러니까 여자의 정조에 대하여도 일률적으로 선악과 시비를 가릴 수는 없는 것이다.

하룻밤 몸값으로 '이십 전도 좋소' 하는 여자, 그에게는 다른 사람이 갖는 성도덕도 없고 따라서 자신을 타락이래서 슬퍼하지도 아니한다. 그 여자 자신을 나무랄 필요도 없는 것이요, 동정할 여지도 없는 것이다. 그 여자 자신은 결코 불쌍한 사람이 아니다.

예수의 사랑(?)도 아무리 그 사랑이 크고 넓다 했을지언정 그것은 '불쌍한 사람', '죄지은 사람'에게 미칠 수 있는 것이다.

'불쌍하지 아니한', '죄짓지 아니한' 동관의 색주가 계집애에게는 누구의 동정이나 사랑도 일없는 것이다.

'뭣? 관념적이라고?'

그렇다. 관념적이라도 할 수 없다. 그러나 그것은 그 여자의 주관을 객관화한 것이다.

또 그 병적 현실에 메스를 대는 것은 집단의 역사적 문제이지만 룸펜 인텔리의 결벽과 흥분쯤으로는 문제가 되지 아니한다. 다만 취객이 삼 원 각수^{돈 계산에서 원으로 세어 남은 몇 전이나 몇 십 전을 가리키는 말.}를 던져 주었으므로 해서 그 여자는 감격없는 기쁨을 맛보았을 뿐일 것이다.

'이게 웬 떡이냐……. 어제 저녁에 꿈이 괜찮더니 이런 땡을 잡을 양으루 그랬구나……. 웬 얼간망둥이냐.'

그 계집애는 응당 그렇게밖에 더 생각되지 아니하였을 것이다. 그것이 결코 무리가 없는 당연한 일이다.

P는 여기까지 생각하고 입맛 쓴 고소를 띠었다.

"흥! 되지 못하게……. 장님이 눈병 앓는 사람더러 불쌍하다고 한 셈인가."

P는 돌아누우면서 혀를 끌끌 찼다.

9

일천구백삼십사년의 이 세상에도 기적이 있다.

그것은 P가 굶어죽지 아니한 것이다. 그는 최근 일 주일 동안 돈이 생긴 데가 없다. 잡힐 것도 없었고 어디서 벌이한 적도 없다. 그렇다고 남의 집 문앞에 가서 밥 한술 주시오 하고 구걸한 일도 없고 남의 것을 훔치지도 아니하였다.

그러나 그 동안 굶어죽지 아니하였다. 야위기는 하였지만 그래도 멀쩡하게 살아 있다.

P와 같은 인생이 이 세상에 하나도 없이 싹 치워진다면 근로하는 사람이 조금은 편해질는지도 모른다. P가 소부르주아지 축에 끼는 인텔리가 아니요, 노동자였더라면 그 동안 거지가 되었거나 비상 수단을 썼을 것이다. 그러나 그에게는 그러한 용기가 없다. 그러면서도 죽지 아니하고 살아 있다. 그렇지만 죽기보다 더 귀찮은 일은 그를 잠시도 해방시켜 주지 아니한다.

그의 아들 창선이를 올려보낸다고 어제 편지가 왔고 오늘은 내일 아침에 경성역에 당도한다는 전보까지 왔다.

오정 때 전보를 받은 P는 갑자기 정신이 난 듯이 쩔쩔매고 돌아다니며 돈 마련을 하였다. 최소한도 이십 원은……, 하고 돌아다닌 것이 석양 때 겨우 십오 원이 변통되었다.

종로에서 풍로니 냄비니 양재기니 숟갈이니 무어니 해서 살림 나부랭이를 간단하게 장만하여 가지고 올라오는 길에 전에 잡지사에 있을 때 알은 ××인쇄소의 문선과장을 찾아갔다.

월급도 일없고 다만 일만 가르쳐 주면 그만이니 어린아이 하나를 써달라고 졸라댔다.

A라는 그 문선과장은 요리조리 청탁을 하던 끝에, 그는 P가 누구 친한 사람의 집 어린애를 천거하는 줄 알았던 것이다.

"보통학교나 마쳤나요?"

하고 물었다.

"아, 아니오."

P는 솔직하게 대답하였다.

"나이 몇인데?"

"아홉 살."

"아홉 살?"

A는 놀라 반문을 하는 것이다.

"기왕 일을 배울 테면……, 아주 어려서부터 배워야지요."

"그래도 너무 어려서 원, 뉘집 애요?"

"내 자식놈이랍니다."

P는 그래도 약간 얼굴이 붉어짐을 깨달았다. A는 이 말에 가장 놀라운 듯이 입만 벌리고 한참이나 P를 물끄러미 바라다본다.

"왜 내 자식이라고 공장에 못 보내란 법이 있답디까?"

"아니 정말 그래요?"

"정말 아니고?"

"괜히 실없는 소리……. 자제라고 해야 들어줄 테니까 그러시지?"

"아니 그건 그렇잖아요. 내 자식놈야요."

"그럼 왜 공부를 시키잖구?"

"인쇄소 일 배우는 것도 공부지."

"그건 그렇지만 학교에 보내야지."

"학교에 보낼 처지가 못 되고 또 보낸댔자 사람 구실도 못 할 테니까……."

"거참 모를 일이오. 우리 같은 놈은 이 짓을 해가면서도 자식을 공부시키느라고 애를 쓰는데 되레 공부시킬 줄 아는 양반이 보통학교도 아니 마친 자제를 공장엘 보내요?"

"내가 학교 공부를 해본 나머지 그게 못 쓰겠으니까 자식은 딴 공부를 시키겠다는 것이지요."

"글쎄 정 그러시다면 내가 내 자식 진배없이 잘 데리고 있으면서 일이나 착실히 가르쳐 드리다마는…… 원 너무 어린데 애처롭잖아요?"

"애처로운 거야 애비 된 내가 더하지요만 그것이 제게는 약이니까……."

P는 당부와 치하를 하고 인쇄소를 나왔다. 한 짐 벗어 놓은 것같이 몸이 가뜬하고 마음이 느긋하였다. 그는 집으로 올라가는 길에 싸전에 쌀 한 말을 부탁하고 호배추도 몇 통 사 들었다. 그렁저렁 오 원을 썼다.

십 원 남은 중에 주인 노인에게 육 원을 내주니 입이 귀밑까지 째진다. 그 끝에 P가 사온 호배추를 내주며 김치를 담가 달라고 하니 선선히 응낙한다. 그리고 자식을 데리고 자취를 하겠다니까 깍두기야 간장이야 된장 같은 것을 아까운 줄 모르고 날라다 주곤 한다.

10

이튿날 전에 없이 첫새벽에 일어난 P는 서투른 솜씨로 화롯밥을 지어 놓고 정거장으로 나갔다.

그의 형에게서 온 편지에 S라는 고향 사람이 서울 올라오는 길에 따라 보낸다고 했으니까 P는 창선이보다도 더 낯이 익은 S를 찾았다. 과연 차가 식식거리고 들어서매 인간을 뱉어내 놓는 찻간에서 S가 창선이를 데리고 두리번거리며 내려왔다.

어디서 생겼는지 새까만 고쿠라 양복을 입고 이화표 붙은 학생 모자를 쓰고 거기다가 보따리를 하나 지고 무엇 꾸린 것을 손에 들고 차에서 내리는 어린아이······. 저게 내 자식이라 생각하니 P는 어쩐지 속으로 얼굴이 붉어지며 한편 가엾기도 하였다.

S가 두 손에 짐을 가득 들고 두리번거리다가 가까이 온 P를 보고 반겨 소리를 지른다. 창선이가 모자를 벗고 학교식으로 경례를 한다. 얼굴은 네댓 살 적에 보던 것보다 더한층 저의 외가를 닮았다. P는 그것이 몹시 불만이었다.

"그새 재미나 좋았나?"

S의 하는 첫인사다.

"뭘 그저 그렇지······. 괜한 산 짐을 지고 오느라고 애썼네."

P는 이렇게 인사 겸 치하를 하였다.

"원 천만에······! 그애가 나이는 어려도 어떻게 속이 찼는지······. 너 늬 아버지 알아보겠니?"

S는 창선이를 돌아보며 웃는다. 창선이는 고개를 숙이고 수줍은지 아무 대답도 아니한다.

P는 S와 창선을 데리고 구름다리로 올라왔다.

"저의 외할머니가 저 양복이야 떡이야 모두 해 가지고 자네 댁에까지 오셨더라네……. 오셔서 어제 떠나는데 정거장까지 나오셨는데 여러 가지 신신당부를 하시데……. 자네에게 전하라고."

S는 P가 그다지 듣고 싶지도 아니한 이야기를 뒤따라오며 늘어놓는다. 그의 가슴에는 옛날의 반감이 솟쳐 올랐다.

"별걱정 다 하던 게로군……. 내 자식 내가 어련히 할까봐 쫓아다니면서 그래!"

"그래도 노인들이야 어디 그런가……. 객지에서 혼자 있는데 데리고 있기 정 불편하거든 당신께로 도루 보내게 하라고 그러시데……."

"그 집에 내 자식이 무슨 상관이 있어서 보내라는 거야? 보낼 테면 그때 데려 왔을라구……."

P는 그것이 모두 그와 갈린 아내의 조종인 줄 알기 때문에 더구나 심청이 났다. 화가 나는 대로 하면 어린아이가 입고 온 양복도 벗겨 내던지고 싶었으나 꿀꺽 참았다.

　　　　　　　일찍 맛보지 못한 새살림을 P는 시작하였다.

창선이가 도착한 날 밤.

창선이는 아랫목에서 색색 잠을 자고 있다. 외롭게 꿈을 꾸고 있으려니 생각하매 없었던 애정이 솟아오르는 듯하였다.

이튿날 아침 일찍 창선이를 데리고 ××인쇄소에 가서 A에게 맡기고 안 내키는 발길을 돌이켜 나오는 P는 혼자 중얼거렸다.

"레디메이드 인생이 비로소 임자를 만나 팔리었구나."

동경 유학에서 돌아온 P는 조강지처와 이혼하고 아들은 형님에게 맡긴 채 서울로 올라온다. 취직 자리를 구하러 돌아다니던 그는, 어느 날 K사장에게 취직을 부탁했다가 시골에나 내려가라는 핀잔을 듣고는, 한바탕 대거리를 한 뒤 거리로 뛰쳐나온다. 그는 광화문에서 총독부 방면으로 걸어가면서, 일제와 신흥 부르주아들이 노동자와 농민들에게 교육열을 부추겨 실직 지식인을 양산했다고 생각한다.

사글세방으로 돌아온 그는 시골의 형으로부터 아이를 데려가라는 편지를 받는다. 그는 마땅한 대책이 없는 터라 치미는 화를 누르기 위해 처지가 비슷한 친구들과 함께 법률 책을 판 돈으로 술을 마신다. 이튿날 아들이 올라온다는 전보를 받은 그는 임시 변통으로 돈을 마련해 살림살이를 장만한 다음, 아들이 상경하자 인쇄소에 취직시킨다.

작품 해설

먼저 이 작품에 나타난 당대의 현실과 사회적 배경부터 알아볼까요? 이 작품은 주인공 P가 K사장에게 취직을 부탁하는 것으로 시작됩니다. 일자리를 구걸하는 P나 이를 거절하는 K사장의 태도 등에서 독자는 당대 사회의 경제적 어려움을 짐작할 수 있게 됩니다. 즉, 이 당시 실업으로 생계를 유지하기 어려운 사람들이 많았다는 것을 짐작할 수 있지요.

주인공 P는 그런 어려움의 원인이 역사적인 데 있다고 봅니다. 대원군의 쇄국 정책이 적절한 개화의 시기를 놓치게 만들었고, 이후 교육만이 살길이라고 외치던

자유주의자들의 일방적인 교육 정책은 현실적 상황을 무시한 채 고등 교육자들만을 양산하는 결과를 낳았다는 것입니다.

1930년대 한국은 일제 식민지 착취 구조의 정비로 직접적인 수탈의 대상이 되었을 뿐만 아니라, 자생적인 자본이나 기술의 축적이 불가능한 상태에서 산업 구조가 재편되면서 실업자나 유랑자가 양산되는 등 심한 경제적 기형 상태에 놓이게 되었습니다. 이런 상황이었기에, 당시 지식인들은 수요와 공급의 원칙을 벗어난 상태에서 생산된 잉여 인간들이었던 셈이죠. 그래서 작중 P가 결말에서 중얼대고 채만식이 제목으로도 썼듯이, '레디메이드 인생', 즉 기성품 인생이 되어 버린 것입니다.

이 작품은 또한 채만식 특유의 반어적 정신을 풍자와 해학을 통해 잘 보여주고 있습니다. 주인공 P는 인텔리인 것을 오히려 한탄하고 있는데요, 취업 때문에 만난 K사장은 그에게 환멸감을 느끼게 할 뿐이지요. 밥 사 먹을 돈도 없고, 살고 있는 거처의 방 값도 낼 수 없게 된 P는 하릴없이 거리를 쏘다니다 친구들을 만나 술도 마시고 여자도 사게 됩니다. 공부하던 법률 책을 팔아서 말이지요. 그리고 시골에서 올라온 아들을 학교에도 보내지 못하고 인쇄소에 취직시켜 버립니다.

이런 사건들은 참 많은 역설적인 풍경들을 보여줍니다. 취직을 부탁하러 K사장을 찾아갔을 때, K사장이 그만 시골로 돌아가는 것이 어떻겠냐면서 P의 속을 긁는 것이나, 체제를 비판하는 P가 그 체제의 골간인 법을 공부하는 것이나, 밥도 먹지 못하는 형편에 책을 팔아 술을 먹는 것이나, 여자를 사고도 돈만 주고 나와 버리는 것이나, 어린 아들을 공부도 시키지 못하면서 인쇄소에 취직시키는 것이나가 모두 그런 예들입니다. 따라서 이런 사건들의 합집합인 당대 식민 사회의 현실 또한 그 자체로 우습기만 한 풍자적 세계임을 짐작할 수 있게 되는 것입니다.

당대 현실을 풍자적으로 비판한 작가는 그것이 지식인들의 역할 부재에서 오는 것이라고 말하려 한 것 같습니다. 최소한의 합의도 없이 사회로부터 내팽개쳐진 지식인들은 그러한 현실이 곧 일제의 우민화 정책에서 기인한 것이라고 생각했나 봅니다. 결론적으로 말하자면, 「레디메이드 인생」은 개인을 둘러싼 사회의 잘못을 바로 비판하지 않고, 그런 사회 안에 못나게 서 있는 자신을 비하함으로써 오히려 세계를 부정하며 풍자하고 있는 것으로 봐야겠지요.

Open Book Test

1 P가 K사장의 귀농 권유에 크게 반발한 이유는 무엇일까요?

2 P가 농촌의 사정을 잘 알고 있다는 것은 어떻게 알아볼 수 있을까요?

3 P가 자아 비판을 하는 대목도 이 소설에서 찾아볼 수 있습니다. 그 내용은 무엇일까요?

4 P의 친구들이 이 작품에서 하는 역할은 무엇인지 말해 보세요.

5 이 작품에서 P가 창녀에게 보인 행동은 어떻게 이해할 수 있을까요?

구성	발단	P는 K사장을 찾아가 일자리를 부탁했다가 퇴짜를 맞는다.
	전개	P는 자신과 같은 무용한 인텔리를 양산한 사회에 대해 불평을 한다.
	위기	P는 친구 M, H와 함께 법률 책을 팔아 술을 마신다.
	절정	아들이 시골에서 상경한다.
	결말	아들을 인쇄소에 무급 견습공으로 취직시킨다.

핵심 정리	갈래	단편소설
	배경	식민 치하의 서울.
	주제	식민지 현실을 살아가는 무능한 지식인의 고통스러운 삶.
	시점	전지적 작가 시점
	구성	풍자적이고 비판적인 역행법의 복합적 구성.
	문체	서사적 간결체

작중인물의 성격	P	직업이 없는 고등 인텔리. 기술도 없으면서 눈만 높아 직업을 갖기가 힘들다. 전문적이지 못한 잡학사전류의 정보만을 가지고 있다. 밥도 굶는 형편이건만, 당대 사회에 대한 비판 의식은 날카롭게 살아 있다. 하지만 결국 자신의 어린 아들도 가르치지 못할 만큼 무능하다.
	K사장	말과 행동이 다른 위선적인 인물.

문단의 뒷 이야기

채만식의 임종 예감……

「레디메이드 인생」으로 우리에게 잘 알려진 채만식은 말년에 집필보다는 마작에 더 열중이었다고 합니다. 광산업에 손을 댔던 그는 사업에 실패하자 가세가 완전히 기울면서 매우 궁핍한 생활을 하게 됐죠. 게다가 엎친 데 덮친 격으로 폐결핵까지 찾아와 고생이 이만저만이 아니었습니다.

그러나 그는 타고난 신사였던지라, 치료약을 쌀과 맞바꿀 정도로 치료비 마련에 시달리면서도 거리에 나설 때는 언제나 한복 두루마기를 단정히 입거나 헌 양복이나마 주름을 곱게 펴서 입고, 중절모는 약간 비스듬하게 쓰고 다녔답니다.

그러던 그가 폐질환으로 세상을 떠나기 전 어느 날, "주현동 4번지를 7번지로 고쳤으면 좋겠어. 어디 무슨 수가 없을까?" 하면서 울부짖었다는군요. 자신의 죽음을 미리 예감했는지, 4번지의 '4' 자가 영 싫었던 모양입니다.

김 강사와 T 교수

● 유진오 俞鎭午

"T올시다. 앞으로 많이 사랑해 주십시오." T교수

는 거리의 장사치같이 허리를 굽히며 김만필에게

절을 했다. 김만필은 그제서야 약간 숨을 내두르고

금방 아까까지 경멸을 느끼던 T교수에게 도리어

호감을 느끼며 자기도 공손하게 마주 예를 했다.

현민玄民 유진오는 1906년 서울에서 태어나, 1987년 서울에서 사망했습니다. 1929년 경성제국대학 법문학부를 졸업하고, 같은 대학 예과 강사를 거쳐 보성普成 전문학교 법학 교수가 되었지요. 1927년경부터 소설을 쓰기 시작, 《조선지광朝鮮之光》·《현대평론》 등에 작품을 발표하면서 문단에 등단했답니다. 프롤레타리아 문학의 전성기 때, 동반작가同伴作家로「갑수의 연애」·「빌딩과 여명黎明」 등의 작품을 썼고, 1938년 장편 『화상보華想譜』를 《동아일보》에 연재했습니다.

1948년 정부 수립을 위한 제헌 헌법을 기초하고, 초대 법제처장을 역임하면서 1951년 한일회담 대표로도 활약했습니다. 1952년 학계로 돌아가 고려대학 대학원장을 거쳐 총장에 취임했으며, 1953년 국제법학회 회장에 피선, 1954년 학술원 종신회원이 되었습니다.

주요 저서로는 「헌법해의憲法解義」·「헌법강의憲法講義」·「민주정치의 길」·「젊은 세대에 부치는 서書」 등이 있고, 문학 작품으로는 『유진오兪鎭午 단편집』·「김 강사金講師와 T교수」·「창랑정기滄浪亭記」, 수상집에는 『구름 위의 만상漫想』·『젊은 날의 자화상自畵像』·『양호기養虎記』 등이 있습니다.

유진오는 「김 강사와 T교수」를 통해 현실과 타협할 수 없는 한 지식인의 고뇌를 리얼리즘에 입각하여 심도 깊게 표현하고 있다
(1906~1987)

1927년에 「스리」를 《조선지광》 5월호에 발표하면서 등단한 유진오는 이효석과 함께 동반작가로 불리기도 했습니다. 어느 것을 본업이라고 말할 수 없을 만큼 법학자·교수·총장·정치인 등 다방면에서 활동한 작가입니다. 보성전문학교 교수, 대한민국 헌법 기초 위원, 고려대 총장, 신민당 총재를 역임하는 등 영화로운 삶을 살다간 그는 도시인의 정신적 물질주의로 인해 지식인이 겪는 갈등을 주요 소재로 삼아, 지적 색채가 농후한 작품을 쓰는 주지주의 작가로 평가받고 있습니다.

특히 초기에는 이효석, 채만식 등과 동반자 작가군을 형성하면서 경향적인 문학활동을 하였지요. 「5월의 구직자」, 「첫 경험」, 「여직공」 등 빈민계층을 제재로 한 경향적인 소설들이 이 시기에 발표된 것들이죠. 하지만 후기로 접어들면서 사상성을 제외하고 객관적 현실에 대한 묘사를 주로 다루는 자기만의 독특한 개성을 보여주었어요. 「창랑정기滄浪亭記」, 「화상보華想譜」 등이 이 시기에 발표된 것들입니다.

그렇지만 해방 이후의 그의 활동은 주로 정치나 학계와 관계되어 있어서 몇 권의 수필집을 발간한 이외의 작품활동은 거의 하지 않았어요.

《신동아》 1935년 1월호에서

「김 강사와 T교수」는 1935년 《신동아》에 발표된 소설입니다. '김만필'이란 한 지식인이 겪는 정신적 갈등을 중심으로 해서 얘기가 전개되지요. 이 작품은 식민지로 전락한 조국 현실의 부조리, 속물적俗物的인 인간의 속성, 적과 아군을 구별할 수 없을 지경으로 아귀다툼하는 사회 조직의 실상을 당대 최고의 지성이라 할 수 있는 교수 세계를 통해 제시하면서, 동시에 지식인의 내면적 취약성도 냉정하게 비판하고 있습니다.

여기에서 김만필은 현실에 적응하려다 결국은 실패하고 마는 지식인의 참담한 모습을 보여주고 있는데요, 그는 사회현실의 구조적 모순을 개혁하려고 하기보다는 순간순간을 처세로써 넘어가려고 하는 유약한 성격의 지식인입니다. 결국 「김 강사와 T교수」는 일제 하 우리 지식인의 현실 타협적 나약성과 정신적 갈등을 뚜렷하게 제시하고 있는 셈입니다.

1

　　김만필金萬弼을 태운 택시는 웃고 떠들고 하며 기운 좋게 교문을 들어가는 학생들 옆을 지나 교정校庭을 가로질러 기운차게 큰 커브를 그리며 육중한 본관 현관 앞에 우뚝 섰다. 그의 가슴은 벌써 아까부터 두근거리기 시작하였다.

　　오늘은 그가 일 년 반 동안의 룸펜 생활을 겨우 벗어나서 이 관립 전문학교의 독일어 교사로 득의의 취임식에 나가는 날인 것이다.

　　어른이 다 된 학생들의 모양을 보기만 해도 젊은 김 강사의 가슴은 두근두근한다. 저렇게 큰 학생들을 앞에 놓고 내일부터 강의를 시작하는 것이로구나 하고 생각하니 근심과 기쁨이 뒤섞여 가만히 있을 수 없는 것이었다.

세내 입은 모닝의 옷깃을 가다듬고 넥타이를 바로잡아 위의를 갖춘 후에 그는 자동차를 내렸다. 초가을 교외의 아침 신선한 공기와 함께 그윽한 나프탈렌의 값싼 냄새가 코밑에 끼친다. 그는 운전사에게 준 돈을 거스를 필요 없다는 의미로 손짓을 하고 무거운 정문을 열고 안으로 들어갔다. 수부受付에서 교장실을 묻고 복도를 오른편으로 꺾어 둘째 번 도어 앞에 섰다.

교장은 넓은 방 한가운데다 커다란 테이블을 놓고 듬직한 회전의자 위에 가슴을 내밀고 앉아 있었다. 그 일부러 꾸민 태도는 확실히 김만필을 기다리고 있던 것임에 틀림없었다. 그전에도 김만필은 대여섯 번이나 교장을 관사로 찾아간 일이 있기는 했지만 그때는 교장의 태도는 몹시 친절한데다가 두 볼이 푹 팬 얼굴이 위엄이 없어서 제법 만만하게 이야기를 할 수 있었다. 그러나 지금 이렇게 교장실에서 대하는 그는 아주 다른 사람같이 느껴졌다. 교장은 눈을 반짝반짝 날카롭게 빛내며 조그만 머리를 뒤로 젖히고 두 팔을 버틴 품이 금방이라도 덤벼들 것같이 보였다. 그 너무나 굳은 과장된 표정은 자기 깐에는 교장으로서의 위엄을 차린 것이겠지만 오랫동안 속료僚屬. 계급적으로 아래인 동료. 생활을 해 온 그의 경력을 말하는 것임에 틀림없었다.

"어…… 어서 오시오. 자 이리로……."

교장은 테이블 앞에 있는 의자를 가리키며 말했다. 그러면서도 두 볼에 깊이 패인 주름살 하나도 움직이지 않았다. 김만필은 온몸이 오그라지는 것을 느끼며 황송해 의자에 앉았다.

교장은 조금 목소리를 부드럽게 해,

"우리 학교에 이왕에 오신 일이 있던가요? 아마 처음이죠."

"네, 처음입니다."

"어때요, 누추한 곳이라서……."

"천만에요. 대단히 훌륭합니다."

김만필은 교장실 창의 반쯤 열어 놓은 호화스런 자줏빛 커튼으로 눈을 옮기며 대답하였다. 사실 S전문학교의 당당한 철근 콘크리트 삼층 교사는 그 주위의 돼지우리같이 더러운 올망졸망한 집들을 밭 밑에 짓밟고 있는 것같이 솟아 있는 것이다. 교장실 사치한 품도 김만필의 동경 유학 시대에는 별로 보지 못한 것만이었다.

교장은 테이블 위에 놓인 종을 서너 번 울렸다. 옆방으로 통하는 문이 열리며 모닝을 입은 뚱뚱한 친구가 허리를 굽실굽실하며 들어왔다.

"여보게 그것 가져오게."

"핫."

뚱뚱한 친구는 흘낏 김만필을 보고 체수에 맞지 않게 가볍게 허리를 굽실하고 도로 나갔다. 잠깐 있더니 그는 무슨 네모진 종이를 들고 들어와 공손하게 교장에게 내밀었다.

"이것이 당신 사령서입니다."

하고 교장은 그 종이를 받아 김만필에게 내밀었다.

김만필은 뚱뚱한 친구의 눈짓에 재촉되어 황당해 일어나서 사령서를 받아 들고 허리를 굽혔다.

사령서를 전한 교장은,

"인젠 자네도……."

하고 말을 잠깐 끊었다가,

"우리 학교의 직원의 한 사람이니까 우리 학교의 특수한 중대 사명을 위해 전력을 다해 주어야 되네."

"네……."

하고 김만필은 다시 한 번 머리를 숙였으나 속으로는 기가 막혔다. 더군다나 '자네'라고 특별히 힘을 주어, 귀에 거슬렸다. 스무 살 가량이나 나이가 위이고 또 교장으로 앉은 사람에게 '자네' 소리를 듣는 것은 그리 이상할 것이 없지만, 금방 아까까지도 일부러 '당신'이라고 하던 끝이기 때문에 그 표변하는 품이 너무나 부자연한 것이었다.

교장은 훈사를 계속하였다.

"그리고 특별히 자네한테 주의를 주는 것은 다름 아니라 우리 학교로서는 조선 사람을 교원으로 쓰는 것은 자네가 처음이니까 여러 가지로 주의를 해야 한단 말일세. 학생들도 내선인이 섞여 있을 뿐 아니라 여러 가지 복잡한 문제도 있고 또 당국으로서의 일정한 교육 방침이라는 것도 있으니까 이런 여러 가지 사정을 특별히 주의해 달라는 것일세. 알어듣겠지?"

"네."

김만필은 또 한 번 고개를 꾸벅했다. 그러나 마음속으로는 별별 생각을 다 하고 있었다. 교장의 말은 으레 할 소리에 틀림없지만 그것이 자기한테 하는 말이라고 생각하니 우스웠다. 동시에 그는 지금 자기가 처해 있는 환경, 어떤 것이라는 것을 처음으로 조금 깨달은 것 같이도 생각되었다.

"그리고 저……, 긴상. 이 사람을 소개하지. 이분은 교무주임의 T상……."

교장은 아까부터 옆에 양수 거지하고 섰는 뚱뚱한 친구를 소개하였다.

"T올시다. 앞으로 많이 사랑해 주십시오."

T교수는 거리의 장사치같이 허리를 굽히며 김만필에게 절을 했다. 김만필은 그제서야 약간 숨을 내두르고 금방 아까까지 경멸을 느끼던 T교수에게 도리어 호감을 느끼며 자기도 공손하게 마주 예를 했다.

"자 그러면 우리 저 방으로 가십시다. 곧 식이 시작될 테니까. 교련의 A소좌도 와 계십니다."

T교수는 앞서서 김 강사를 그 옆방—교수실로 안내했다. T교수의 설명에 의하면 A소좌는 먼저 있던 M소좌의 뒤에 이번에 새로 S전문학교 배속이 되었기 때문에 오늘 김과 함께 취임식에 나간다는 것이었다. 김만필은 A소좌와 나란히 앉아 자기의 환경 변화가 너무나 심해 어째 꿈나라에나 온 것같이 생각되었다. 그의 과거—는 그만두더라도 아까 그가 아침을 먹고 나온 하숙집 풍경, 그 더러운 뒷골목 속에 허덕거리고 있는 함께 있는 사람들, 하숙료를 못 내고 담뱃값에 쩔쩔매는 영화감독, 일 년 열두 달 감시를 못 벗어나는 요시찰인인 잡지 기자, 아침부터 밤중까지 경상도 사투리로 푸성귀 장사, 밥값 못 낸 손님들을 붙들고 꽥꽥 소리를 지르는 하숙집 마나님……. 이런 모든 것과 이 당당한 건물, 가슴에 훈장을 빛낸 장교, 모닝의 교수들 사이에는 대체 어떠한 연락의 줄이 있는 것일까. 김 강사는 이 두 가지 연락 없는 풍경의 중간에서 기적과 같이 연락을 붙여 놓고 있는 자기 자신이 아무리 해도 현실의 것으로는 생각되지 않는 것이었다.

김 강사와 A소좌의 취임식은 제2학기 시업식에 이어 거행되었다. 식장은 엄숙하다 못해 살기가 뻗친 것 같았다. 교장은 김만필을 동경 제대를 졸업한 보기 드문 수재라고 소개하고 이어 이번에 새로 교련을 맡아보게 된 A소좌를 맞이하게 된 것은 실로 분수에 넘치는 영광이라고 말했다.

교장이 단을 내려오자 T교수에게 재촉되어 김만필이 먼저 단 위로 올라가고 다음에 A소좌가 따랐다. 단 위에 선 김 강사는 몹시 흥분되어 얼굴이 창백하였다. 검붉은 햇볕에 탄 얼굴과 강철 같은 체격에 나이도 김만필의 존장^{존댓말} _{을 써야 할 나이가 많은 어른을 일컫는 말.} 뻘이나 됨직한 A소좌가 그 옆에 와 나란히 섰다.

"게 ― 렛 ― !"

깜짝 놀랄 만큼 큰 소리로 체조 선생이 호령을 불렀다. 동시에 검은머리가 일제히 아래로 숙였다.

S전문학교의 신임 교원 취임식이 엄숙할 것쯤이야 미리부터 짐작 못한 바 아니었지만 막상 눈앞에 대하고 보니 김만필은 갈피를 잡을 수 없었다. 그러나 학생들이 경례를 하고 있는 동안에 그것은 짧은 동안이었지만 그는 이상하게도 정신이 찬물같이 맑아지며 끝없이 얼크러진 모순에 찬 자기의 과거와 현재를 분석하고 비판해 보는 것이었다. 대학 시대에 문화 비판회라는 학생 단체의 한 멤버이었던 일, 졸업하자 그때까지 속으로 멸시하고 있던 N교수를 찾아 취직을 부탁하던 일, N교수로부터 경성 어떤 관청의 H과장에게 소개장을 받던 일, 서울서는 H과장 집에 자주 드나들면서도 일변으로는 신문 잡지 등속에 독일 좌익 문학 운동의 소개 또는 평론 같은 것을 쓰던 일, H과장의 소개로 작년 가을 처음으로 이 S전문학교 교장을 찾아갔던 일 ― 이 모든 것은 하나도 모순의 감정 없이는 한꺼번에 생각할 수 없는 것이었다. 하지만 인생

이란 도대체 모순 그것이 아닌가 하고 그는 생각해 보았다. 그 중에도 지식 계급이라는 것은 이 사회에서는 이중 삼중 사중, 아니 칠중 팔중 구중의 중첩된 인격을 갖도록 강제되고 있는 것이다. 그 많은 중에서 어떤 것이 정말 자기의 인격인가는 남 모르게 저 혼자만 알고 있으면 그만인 것이다. 어떤 사람은 사실 똑똑하게 이것을 의식하고 경우에 따라 인격이 변한다. 그러나 어떤 자는 자기 자신의 그 수많은 인격에 현황眩怳해 끝끝내는 어떤 것이 정말 자기의 인격인지도 모르게 되는 것이다…….

아, 더러운 노릇이다, 싫은 노릇이다라고 김만필은 생각하였다. 그러면 지금 자기는 어떤가? 그 대답은 마음 깊은 속에는 벌써 똑똑하게 나와 있는 것 같이 생각되었으나 그것까지는 지금 분석해 보기가 싫었다. 그에게는 그 단위에 올라서 있는 짧은 동안이 지긋지긋하게 지루하게 생각되었다. 어째 눈이 핑핑 돌고 다리가 우들우들 떨리는 것 같았다.

식이 끝나고 강당을 나올 때 T교수는 김만필, 아니 김 강사의 옆으로 오며,

"긴상, 몹시 몸이 약하시구먼. 얼굴빛이 대단히 좋지 않은데요. 어디 괴로우십니까?"

하고 물었다.

"아뇨. 별로 몸에 고장은 없습니다만은……."

김 강사는 등에 식은땀이 흐른 것을 느끼며 대답했다.

 김만필은 생전 처음 서는 교단이라 실수를 하지 않으려고 그날 밤은 늦도록 공부를 했다. 전에 있던 선생이 병으로 일 학기를 거의 전부 빼먹었기 때문에 학생들의 독일어는 아…베…체…부터 가르치는 것이나 다름없는 것이었지만 그래도 무슨 실수나 있을까 봐 아…베…체…, 아…베…체… 하고 알파벳 발음 연습까지 해 보았다. 그의 수업 시간은 바로 개학식 다음날에 끼여 있는 것이었다.

 이튿날 아침, 김 강사는 전날의 취임식 광경 같은 것을 생각해 가며 그래도 얼마쯤 마음이 가볍게 학교를 갔다. 교관실에 들어가니까 먼저 와 있던 교수가 두서너 사람 떠들고 있다가 잠깐 말을 멈추고 김만필의 인사에 대답하고 도로 떠들기 시작하였다. 시간강사인 김만필에게는 아직 책상이 돌아오지 않았으므로 그는 하는 수 없이 창 앞으로 가서 담뱃불을 붙였다. 교수들은 김만필이 있는 것을 잊어버린 듯이 자기들끼리만 떠들고 있는데 이야기는 아마도 엊저녁의 여자에 관한 것인 듯싶었다. 교수가 하나 늘고 둘 더 옴에 따라 교관실의 소동도 점점 더 커 갔다. 그들은 그 여름이 몹시 더웠던 이야기, 빌리야드, 해수욕, 등산, 갑자원, 야구, 긴부라^{은자 통신보} 스테이크 걸 등등 갖은 종류의 무의미한 화제에 대해에 대해 시골 공직자같이 굵은 소리를 내서 한없이 떠들어대었다.

 이러한 교관실의 공기는 김 강사에게는 극단으로 천하게 생각되었다. 전문학교의 교수라고 하면 좀더 학자적 근신과 학문적 향기를 가져야 할 것이다.

그런데 마치 보험회사 외교원이나 길거리의 약장사같이 떠드는 것은 무슨 꼴인가. 그러다가 생각하니 그 떠들고 있는 여러 사람 중에 김 강사와 이야기를 하려고 하는 사람은 하나도 없는 것이었다. 김 강사는 자기가 일부러 돌림쟁이^{못되고 따돌림을 받는 사람.}가 된것 같아서 몹시 고독을 느꼈다. 내가 공연히 신경과민이 된 것이 아닌가 하고 그는 생각해 보았다. 그러나 그렇지도 않다. 다른 사람들은 김 강사의 존재를 무시하는 태도를 취함으로써 그를 모욕하는 것이다. 하지만 아니다. 이것은 자기가 '신출' 이기 때문이다. 용기를 내어서 그들 틈에 한몫 끼여 보리라고 돌이켜 생각도 해 본다. 그러나 뭐니뭐니 해도 그는 아직 책상물림이라 그렇게 뻔뻔한 배짱은 없었다.

김 강사는 내내 교관실을 나와 옆에 있는 신문실로 들어갔다. 신문실에는 외국에서 온 신문 잡지 등속이 겉봉도 뜯지 않은 채로 책상 위에 흩어져 있었다. 새로 온 독일의 그림 신문을 펴들고 있노라니 문이 열리더니 T교수의 벙글벙글하는 친절한 얼굴이 나타났다.

"어, 이런 데 와 계셨습니까? 신진 학자는 다르시군."

김 강사는 의미 없이 얼굴을 붉히고 일어나 아침 인사를 했다. T교수는 어슬렁어슬렁 옆으로 오며,

"이번이 당신 시간이지요?"

"네."

"그거 대단히 잘됐습니다. 처녀강의를 새학기 첫시간에 하시게 됐으니."

"네, 뭐……."

T교수는 빙글빙글 웃으며 걸상에 앉아서,

"허……, 뭐 어련허실 것은 알지만 교장도 걱정을 하고 계시기에 또 말씀 하는 것입니다만,"

하고는,

"그건 다름 아니라 당신은 교단에 서시는 것이 처음이시라니까 학생 조정 술 같은 데 대해 안즉 생각해 보신 일이 없으실 줄 아는데요. 어쨌든 이 선생 장사라는 것은 남이 보기에는 신성한지 몰라도 결국은 말하자면 일종 인기 장 사니까요. 선생이 오면 학생놈들의 버릇이 으레 찧고 까불고 괴롭게 굽니다. 말하자면 이것도 시험이라 헐까요. 이 시험에 급제를 하면 관계찮지만 만일 떨어지는 날이면 탈이 납니다. 나도 그전에는 이 시험을 당했습니다. 허……, 그리고 또 이건 당신과 나 사이니까 말씀하는 것이지만,"

하고 T교수는 목소리를 낮추어,

"어제 교장 선생도 잠깐 말씀하셨지만 여기는 내선공학 아닙니까. 그러니 까 당신한테 대해서도 내지인 학생들이 어떤 태도를 가질지 이것이 걱정이 됩니다. 쓸데없는 일로 학생들 새에 무슨 재미없는 일이 있더라도 안됐 고……, 허기는 다 어련하시겠습니까만은 허……."

T교수의 말을 듣고 있는 동안에 김 강사는 그의 말을 깊이 생각해 볼 여유 도 없이 그저 그에게 감사하는 생각뿐이었다. 금방 아까까지 그는 고독을 느 끼고 있던 끝이라 상관이며 또 경험 많은 선배인 T교수로부터 이런 솔직한 의 견을 듣는 것은 정말 고맙게 생각되었다.

T교수는 몇 마디 잡담을 더 하고 일어나 나갔다. 뚱뚱한 몸을 흔들흔들하며 나가는 뒷모양이 김 강사에게는 몹시 믿음직해 보였다. 사실을 말하면 김 강

사는 N교수, H과장, S교장 이렇게 학벌 동향 관계 등의 썩어진 인연을 더듬어 이것을 교묘하게 이용해 차례로 그들을 꼼짝못할 궁경으로 몰아넣어 가지고 억지로 이 S전문학교에 비비고 들어온 것이므로, 거기다가 자기는 조선 사람이라는 자격지심도 있었고, 이곳의 교원들에게 이상스런 눈초리로 뵈어지는 것을 처음부터 염려했던 것이다.

그 염려가 어째 헛것이 아니었던 것같이 생각되어 가는 이때에 T교수가 나타난 것이다. 그만큼 그의 친절한 말은 그야말로 빈 골짜기의 발자국 소리같이 생각되는 것이었다.

그러나 첫째 시간의 처녀강의는 의외로 평온하게 지났다. 그를 괴롭게 하기는커녕 학생들은 도리어 이 새로 온 색다른 선생의 말을 흥미 있게 듣고들 있었다. 김 강사는 T교수의 주의도 있고 해서 머리를 길게 늘인 국수파 방카라 학생들에게 특별히 경계를 하였으나 그들도 의외로 얌전하게 그의 강의를 듣고 있었다. 단 위에 올라서서 말하는 동안에 차차로 마음이 가라앉아서 어깨를 으쓱하고 눈살을 찌푸리고 앉는 그들 방카라 학생들의 꼴이 도리어 어리게도 보였다.

시간을 끝내고 교관실에서 담배를 피우고 있노라니 T교수가 또 와서 처음 교단에 선 감상이 어떠냐고 빙글빙글 웃으면서 물었다.

"아무 감상도 없습니다만은 생각 드니보다도 학생들은 얌전하더구면요."
김 강사는 약간 득의의 어조로 대답하였다.

"그렇습니까? 그것 잘됐습니다. 허지만요, 아직 방심해선 안 됩니다. 학생들 중에는 별별 고약한 놈이 다 있으니까요. 에 별놈이 다 있습니다."

하고 T교수는 학교 수첩 — 학생들이 엠마죠라고 부르는 것 — 을 꺼내면서,

"당신은 아직 처음이시라 모르실 테니까 미리 말씀해 드립니다만은 (하고 수첩을 펴 연필 끝으로 죽 훑어내려 가면서) 우선 이 스스키란 놈만 해도 웬 고약한 놈입니다. 학교는 결석만 하면서 어쩌다 나오면 선생한테 싸움 걸기가 일쑤고. 이런 놈은 졸업은 안 시킬 텝니다. 그리고 또 이 야마다라는 놈, 이놈도 건방진 놈입니다. 그리고 이 김홍규란 놈, 또 가도오 그리고 주형식, 이누이 다까하시, 최, 박, 마쓰모도……, 나쁜 놈들이야. 바보 같은 놈들. 도대체 이 반은 급장부터가 건방져."

T교수의 목소리는 열을 띠어 오며 증오의 가시로 듣는 사람의 신경을 쿡쿡 찌르는 듯이 울렸다. 김 강사는 너무나 의외의 광경에 놀랐다. 웬일일까? 이 온후해 보이던 T교수가. 대체 교육자의 태도라는 것이 이래도 좋은 것인가?

"허지만!"

하고 김 강사는 T교수의 안색을 들여다보며 말을 끼였다.

"이편에서 성심으로 전력을 다해도 안 될까요?"

"허……."

T교수는 조금 체면이 안 된 듯이,

"그야 물론 그렇지요. 학생들이야 어쨌든 이편만 잘하면 그만이지요. 허지만 그것도 저편에서 이편 뜻을 알아주어야만 할 것이 아니겠습니까? 당신도 인제 좀 치어나 보시면 차차 생각이 달러지십니다. 학생이라는 것은 요컨대 선생의 ×입니다. 이편에 조금만 틈이 있으면 그저 용서 없이 달려드는 겝니다."

마침 그때 급사가 찾으러 왔으므로 T교수는 말을 끊고 교무과로 가 버렸다.

그러나 그가 간 뒤 김 강사는 몹시 우울하였다. 교육이라는 것의 발가벗은 꼴을 눈앞에 본 것 같았다. 그러나 또 그것보다도 그는 오직 하나의 지기로 생각하는 T교수를 삽시간에 잃은 것이 아까웠다. 아, 무서운 사람이다, 라고 그는 생각하였다.

둘째 시간 종이 울렸으나 김 강사는 멍하니 듣고 앉았을 뿐이다.

3

며칠 지난 후 토요일 밤이었다. 김만필은 오래 찾아보지도 못한 H과장에게 치하의 인사도 할 겸 하숙을 나섰다. H과장은 솔직하고 평민적인 호감을 주는 인물이었다.

H과장의 집은 북악산 밑 관사촌의 북쪽 끝에 있었다. 저녁 후의 고요한 관사촌은 김만필의 발자국 소리에 놀라 셰퍼드인지 무엇인지 무서운 개들의 짖는 소리로 몹시 요란스러웠다. H과장의 집으로 들어가는 골목을 돌려는 순간 바로 등뒤에서 분주하게 걸어오는 발자취 소리가 들렸다.

고개를 획 돌리자 바로 등뒤에까지 온 그 사람의 얼굴과 거의 마주칠 뻔하였다.

"어……."

"어……."

두 사람은 거의 동시에 입을 열었다. 뒤에 온 것은 T교수였다. 그는 무엇인

지 네모진 보퉁이를 끼고 있었다. T교수는 의외로 김 강사와 마주쳤기 때문에 잠깐 머뭇하더니 별안간,

"얏데루나."

하면서 김만필의 어깨를 툭 치며 더러운 비밀을 서로 지고 있는 사람끼리만이 주고받는 비열한 미소를 띠었다. 그 미소의 의미는 김만필도 단번에 알 수 있었다.

"별로 그런 것도 아니지만."

김만필은 좀 좋지 않아 말했다.

"천만에. 흥 당신도 나는 책상물림으로만 알았더니 상당하구면."

T교수는 여전히 그 미소를 띠고 있다.

"아니 정말 무슨 별짓을 하는 것은 아닙니다. 당신도 아시겠지만 나는 H과장의 힘으로 이번에 취직이 된 것이니까요."

김은 변명에 힘을 들였다.

"네…… 나도 잘 압니다. 그러기에 당신도 상당허단 말이지. 나는 과장하고는 고향이 같다우."

"네…… 그러세요."

김만필은 더 할 말이 없었다. T교수는 잠깐 무슨 생각을 하더니,

"잠깐만 거기서 기둘러 주시오."

하고 저벅저벅 골목 속으로 들어갔다. 그러더니 또 무슨 생각을 했는지 도로 나와서 김만필의 어깨를 또 한 번 툭 치며,

"허…… 왜 그렇게 멍하고 계슈? 세상이란 다 이런 게 아니우."

하고 들었던 보퉁이를 김만필의 눈앞에 번쩍 들어 보이고 다시 골목 속으로 들어가 H과장 집 부엌 쪽으로 사라졌다.

하녀하곤지 컴컴한 속에서 잠깐 쑤군쑤군하더니 T교수는 곧 나왔다. 이번에는 아까와는 달라서 평상 때의 침착한 태도를 회복하고 성난 것 같은 표정을 짓고 있었다.

"자, 들어갑시다."

그리고 그는 잠자코 H과장 집 정면 현관의 초인종을 눌렀다.

두 사람이 H과장 집을 나온 때는 아직 초저녁이었다. T교수는 어디로 잠깐 차라도 마시러 가자고 졸랐다. 김만필은 그에게 차차로 말할 수 없는 불쾌를 느끼고는 있었으나 어쨌든 같이 가기로 했다.

두 사람이 간 것은 세르팡이라는 술집이었다. 쑥 빠진 동경 여자라는 모던 여성이 카운터에 서 있는 깨끗한 집이었다. 여자는 둘이 들어서자,

"아라 T……상."

하고 환영했으나 T교수는 쉬……하고 입술에 손가락을 대 침묵을 명하고 구석 테이블로 가서 자리를 잡았다.

"자주 오십니까, 이 집에?"

김만필은 캉캉하게 생긴 여자와 뚱뚱한 T교수를 번갈아 보며 물었다.

"네, 가끔 옵니다. 당신은?"

"나도 두세 번 온 일은 있습니다만."

T교수는 여급에게 레몬 티 두 잔을 주문하고,

"긴상, 어떠시우, 이건?"

하고 왼손으로 술 먹는 시늉을 해 보였다.

"아주 못 먹습니다."

"이거 왜 이러슈? 난 벌써 소문 다 듣고 알았는데 허……."

하고 너털웃음을 웃고 나서,

"긴상, 긴상 일은 무엇이든지 내 다 잘 알고 있답니다."

하고 이번에는 음침하게 눈을 가늘게 했다.

"긴상은 모르시겠지만 당신 일로 H과장과 우리 학교 교장 새에서 연락을 붙인 것은 사실은 이 나랍니다."

T교수의 말은 김만필로서는 처음 듣는 소리였다. 그러나 생각해 보면 T교수의 지금 지위로 보아서 당연히 있음직도 한 노릇이다.

"그럼 교장하구두 한고향이십니까?"

"그렇구말구요. 안 그렇습니까?"

T교수는 뜨거운 차를 후후 불며 대답했다. 차를 단번에 마시고 나서 이번에는 위스키를 주문했다. 위스키를 연달아 두서너 잔 먹고 나서 T교수는 싱글싱글 웃으면서 말을 꺼냈다.

"실상은 나는 전부터 당신을 알고 있었답니다. 우리 학교로 오시기 전부터."

T교수의 싱글싱글 웃는 얼굴에는 네 비밀은 내가 환하게 알고 앉았다는 의미의 표정이 나타나 있었다. 김만필은 슬그머니 겁이 났으나 잠자코 있노라니 T교수는 기운이 나서 떠들었다.

"나는 작년부터 조선말을 배우기 시작했는데요. 그 때문에 언문 신문을 조선 학생에게 통역해 달래며 읽고 있었는데(김만필은 가슴이 뜨끔했다) 그런 관계로 작년 가을이던가 당신이 쓰신 「독일 좌익 작가 군상」이라는 논문을 읽었세요. 그 논문에는 정말 탄복했습니다. 독일 문학에 대해 당신만큼 연구가 깊은 이는 내지에도 적을 것입니다. 참 탄복했습니다. 그래 나는 H과장한테 맨 처음 당신 말씀을 들었을 때 그런 이는 우리편에서 초빙해도 좋다고, 이래봬도 나도 힘을 썼답니다. 조선 사람 중에도 차차 당신같이 훌륭한 사람이 나오게 됐다는 것은 참 좋은 일입니다. 앞으로도 많이 힘써 주십시오."

T교수는 웅변이 되어 김만필을 칭찬하였으나 김만필은 상처나 다친 듯이 속이 뜨끔하였다. 대체 T교수는 어째서 이런 말을 꺼내는 것인지 그 내심을 알 수가 없었다. 「독일 좌익 작가 군상」이라는 논문은 작년 가을에 몇 푼 안 되는 원고료를 목표로 총총히 쓴 것에 지나지 않았으며 더구나 그 내용은 S전문학교의 직원의 한 사람인 김만필로서는 절대로 비밀에 붙여야 할 것이었다. 김만필은 그것을 익명으로 하지 않았던 경솔을 새삼스레 후회했다. 그러고 보니 그는 익명으로 쓴 그 외의 몇 가지 논문이 생각났다. 그것들은 제법 좌익 평론가인 체하고 꽤 흰소리 <small>터무니없이 자랑으로 떠벌리거나 희떱게 하는 말</small> 를 뽑은 것이기 때문에 만일 그것이 탄로가 나면 모든 것은 낭패가 되는 것이다. T교수는 그것들까지도 알고 있는 것일까? 김만필은 의심을 품은 눈초리로 T교수의 얼굴을 더듬었으나 그는 여전히 싱글싱글 웃고 있을 뿐이었다.

김 강사는 눈에 보이지 않는 무서운 압박을 느꼈다.

세르팡을 나오자 김만필은 잠시라도 빨리 T교수의 옆을 떠나고 싶었으나 T교수는 김만필의 양복 소매를 잔뜩 붙잡고 바하트 암라인을 콧노래로 부르며 요릿집 등속이 늘어선 A정으로 끌고 갔다. 그들이 간 곳은 어느 골목 속 조그만 오뎅집으로 삼십 살 가량 되어 뵈는 예기 출신인 듯한 여자가 오뎅 냄비 뒤에 서 있었다. T교수는 이곳서도 단골 손님인 듯싶어 여자와 농담을 주고받고하며 술을 먹었다.

두 사람이 오뎅 집을 나왔을 때에는 자정이 지났었다. 이번에는 김만필도 상당히 취했으나 정신은 도리어 똑똑했다. 삼월 백화점 앞에 와서 T교수는 단장을 들어 지나가는 택시를 불렀다. 김만필이 사양하니까 전차도 끊어졌는데 걸어갈 수는 없지 않은가, 우리 집에 가려면 어차피 자네집 앞을 지나니까 같이 타자고 억지로 태웠다.

"우리 집을 아십니까?"

김만필은 자동차가 움직이자 물었다. T교수의 훌륭한 문화주택이 김 강사의 하숙 근처에 있는 것은 자기도 잘 알고 있었지만 뒷골목 속 더러운 그의 하숙을 T교수가 알고 있는 것은 정말 의외였다.

"아다마다. 문간에 명함 붙여 놓지 않았나. 잘 아네."

"네……."

김만필은 기가 막혔다.

"우리 집도 잘 알지. C상점 바로 옆이야. 인제 가끔 놀러 오게."

"네, 가지요."

하고 김만필은 대답했으나 마음속으로는 안 가리라, 절대로 안 가리라고 생각하였다. 무엇 때문에 이자는 탐정견 모양으로 모르는 게 없단 말인가. 하숙까지 알다니……. 김만필은 으스스 추웠다. 그러다가는 나중에 무슨 소리가 튀어나올지 모르는 것이었다.

자동차가 박석고개를 넘어갈 때 T교수는 김만필의 귀에다 대고,

"인제 차차 긴상도 알겠지만, 우리 학교 안에도 여러 가지 암류가 있으니 주의하는 게 좋으네. 더군다나 S상한테는 주의해야 되네."

하고 수수께끼 같은 말을 속삭였다. S라는 사람은 전해 봄에 만주 공과대학 예과로부터 S전문학교로 옮겨 온 사람으로 이 봄에 교수가 될 것인데 어떤 사정으로—그 이면에는 T교수 일파의 책동이 있었다—교수가 못 되어 그것에 불평을 품고 있는 사람이었다. 그런 사정은 김 강사는 모르고 있었기 때문에 자기 자신에 무슨 관계나 있나 하고 생각해 보았으나 아무것도 알 수 없었다.

김만필이 잠자코 있노라니까 T교수는 껄껄 웃고,

"아니 무어 별로 마음에 새겨들을 것은 없어. 그저 그렇단 말이지. 원체가 놈팽이는 교수 될 자격이 없어."

그리고 또 김만필의 귀에다 입을 대고,

"허지만 사실을 말하면 그자는 자네 시간을 욕심내고 있다네. 그 네 시간만 얻었으면 이번 가을부터 교수가 될 걸 그랬거든. 어쨌든 음흉한 놈이니 주의하게."

김만필은 무슨 무서운 악몽에 붙들린 것 같았다. 그러자 T교수가 스톱! 하고 소리를 질러 자동차는 삐익 하고 급정거를 했다. 김만필의 하숙으로 들어가는 골목 앞이었다.

4

       김만필은 S전문학교에 다니게 된 후로 갑자기 마음
이 우울해져서 아무도 찾아가고 싶지도 않았다. 교장은 생각만 해도 싫었다.
취임식 날 아침의 그의 결박한 인상이 일상 머리에서 사라지지 않는 것이었
다. 한편 교장 쪽에서도 김만필의 호감을 사려고 노력할 리는 물론 없으며 두
사람은 어쩌다 복도에서 만나도 형식적인 인사를 주고받을 뿐이었다. T교수
는 여전히 친절한 체하였지만 그는 친절하게 굴면 굴수록 점점 더 싫어서 김
만필 편에서 경원하였다. 교관실 공기도 참을 수 없었다. 교수들 중에 김 강사
에게 먼저 말을 건네는 사람은 하나도 없었다. 그들은 시간 파하는 종이 울리
면 앞을 다투어 교관실로 돌아와서는 더러운 물건이나 내버리듯이 백묵갑을
테이블 위에 탁 던지고 웅성웅성 쓸데없는 이야기를 시작하는 것이었으나 김
강사에게는 너 따위 놈은 우리들은 도대체 문제도 삼지 않는다는 듯한 태도를
일부러 지어 보였다. 그 중에도 언젠가 T교수에게 귓속말을 들은 일 있는 S강
사는 한층 심했다. 그는 김 강사의 얼굴만 보면 불쾌한 빛을 겉에까지 내면서
인사도 잘 하지 않았다. 김 강사는 시간을 끝내고 교관실에 돌아오면 뜰에 핀
코스모스 꽃을 넋없이 바라보는 것이 버릇이 되었다. 때로는 그의 마음속에
도 교만한 동료들에 대한 반항의 마음이 버럭버럭 치밀어 오를 적도 있었다.
놈들! 네깟 놈들이 친절하게 해 준댔자 나는 조금도 기쁠 것 없다. 그러나 그
런 생각을 한 후면 이번에는 자기 자신의 천박한 심정이 도리어 후회되는 것
이었다.

그러나 이런 직원 새의 공기와는 반대로 김 강사에 대한 학생들의 평판은 나쁘지 않았다. 내지인 학생들도 그를 괴롭히기는커녕 얌전하기 짝이 없었다. 김 강사는 가끔 독일 신흥 문학 이야기 같은 것을 꺼내 보았으나 학생들은 도리어 흥미 있어 하는 듯하였다. 학생이라는 것은―하고 김 강사는 생각하였다―아무 데를 가도 매일반이다. 이것에 기운을 얻어 그는 차츰차츰 일반적인 새로운 문학 운동 이야기를 해 보았다. 언젠가 T교수가 주의를 시켜 주던 스스키니 가도오니 하는 학생들에게는 그래도 안심이 안 되었으나 그들도 예습은 꼭꼭 해 오고 별로 건방지게 구는 법도 없었다.

시월 하순의 어느 일요일, 아침밥을 먹고 새로 도착한 『룬드 샤우』를 드러누운 채로 펴들고 있는데 마당에서 게다 소리가 들렸다. 문을 열고 보니 그것은 의외에도 무슨 책을 옆에 긴 스스키였다. 스스키가! 하고 김 강사는 잠깐 뜨끔했으나 도리어 일종의 흥미가 생겨서 곧 방으로 불러들였다.

스스키라는 학생은 키가 크고 광대뼈가 내밀고 아래턱이 큰 것이 마주 앉아 보면 조선 사람 같은 인상을 주었다. 이 얼굴이 T교수의 마음에 안 드는 것인가 하고 김 강사는 생각해 보았다. 스스키는 처음에는 머뭇머뭇하고 있더니 이야기가 독일 문학으로 돌아가자 기운이 나서 떠들기 시작하였다. 될 수만 있으면 S전문학교 따위는 집어치우고 동경으로 가서 독일 문학을 전공하고 싶다는 것이 그의 희망이었다. 스스키의 어학 힘으로는 아직 독일어 같은 것은 잘 알지 못할 터인데 그는 독일 문학 그 중에서도 현대문학에 대해 자세히 알고 있었다. 그해 봄에 히틀러가 정권을 잡은 뒤의 일은 김 강사보다도 도리어 잘 알고 있었다.

"에른스트톨러, 게오르그 카이서, 렌 레마르크, 심지어 토마스 만 형제까지
도 예술원을 쫓겨났다지요?"

"그랬지요."

김만필은 작년 이래로는 취직 운동에 쪼들려 독일 문단의 최근 사정을 자
세히 알아볼 여유가 없었더니만큼 스스키의 지식에는 감복했지만 그와의 이
야기에는 별로 흥을 낼 수 없었다. 그것은 스스키가 불량학생이라는 T교수의
귀띔이 있었기 때문뿐 아니라 다른 본능적인 경계심도 있었기 때문이다. 그래
도 두 사람의 이야기는 나치스 독일에서의 문학자 박해로부터 그것의 정치 조
직에 대한 공격으로 옮겨갔다. 스스키는 열을 띠어 히틀러의 문화 유린을 욕
하였다. 그러는 동안에 김만필은 차차로 스스키에 대해 부정을 느끼게 되어
이번 가을 후로 감추기에 애써 오던 그의 진실한 반면―그가 지금 어떠한 생
활을 하고 있든 간에 그 감춰진 반면이야말로 정말 자기라고 남몰래 생각하고
있는 그 반면을 하마터면 토설해서 동경 유학시대 이후로 울적했던 기분을 풀
뻔했으나 마음을 다시 고쳐먹고 스스키의 얼굴을 경계하는 눈으로 들여다보
는 것이었다.

화제는 독일서 일본으로 돌아오고 다시 S전문학교로 옮겨졌다. 스스키는 S
전문학교 학생들이 대부분 사회적 문화적인 것에는 조금도 흥미를 갖지 않고
학교의 노트만 기가 나서 외고 있다고 분개하며 이것은 요컨대 조선이라는 특
수한 환경과 학교 당국의 가혹한 취체 때문이라고 떠들어댔다.

"동경 같으면 그렇지 않겠지요?"

"글쎄."

하고 김만필이 막연한 대답을 한즉 스스키는 별안간,

"선생님이 문화비판회서 일하고 계실 때는 어땠습니까?"
하고 김만필의 얼굴을 치어다보며 물었다.

"네? 문화비판회?"

김만필은 깜짝 놀랐다. 스스키의 질문은 그에게는 청천의 벽력이나 다름없었다. 김만필은 경성 와서 취직운동을 시작한 후로는 그의 과거 경력은 같은 조선 사람 옛날 친구들한테도 이야기하지 않았었고 더군다나 S전문학교에 취직한 후로는 이 과거의 비밀이 탄로될 것을 무엇보다도 무서워하고 있던 것이다.

"문화비판회라니?"

김만필은 시치미를 떼고 되물었다. 스스키는 싱글싱글 웃으며,

"선생님이 그 회원으로 굉장하게 활동하신 것은 학생들이 모두들 압니다."

"아뇨, 그런 일은 없소. 그건 무슨 잘못이겠죠."

김만필은 당장에 고개를 좌우로 흔들며 그 말을 부정했다. 가슴속에서는 그의 조그만 지위와 양심이 저울에 걸려 있는 것을 느끼면서,

"그러셔요?"

스스키는 의아하는 표정을 하면서,

"그 회가 해산될 때 선생님이 굉장한 열변을 토하셨다는 말까지 있는데요."

"아니 그런 일은 없소."

김만필은 그래도 부정했다. 그러나 그의 기억에는 그날의 감격에 찬 광경이 분노에 불타서 말은 더듬거릴망정 그야말로 소리와 눈물을 한꺼번에 내쏟

는 열변을 토한 것이었다. 그 고운 기억은 그가 아무리 비열한 인간이 되어 버리는 날이 있을지라도 결코 잊어버릴 수 없는 것인 것이다.

김만필은 그것까지도 터놓고 이야기할 수 없는 자기의 현재의 지위에 대해 잠깐 스스로 책망하는 생각에 잠겼었다. 그러나 곧 그는 공세로 옮겨갔다. 이런 소리까지 냄새를 맡아 가지고 학생 새에 펴놓는 그 근원은 대체 어느 곳에 있는 것인가.

"그런 소문은 대체 어디서 들었소?"

스스키는 김 강사의 심상치 않은 태도에 당황해서 얼굴을 붉히며,

"요전에 다카하시상에게 들었습니다."

"다카하시는?"

"T선생이 그러시더래요."

"T선생?"

"네. 김 선생님은 굉장한 수재시고 동경제대서도 문화비판회의 중요한 회원이시었다구요."

"흠……."

김만필은 말없이 생각하였다. 이것은 예사로 넘길 일이 아니다. 무슨 깊은 책략이 있는 것이라고 생각하였다. 그러나 그렇기로 T교수는 대체 어디서 또 그런 소리를 냄새맡아 왔을까. 정말 셰퍼드 같은 작자다. 이놈 이번에는 제 본색을 나타냈구나 하고 분개했다. 그러고 보니 지금 그의 앞에 있는 스스키까지도 의심스러웠다. 스스키는 오늘 처음으로 찾아왔으면서 다른 선생한테 가서 철없이 떠들면 단번에 학교를 쫓겨날 만한 소리를 지지하게 늘어놓았으니

그렇게까지 자기를 신용할 근거가 어디 있는가. 어쩌면 이 스스키 놈도 T교수와 한통속이어서 일부러 김만필의 본심을 떠보러 온 것이나 아닐까. 이렇게 의심하기를 시작하니까 다음 다음 모든 것이 의심되었다. 대체 취임식 다음날 T교수가 난데없이 스스키 욕을 자기에게 들려주던 것부터 이상스러웠다.

그것은 일부러 자기를 속일 전제가 아니었던가……. 스스키는 김 강사의 눈치가 험해 가는 것을 보고 어쩔 줄을 몰라 멈칫거렸으나 그러면 그럴수록 김 강사는, 이놈 시치미를 떼는구나, 하고 점점 더 스스키가 밉게 생각되는 것이었다.

스스키는 흥미 깨진 듯이 한참 앉았더니,

"너무 실례가 많았습니다. 공연히 쓸데없는 소리를 지껄여서."

하고 모자를 들고 일어섰다. 그러나 곧 나가려 하지 않고 잠깐 머뭇머뭇하더니,

"사실은 선생님께 청이 있어 왔는데요."

하고 김만필의 얼굴을 쳐다보고,

"저희 반에 맘 맞는 동무 몇이 모여서 독일 문학 연구의 그룹을 만들었는데 선생께서 지도를 좀 해 주십사 하고……."

스스키는 언외에 뜻을 품게 하여 김 강사를 자기들 그룹으로 이끌었다. 사실은 그는 야마다, 김, 가도오들과 함께 학교 안에 조그만 단체를 만들어 가지고 독일 문학 연구를 하는 한편 좀더 널리 사회 사정을 연구하려는 것이었다. 그러려면 누구든지 지도자가 한 사람 있어야 할 터인데 김 강사의 강의든가 우연히 들은 그의 과거 경력이든가를 보아 그 일을 김 강사에게 청하려고 오

늘 찾아온 것이었다. 그러나 생각이 없는 경솔한 말 때문에 김 강사를 의외로 오해로 몰아넣은 것이다.

김 강사는 스스키의 그런 사정을 알 리가 없고 스스키가 진실한 표정을 하면 할수록 도리어 의심을 깊게 할 뿐이었다.

"바빠서 난 참가 못하겠소."

그는 스스키의 청을 단번에 거절했다.

"선생님 틈 계신 대로라도……."

"몹시 바쁘니까 난 참가 못하겠소."

김 강사는 다시 한 번 거절했다. 스스키는 그래도 선 채로 잠깐 머뭇머뭇하더니,

"그러면 실례합니다. 오늘은 여러 가지로 미안했습니다."

하고 모자를 손끝으로 빙글빙글 돌리며 대문을 나갔다.

5

스스키가 찾아왔다 간 후 김만필의 생활은 더욱더욱 우울해 갔다. 강박 관념에 쪼들리는 신경쇠약 환자같이 그는 항상 무엇엔가 마음의 위협을 느끼고 있었다. 공연히 쭈볏쭈볏하고 아무것을 해도 열심이 안 났다. 그러면 T교수나 H과장을 찾아가서 자기의 약점을 전부 고백하면 좋을 듯도 싶었으나 그의 우울에는 그 이상의 무슨 깊은 뿌리가 있는 듯싶었다. 뿐

아니라 그곳에는 그의 힘없는 양심의 최후의 문지기가 서 있었다.

공연히 마음만 안타까울 뿐이었다.

학교에를 가도 그는 점점 더 말을 하지 않았다. T교수가 말을 걸든지 하면 겉으로는 공손하게 대답했지만 속으로는 섬뜩하며 이자가 또 무슨 흉계를 꾸미는 것인가 하고 미워했다. 생각해 보면 그는 S전문학교에 온 뒤로 아직 아무 하고도 말다툼을 한 번 한 일 없건만 모든 사람과 마음속으로 미워하고 서로 멸시하고 두고 보아라는 듯이 으르렁거리는 것 같은 형세가 되고 만 것이다.

그러나 이것은 당초부터 정해진 운명이었는지도 모른다. 그래 그는 억지로 S전문학교에 뻐기고 들어간 것을 별로 후회하지도 않았다. 될 대로 되어라는 일종의 자포자기 같은 마음이 드는 것이었다.

그런 중에도 날이 지남을 따라 S전문학교 직원 새의 공기는 외톨박이 김 강사에게도 차차로 짐작되었다. 한편에는 T교수를 중심으로 하는 일파가 교장을 둘러싸고 학교 안의 세력을 쥐고 있고, 한편에는 U교수 S강사들이 '정의파'로 그와 대항하고 있는 듯하였다. S강사는 교장과 특별한 관계가 있는 사람으로, 교장의 초빙으로 만주 공과대학 예과의 자리를 일부러 팽개치고 온 사람인데 T교수의 맹렬한 이간질로 교장과의 사이가 틀어져서 지금까지 교수도 못 되고 U교수의 정의파로 붙은 모양이었다. 김 강사는 그런 무의미한 세력다툼에는 한몫 끼일 자격도 없거니와 생각도 없었으나 마음속으로는 역시 U교수와 S강사들 편으로 동정이 갔다. 만일 S강사가 김 강사에게 이유 없는 멸시와 적의만 보이지 않으면 그들의 정의파에 가담했을는지 모르는 것이다.

겨울 방학이 가까워 갔다. 으스스하게 흐린 날이 계속되고 때로는 가루 같은 뽀송뽀송한 눈발이 날리기도 했다.

어느 날, 김 강사는 학교로 들어가는 도중에서 T교수와 마주쳤다.

"대단 치워졌습니다."

언제나 같이 T교수가 먼저 인사를 했다.

"대단 춥습니다."

김 강사도 같은 소리로 대답하고 지나가려는데, 참 잠깐만, 하고 T교수가 불렀다. T교수는 빙글빙글 웃으면서,

"긴상, 그날 밤 일 아즉 기억하고 계시죠. H과장 댁 앞에서 우리가 맞닥뜨리던 날 밤……."

김 강사가 의미 없는 웃음을 지었더니,

"……기억하고 계시죠. 내가 과자 상자를 들고 갔던 것 보셨죠?"

김 강사는 웃으며 고개를 끄덕였다.

"세상이란 다 그런 겝니다. 난들 그런 것을 하기가 좋아서 하겠소. 어쨌든 지금 연말도 되구 했으니 교장한데 무어 과자라도 한 상자 사가지구 찾어가 두시란 말이오."

말해 던지고 T교수는 그대로 가 버렸다.

교실에 들어가 강의를 하면서도 김 강사는 T교수의 말을 잊어버릴 수가 없었다. 씹어 생각해 보면 T교수의 말은 그럴 듯도 싶었다. 그러나 다시 생각해 보면 지금 와서 과자 상자를 사 들고 주적주적 ^{어린아이가 걸음마하며 비틀비틀 귀엽게 걷는 모양.} 교장을 찾아가도 소용이 없을 뿐 아니라 도리어 업신여김을 받을 것 같았다. 뿐 아니라 T교수의 성격이라든지 그의 모든 것을 생각해 보면 그가 진정으로 김

강사를 위해 무슨 말을 해 줄 이유가 하나도 없는 것이다. 만일 그렇다면 T교수의 말은 실상은 책상물림 주제에다 어딘가 만만치 않은 고장이 있는 김 강사를 조롱한 것에 지나지 않는 것이다. 그러나 또다시 돌려 생각하면 T교수의 말은 좀더 의미가 깊은 것으로 '교장은 너를 미워하고 있다. 너도 미리 생각을 돌리지 않으면 목이 잘라진다'라는 협박같이도 생각되었다.

그러나 어쨌든 그날 밤 김 강사는 명치옥에 가서 서양과자를 한 상자 샀다. 위 뚜껑에 '조품'이라 두 자를 쓰고 그 밑에 자기의 명함을 붙였다.

그러나 그러는 동안에도 그의 마음속에서는 종시 두 가지 의사가 싸우고 있었다. 암만 무얼 해도 이 짓만은 하기 싫다. 자기가 이것을 가지고 가면 교장은 이놈 인제두 하고 빙그레 웃고 T교수는 등뒤에서 그 능글능글한 웃음을 띠고 나의 어리석음을 조소할 것이다. 어차피 S전문학교에 다니는 것도 길지는 않을 것이니 이런 짓까지 하면 그만치 나는 밑질 뿐 아닌가. 그러나 바로 그 다음에는 다른 생각이 드는 것이었다. 아니 T교수의 말대로 세상이란 다 이런 것이다. 내가 지금 암만 뽐내 본댔자 뱃속을 짜개면 S전문학교를 나가고 싶지 않은 것이 본심이 아닌가. 물에 빠진 자는 지푸라기라도 잡는다 한다. 이론이 다 무엇이냐. 내가 이런 짓을 하는 것이 더럽다 하면 나에게 이런 짓을 하게 하는 자들은 더 더러운 것이다. 이런 것으로 더럽히는 내 양심이다. 나는 요런 조꼬만 미끼를 물고 좋아하는 놈들의 그 천박한 꼴을 조소하면 그뿐인 것이다……

김 강사는 악마의 마음을 먹은 셈 잡고 과자상자를 들고 서대문행 전차를 탔다. 그러나 그의 결심은 오래 계속되지 못했다. 그는 광화문 정류장에서 전차를 내려 효자동으로 가는 전차를 타지 않고 천천히 종로로 갔다. 본정통의 번잡한 데 비해 이곳은 몹시 잠잠했다. 일류미네이션만 헛되게 빛나고 세모 대매출의 붉은 깃발이 쓸쓸한 섣달 대목거리의 먼지에 퍼덕이고 있었다. 한참이나 거리를 어슬렁거리다가 욕심쟁이로 일가간에 돌림쟁이가 된 아주머니를 생각한 그는 걸음을 빨리 해 파고다 공원 뒷골목으로 들어갔다.

6

동기 방학이 되고 해가 바뀌었으나 김 강사는 하숙에 꼭 들어앉아 있었다. 연하장 한 장도 내지 않았다. 그의 마음은 점점 더 비틀려 갔으나 속에는 일종의 깨달음 같은 것이 생기고 있었다. 그에게는 막다른 골목까지 온 것 같은 지금의 생활을 타개해 나갈 의사 같은 것은 물론 없고 차츰차츰 숨이 가빠 들어와도 그대로 누워 죽음을 기다리는 수밖에 없다고 생각되었다. 책상 위에는 먼지가 쌓이고 외국서 온 신문 잡지는 겉봉도 뜯기 싫었다. 그는 늦잠을 자는 버릇이 생겼다. 점심때나 되어 일어나서는 밥을 한 술 떠넣고 바람 부는 거리를 거니는 것이 일과가 되었다. 새해라 해도 종로 거리에는 장식 하나 없고 살을 에는 매운 바람이 먼지를 불어 올릴 뿐이었다.

피곤하면 뒷골목에 갑자기 많아진 찻집을 찾아 들어가 정신 나간 사람같이 앉아 있었다. 찻집에는 아무 데를 가도 일상 김 강사와 같은 젊은 사내들이 그득하였다. 그들은 대개는 김만필과 비슷한 경우에 처해 있는 사람들이었다.

학교는 졸업했으나 갈 곳은 없고 학문이나 예술상의 기적적인 사업이 하룻밤 되는 것도 아니고 그렇다고 현상 타파의 마음을 굳게 해서 강철이나 불길을 사양치 않을 만한 용기를 제마다 갖고 있는 것도 아니고 보니 차를 사 먹을 잔돈푼이 아직 있는 동안에 이렇게 찻집에 와서는 웅덩이에 괸 물 같은 시간을 보내고 있는 것이다. 여기에서는 활발한 토론의 꽃이 피는 법도 없으며 불길 같은 사랑의 피가 타오르는 일도 없고 오직 죽음과 같은 침묵의 시간이 계속 될 뿐이었다.

날이 감에 따라 김만필은 점점 자기의 힘으로는 이길 수 없는 정신의 피로 를 느끼기 시작하였다. 어떻게든지 해야겠다 하는 초조한 마음은 점점 없어지 고 축 늘어진 채 의미 없는 시간만을 맞고 보내고 하는 것이었다.

벌써 칠팔 년 전에 대학 불란서말 코스에서 우연히 눈에 뜨인 도데의 소설 속의 짧은 구절이 머리에 떠서 지워지지 않았다. 'L'ennui luivint(그에게 피곤 이 왔다)' 라는 이 짧은 구절이 무슨 깊고 또 깊은 의미를 가진 것같이 생각이 되는 것이다. 이야기는 철사에 붙들려 매서 날마다 평화로운 목장의 풀을 먹 고 있던 어린양이 드디어 생활에 권태를 느끼고 어느 날 이 철사를 끊고 숲속 으로 달아나서 거기서 기다리고 있던 이리한테 잡아먹혔다는 것이다. 김만필 은 하숙 온돌에 드러누워 빈대 피 터진 벽을 바라보며 그 잡아먹힌 어린양의 행복을 걱정해 보기도 했다.

휴가가 끝난 뒤에 교관실에 나타난 T교수는 그전보다도 한층 기운이 있었 다. 이번 겨울은 특별히 추워 영하 이십 도라는 엄한이 여러 날 계속되었건만 그는 잠방이 하나로 지내 왔다고 교관실이 가득하도록 떠들었다. 얼굴에는 붉은 피가 가득 차 있다. 별안간 그는 이번 겨울 방학 동안에 조선의 민속民俗에 대해 많이 연구했다고 말을 꺼냈다.

"마침 무당을 하나 붙들었기에 여러 가지 조선의 신앙, 미신, 관혼 상제의 습관, 풍속 같은 것을 조사해 봤는데 썩 흥미가 있데나. 한 민족을 철저하게 이해하려면 역시 이 방면부터 조사해 가는 것이 제일 첩경이야. 미친 것을 고치려면 신장내린 무당이 동쪽으로 뻗친 복사나무 가지로 병자를 실컷 때려 주면 멀쩡하게 나아 버린다네. 허…… 이것은 아주 합리적이거든. 난, 조선 여자들의 살결이 왜 고운가 했더니 그 비밀을 이번에 처음으로 알았어. 밤에 잘 적에 오줌으로 세수를 헌데나그려. 인제 우리 여편네한테두 오줌세수를 시켜 볼까. 허……, 어허."

T교수의 호걸 같은 웃음에 따라 다른 교수들도 일제히 깔깔거려 웃었다. 그러나 김만필은 가만히 있을 수 없었다. T교수의 뺨이라도 힘껏 후려갈기고 싶었으나 참는 수밖에 없어서,

"그런 풍속이 어데 있단 말씀이오. 나는 들도 보도 못했소."

김 강사는 겨우 이 말만 했다. T교수를 비롯해 모든 사람들은 비로소 김 강사가 있는 것을 깨달은 듯이 그의 얼굴을 바라보고 교관실의 공기는 별안간 싸늘해졌다.

T교수는,

"아니 당신은 이런 것은 이리저리 생각하실 것 없지요. 무식한 무당한테 들은 소리니까."

하고 그로서는 처음 보는 미안한 얼굴을 지었다.

"어쨌든 미신이라는 것은 어떤 문명국에라도 있는 것이니까."

김 강사는 한마디 더 말하고 싶었다. 그러나 마침 종이 울렸으므로 그는 백묵 상자를 들고 썩썩 교관실을 나와 버렸다.

이번 겨울은 이상스레도 흐린 날이 계속되었다. 그 일기도 김 강사의 비위에 맞지 않았다. S전문학교에 가는 도중에 전차 창으로 내다보이는 교외의 풍경은 한결같이 회색 빛깔로 물칠되었었다. 앞에는 더러운 **빠락** _{바라크(baraque). 있는 재료를 이용해 임시로 허술하게 지은 집.} 집들이 톱니같이 불규칙하게 늘어서고 그 지붕 위를 수력전기의 송전 탑이 까맣게 멀리 숲 편으로 달아나는 것이다. 잿빛 하늘 저편에는 시커먼 북한 산이 잠잠히 서 있고…… . 김만필은 옛날을 생각해 본다. 아직 중학생 때 겨울이 되면 흔히 스케이트를 둘러메고 이 근처로 얼음을 타러 다녔다. 그때에는 이 더 러운 빠락들도 무서운 송전탑도 물론 없었고 수양버들 늘어진 큰길이 멀리멀리 논밭 가운데로 구불거려 있었다. 하늘은 일상 샛푸르게 개었었다. 편한 논벌판 저편에는 능陵 소나무 숲이 보이고 그 저편 쪽 하늘에는 눈을 인 북한산의 야윈 봉우리가 굳세게 높게 솟아 있는 것이었다. 논에는 물이 가득해 그것이 유리쪽같 이 얼고 그 얼음 위를 바람을 차고 중학생 김만필은 마음껏 뛰어 돌아다니던 것 이었다…… .

이월도 그믐께 가까운 어느 날, 첫째 시간을 끝내고 일상 하듯이 김만필은 신 문실에서 멍하고 있노라니 T교수가 나타나서 오늘 잠깐 할 말이 있으니 교수가 끝나거든 교무과로 와 달라 하였다.

시간을 마치고 교무과로 갔더니, T교수는 대략 다음과 같은 이야기를 하였다.

"오늘은 잠깐 당신께 꼭 해야 할 말씀이 있습니다. 다름 아니라 엊저녁에 오래 간만에 H과장 집에 놀러 갔더니 H과장은 무슨 까닭인지 당신한테 관해 무슨 이

유진오

198

상스런 소문을 듣고 대단 기색이 좋지 못한 모양입니다. 어떤 말을 듣고 그러는지는 나도 모르겠소마는 그래 내가 지금 당신께 하려는 말씀은 사실은 우리 학교 교장은 원체 성미가 그런 사람인데다가 무엇인지 당신이 교장 비위를 몹시 거슬려 놓지 않았나 싶습니다. 실례의 말씀이지만 당신은 아직 세상이라는 것을 모르고 계시다고 나는 봅니다. 세상이라는 것은 어쨌든 이론대로 되는 것이 아니니까요. 윗사람한테 대해서는 철을 찾어 무슨 선사는 안 한다 하더라도 가끔 찾어가 보는 것쯤은 해 두는 것이 좋단 말이오. 들으니까 H과장도 그때 이후 찾어가지 않었다지요. H과장이 그렇다. 당신은 나와 달러서 처음부터 H과장 소개로 들어왔것다, 당신만 잘하면 앞으로는 시간도 차차 더 얻을 수 있을 것인데……."

"그러면 저……."

"아니 무어 자세한 이야기를 들은 것은 아니니까 어쨌든 내 생각에는 오늘 저녁에라도 우선 H과장 집에라도 한번 찾어가 보시는 것이 좋을 듯합니다만……."

"네……."

김 강사는 분명치 않은 대답을 했으나 T교수의 이야기를 듣고 있는 동안에 오랫동안 숨을 죽이고 있던 마음속의 불똥이 이상스레 끓어오르는 것을 느꼈다. 나쁜 놈들! 내가 비겁한 짓을 하고 쩔쩔매고 있으니까 제멋대로 건방지게 구는구나. 나는 너희들 앞에 말라빠진 이 몸을 내던지고 짓밟든지 차든지 너희들 할 대로 하라고 참어 오지 않었느냐. 이 이상 무엇을 더 어떻게 하라는 것이냐. 김 강사는 보이지 않는 소리로 H과장과 교장들을 욕하고 남을 극도로 멸시하는 소리를 뻔뻔스레 친절한 귀띔 모양으로 들려주는 T교수의 얼굴에다 마음속으로는 힘껏 침을 뱉어 주었다.

그러나 집에 돌아온즉 불안한 마음에 암만 해도 가만히 있을 수 없었다. T교수의 말치로 보아서는 자기의 운명도 이미 결정된 듯 싶었으나 그렇게 되고 보니까 또 전부터 정해 온 배짱이 흔들흔들하기 시작하는 것이었다. 김 강사는 끝까지 현실에 연연하는 자기의 약한 성격에 스스로 싫증과 미움까지 났으나 그렇다고 그것을 어떻게 처치할 수는 없었다. 드디어 그는 이번 한 번만 더 T교수의 말대로 해 보기로 마음을 정했다. 그리고 이번에야말로 언젠가 그가 권하듯이 과자 상자를 사가지고 가는 것이라고 자기 자신에게 일러두었다.

H과장 현관에는 먼저 온 손님이 있는지 구두 한 켤레가 놓여 있었다. 그러나 응접실에 들어가니까 손님은 방금 간 모양으로 하녀가 나와서 테이블 위의 찻종과 과자 접시 등속을 치우고 있었다. H과장은 혼자서 걸상에 앉았는데 웬일인지 노기가 등등한 얼굴이었다.

"무얼 하러 왔나?"

하고 쏘아붙였다. 김만필은 너무나 의외의 인사에 깜짝 놀라 H과장의 얼굴을 치어다보고 도로 머리를 숙였다. 다 글렀다! 하는 생각만이 머리에 가득 차서 오는 길에 생각해 둔 갖가지 변명이 하나도 안 남고 날아가 버렸다.

"너무 오래 찾어 뵙지도 못했기에……."

김만필은 겨우 입을 떼었다.

"이 남의 은혜를 모르는……."

또 한 번 정신이 번쩍 들어 김만필은 얼굴을 들고 H과장을 보았다. H과장은,

"대체 자네는 왜 남의 얼굴에 똥칠을 해 놓는 겐가?"

라고 또 소리쳤다.

창졸간에 무엇이라 대답해야 할는지를 몰라 김만필은 머리를 숙이고 덮어 놓고 사과를 했다. 그러나 H과장은 여전히 되풀이하는 것이다.

"왜 나를 창피한 꼴을 보이는 거야?"

"네 제가 과장님께 무슨 창피를…… 제가."

H과장에게 창피한 꼴을 보여 준 적은 없는 것이다.

"그래두 자네는 나를 속일 작정인가?"

"과장을 속인 일은 저는 없습니다."

"없어?"

H과장은 금방 덤벼들듯이,

"그럼 내 입으로 말해 줄까? 자네는 대학 시대에 ××주의 단체에 들었었지. 이리로 온 후도 좌익 문학 운동에 관계했지."

"허지만 그것은……."

하고 김만필은 대답하려 하였으나 이번에는 H과장은 부들부들 떨리는 목소리가 되어,

"왜 자네는 그것을 나한테 말하지 않고 감추었단 말인가. 응, 그래두 상관 없다고 생각했단 말인가. 그래 놓고 자네는 뻔뻔스레 학교 선생이 되어 시치미를 뚝 떼고 있지만 자네를 추천해 논 이 내 얼굴은 어찌 된단 말인가. 나는 자네만은 염려 없다고 학교 당국의 강경한 반대를 무릅쓰고 억지로 자네를 집 어넣은 것이야. 허기는 경솔하게 자네를 신용한 내가 잘못이지, 섣불리 동정심을 낸 것이 잘못이야. 이 은혜를 모르는 제 욕심만 채우는……."

H과장이 떠들어대는 동안 김만필은 올 것이 온 것이다, 라고 생각하였다.

그러나 막상 이렇게 되고 보니 도리어 별로 겁날 것이 없었다. 생각하면 작년 가을 이후로 날마다 밤마다 자기를 괴롭게 하고 눈앞에 얼씬거리던 검은 그림자의 정체는 겨우 요것이던가. 그렇게 생각하니 도리어 무거운 짐을 내려 논 것 같았다. 그러나 사정만은 똑똑히 해 두어야 된다고 그는 생각하였다. 과거에 있어서 그는 제법 정말 무슨 주의자였던 일은 없는 것이다.

"그건 무슨 오해십니다. 저는 지금까지 ××주의자였던 적은 없습니다."

"무엇야, 그래도 나를 속이려나?"

H과장은 다시 격노해 소리를 버럭 지르고 의자와 테이블을 와당탕거리며 벌떡 일어났다.

그때 이웃방으로 통하는 문이 열리며 H과장 부인이 차를 가지고 들어왔다. 이어 부인의 등뒤에는 언제나 일반으로 봄 물결이 늠실늠실하듯 온 얼굴에 벙글벙글 미소를 띤 T교수가 응접실로 따라 들어왔다.

작품 줄거리

문학사文學士인 김만필은 동경 제국대학 독문학과를 우수한 성적으로 졸업하고, H과장의 소개로 S전문학교의 독일어 시간강사로 취직한다. 취임한 다음날, 선임자인 T교수는 '스스키'라는 학생을 조심하라고 친절하게 조언을 해 준다. 김 강사는 내심 고맙게 여기면서 긴장된 상태에서 첫 강의를 별탈 없이 마친다. 며칠 후에 김 강사는 H과장에게 고맙다는 인사를 하러 갔다가, 그의 집 대문 앞에서 T교수와 마주친다. H과장의 집을 나온 T교수는 김 강사를 데리고 찻집으로 가서, 자신이 김 강사를 교장에게 추천했다면서, 작년에 김 강사가 쓴 〈독일 좌익 작가 군상〉이라는 글을 신문에서 읽었는데 좋은 글이었다고 칭찬한다. 그러나 그 글은 좌익 작가들을 다룬 것이어서 학교에서 알면 좋을 리가 없었던 터라, 김 강사는 T교수에게 두려움과 추악함을 느끼게 된다.

어느 날, T교수가 조심하라고 했던 문제의 스스키가 김 강사를 찾아와, 문학자에 대한 박해를 비난하고 파시즘과 히틀러를 공격하던 끝에, 김 강사의 숨겨진 과거에 대해 너무나 잘 알고 있다는 말을 한다. 김 강사는 스스키가 친구를 통해 T교수가 한 말을 전해 들었음을 알고는, 혹시 스스키가 T교수의 스파이는 아닐까 하고 의심한다. 스스키가 김 강사를 찾아온 목적은 자신들이 조직한 독일 문학 연구 그룹을 지도해 달라는 것이었지만, 김 강사는 단호하게 이를 거절한다.

새해가 되자, H과장을 한번 찾아가라는 T교수의 조언에 따라, 김 강사는 H과장의 집을 방문한다. 그러나 H과장은 김 강사의 과거를 들춰내며, 남의 얼굴에 똥칠을 해도 되냐면서 벌컥 화를 낸다. 김 강사는 난감해하면서 자신의 결백을 주장하는데, 이때 T교수가 윗방에서 나와 김 강사를 바라보며 비열한 웃음을 짓는다.

작품 해설

이 소설은 전형적인 지식인 소설입니다. 자아와 과거의 신분을 속이고 현실에 순응해야 하는 1930년대 나약한 지식인의 모습이 제시되고 있거든요. 주인공은 창백한 지식인인 김만필입니다. 그는 뇌물을 주거나 하는 등의 세속적인 요령을 피울 줄 모르는 가녀린 양심의 소유자입니다. 그는 사회적 부조리에 당당하게 맞섰던 용감했던 지난날에 대한 애착을 가지고 있지만, 지금은 어쩔 수 없이 사회 조직에 굴복해 양심의 가책 속에서 살아가고 있습니다. 그 반대편에는 교활하고 비겁한 성격의 소유자인 T교수가 있습니다. 그는 자신을 위해서는 아첨이나 모함, 비겁한 짓을 서슴없이 합니다.

김만필은 교원 취임식에서 자신이 수백 명의 학생으로부터 경례를 받을 가치가 있는가라고 자문하면서 착잡한 기분에 빠지는데요, 자신이 대학 시절에 '문화비판회'의 한 멤버였던 일, 졸업하자 '취직'을 위해 평소 멸시해 마지않던 N교수를 찾아 갔던 일, 서울로 돌아온 후 수차에 걸쳐 《조선일보》·《동아일보》 등에 독일의 좌익 문학 운동을 소개했던 일, 그리고 H과장의 소개로 작년 가을에 이 S전문학교 교장을 찾았던 일 등, 자신이 기억하고 있는 일들 전부가 모순된 감정 없이 떠올릴 수 없는 것들임을 깨닫게 된 것이죠. 이는 곧 모순된 인생의 축도를 자기 자신이 몸소 보이고 있다는 의미로 해석할 수 있습니다.

반면에, T교수는 학생들을 평가하는 장면에서 볼 수 있듯이, 신참자인 김 강사에게 들려주는 친절한 조언으로는 좀 지나칠 정도로 학생들의 결점에 대해 열변을 토하고 있습니다. 이처럼 이 소설에서는 두 사람의 행동을 대조시킴으로써, 한 시대를 살아가는 인간 생활의 단면을 극적으로 제시하고 있다 할 것입니다.

 **더 알아두기**

사회주의적 사실주의 Socialist Realism 사회주의 이념의 실현을 창작 정신의 근간으로 하는 사실주의적 창작 방법을 일컫는다. 다시 말해서, 문학은 현실을 재현하는 것에서 끝나지 말고 혁명의 도구가 되어야 한다는 이론이다. 그러나 문학을 목적이 아닌 수단으로 파악하는 이러한 창작 방법은 작가의 창작의 자유를 제한한다는 점에서 비판을 받는다.

이처럼 이 소설은 일제 치하에서 일본 사람들이 중심을 이루고 있는 S전문학교를 배경으로 하고, 대학을 갓 졸업해 세상 물정 모르는 '김만필'이 시간강사로 취직하면서 겪는 갈등을 그리고 있는데요, 김 강사는 어떻게든 현실에 적응하고자 하지만, 결국 실패하고 마는 지식인의 참담한 모습을 보여줍니다.

그럼 여기서 김 강사가 실패한 원인에 대해 한번 살펴볼까요. 김 강사의 실패 원인은 첫째로 현실의 구조적인 모순에 있습니다. 김 강사는 일제 치하에서는 결코 용서받을 수 없는 사회주의 운동에 가담한 전력이 있습니다. 그래서 김 강사는 불안해합니다. 그는 모순된 인생의 축도를 자신이 몸소 보이고 있는 것 같다고 생각합니다.

지식 계급이라는 것은 이 사회에서는 이중 삼중 사중, 아니 칠중 팔중 구중의 중첩된 인격을 갖도록 강제되고 있는 것이다. 그 많은 중에서 어떤 것이 정말 자기의 인격인가는 남 모르게 저 혼자만 알고 있으면 그만인 것이다. 어떤 사람은 사실 똑똑하게 이것을 의식하고 경우에 따라 인격이 변한다. 그러나 어떤 자는 자기 자신의 그 수많은 인격에 현황眩恍해 끝끝내는 어떤 것이 정말 자기의 인격인지도 모르게 되는 것이다……

※참고 사항
〈역사의 심판―현민 유진오 빈소 시위 사건〉

경성제국대학을 수석으로 입학하고, 조선문인협회 발기인으로 참여한데다, 조선문인보국회·총력연맹 등에 가담한 한편, 결전決戰소설 심사위원을 맡기도 하고, 각종 시국 강연에도 참석했으며, 대동아공영권 수립에 찬동해 《매일신보》에 학병 지원을 권유하는 글을 기고했던 민족 배신자 현민 유진오. 그는 조국이 해방되자마자 재빨리 변신해, 제헌헌법 기초위원, 제헌법학자, 고려대 총장, 야당 총재, 신군부 국정자문위원 등을 지내면서 화려한 삶을 살았습니다.

그러나 1987년 8월 30일 그에게 눈부신 이력과 명성(?)을 안겨 주었던 세상에 대해 작별을 고하는 마당의 풍경은 실로 비참하기 짝이 없었습니다. 1932년 강사 생활을 시작했고, 1952년 9월 제2대 총장으로 취임한 이래 14년간 총장(2, 3, 4대)을 지냈던 고려대에서 사회장으로 빈소가 차려지자, 교수들이 빈소 철거를 요구하며 시위를 벌인 것입니다. 게다가 9월 1일에는 학생 200여 명도 연좌 농성에 들어갔습니다. 교수들은 이 시위에서 다음과 같은 성명서를 발표했습니다.

"(전략) 우리는 죽은 사람에 대해 대체로 너그러운 우리나라 사람들의 관행과 통념이 부정적 영향을 끼치지 않는 한, 그것은 물론 존중되어야 한다고 생각한다. (중략) 오늘날 일제 잔재와 독재 세력 및 그 협력자들은 각종 하수인들을 동원해 온갖 술책으로 민족정기를 어지럽히고, 온 국민의 열망인 민주화마저 방해하고 있다. 우리의 항의 행위는 고대의 정신과 명예를 수호하고, 나아가서는 민족 정기를 진작시키며, 민주 사회를 확립시키기 위한 것이므로 (후략)"

민족을 배반하고 제자를 전쟁터로 내몰았지만, 사죄 한마디 없이 잘 살다간 현민 유진오는 이처럼 가장 위안을 받아야 할 장소에서 치욕을 당하며 마지막 길을 떠났던 것입니다.

이것은 일제 치하 한국 지식인들의 고민을 솔직하게 표현해 준 말입니다. 지식인 문제를 다룬 소설은 실직失職 문제가 주류를 이루고 있는데, 이 소설은 지식인이 어떻게 지식인답지 못한 모습으로 처세하는가를 보여줌과 동시에, 얼마나 무력하게 사회 현실에 휘말리는가를 부각시켜 주고 있습니다. 주인공은 딱히 다른 사람들에 비해 역사 의식이나 사회 의식이 부족한 것도 아니지만, 현실의 벽에 부딪혀 제대로 대처하지 못합니다.

둘째로 김 강사가 실패한 원인은 인물의 성격에 있습니다. 속물인 T교수의 부추김으로 인해 교장 선생님을 찾아가기 위해 과자 한 상자를 구입한 김만필은 그러한 와중에서도 마음속에서 두 가지 생각과 싸우고 있었지요. 자리를 위해서라 해도 차마 이 짓만은 할 수 없다는 것과, 세상일이라는 측면에서 보면 선물을 보내 더럽혀지는 것은 오히려 받는 자의 인격이라는 것이 그것이죠.

이처럼 김만필은 사회의 구조적 모순을 개혁하려 하기보다는 현실에 안주해 여러 겹의 가면을 쓰고 살려 합니다. 그러나 일본인이면서 약삭빠르고 비굴한 성격을 가진 T교수에 의해 한때 사회주의 운동에 가담했던 김 강사의 정체가 드러나게 되어, 결국 김 강사의 행동은 파국에 이르는 것입니다.

따라서, 이 소설은 지식인들이 부조리한 상황을 헤쳐 나가는 모습을 형상화했다기보다는, 인물의 성격을 부각하는 데 초점을 두었다고 보는 편이 좋습니다. 물론, 이것은 작품이 쓰여진 시대적 제약에도 원인이 있다는 사실을 기억해야겠지요.

① '김만필' 이 단 위에 올라가 학생들의 경례를 받을 때, 자신이 이런 대접을 받을 자격이 있을까 고민한 이유는 무엇일까요?

② T교수는 왜 '스스키' 라는 학생을 그토록 미워할까요?

③ '김만필' 이 자신을 찾아온 스스키를 의심하고, 그의 부탁을 거절한 것은 무엇 때문일까요?

④ '김만필' 이 애써 '명치옥' 에서 산 서양과자를 결국 교장에게 주지 않고 욕심쟁이 아주머니에게 드린 이유는 무엇일까요?

⑤ H과장은 어떻게 '김만필' 의 과거 행적을 알았을까요?

구성

발단	인물 소개와 배경의 설정.
전개	T교수와 김 강사의 대조적인 행동. T교수의 비열한 행동과 현실에 적응할 줄 모르는 김 강사.
위기	김 강사의 전력前歷 노출. 김 강사의 전력을 칭송하는 T교수. 김 강사의 과거를 거론하는 스스키.
절정	과거의 노출로 고뇌하는 김 강사.
결말	학교에서 쫓겨나게 되는 김 강사.

핵심 정리

갈래	단편소설, 지식인 소설
배경	일제 시대의 일본 교사가 중심인 S전문학교.
주제	일제 치하 지식인의 나약성과, 현실과 타협하는 데서 오는 정신적 갈등.
시점	3인칭 전지적 작가 시점
구성	병렬식 구성
문체	간결체

작중인물의 성격

김만필	S전문학교의 시간강사. 젊은 날에는 부당하고 부조리한 현실을 뜯어고치기 위해 노력했으나, 나중에는 타락한 현실에 적응하고 타협하는 인물. 마음 약한 소시민적 지식인이며, 끝내는 파국을 맞게 됨.
T교수	일본인 교수로 교무 일을 맡고 있음. 김만필에게 자주 접근하지만, 그것은 결코 호의에서 나온 것이 아니었으며, 약삭빠르고 비굴한 인물.
H과장	S전문학교의 재단 사무 과장격으로 막후 실력자.
교장	강자에게는 약하고 약자에게는 매우 거만한 일본인. T교수와 학교 내에서 하나의 세력을 형성하고 있음.
스스키	S전문학교의 학생. 공부를 잘하고 예의 바르지만, 당시로서는 위험한 좌익 사상을 가지고 있으며, T교수에게 미움을 받는 인물.

성탄제

● 박태원 朴泰遠

영이와 순이—이 두 형제는 사이가 좋지 못했다.

그야 나이가 네 살이나 그밖에 틀리지 않는 계집

애 형제란, 흔히 사이가 좋을 수는 없다. 그러나

영이 형제는 그저 그만한 정도로 사이가 나쁜 것

이 아니다.

구보丘甫 박태원은 1909년 서울에서 태어나, 1986년 평양에서 사망했습니다. 1930년 단편 「수염」을 발표하면서부터 작품 활동을 시작했는데, 이태준·이효석 등과 함께 구인회九人會 활동을 했습니다.

그의 초기 작품인 「사흘 굶은 봄달」·「오월의 훈풍」 등에서는 지식인이 현실 속에서 겪는 우울한 감정을 부분적으로 표현하기도 했으나, 그가 보다 관심을 가지고 있었던 것은 표현 기교에 있었습니다. 기법에 대한 관심을 통해 이루어진 그의 소설세계는 작가의 주관을 억제하는 세태소설世態小說로 직결되어 당시 암울한 행태를 정확하게 묘사하기도 했습니다.

한편으로 작가 박태원은 문체의 탐구를 통해서 문학사에 중요한 흔적을 남겨 놓았는데요, 특히 복잡한 문장 안에서 세밀하게 처리된 쉼표로 주인공의 심리를 적절하게 반영한 점 등은 염상섭의 서술적 문장과 구별되는 감각적 탄력성을 지니고 있습니다. 다만 기법상의 전위감이 작가의식의 결여로 인해 식민지 현실의 병적 문학을 대표하는 막다른 골목이라는 평가를 받기도 했지요. 대표작으로 『천변풍경』·「소설가 구보씨의 하루」 등과 단편 「성탄제」·「방란장 주인」 등이 있습니다.

문체와 표현 기교에 있어서 과감한 실험적 측면과 예술적 묘사가 특징인 박태원
(1909~1986)

박태원의 소설세계를 이루고 있는 기본 테마는 서울 서민층의 부침浮沈이라고 할 수 있죠. 그 자신이 포함되어 있는 서울 서민층이 식민지 치하에서 변모를 겪으며 살아가는 모습을 그처럼 탁월하게 묘사한 작가는 드물었는데, 같은 서울 생활을 그리고 있으면서도 박태원의 소설은 염상섭의 소시민, 혹은 부르주아의 도회적 행태보다 초기 현진건의 우울한 서민층의 애환에 보다 가깝다고 할 수 있습니다.

박태원의 초기 단편들은 서울 서민층의 가난한 삶을 우울하게 드러내고 있는데, 그가 관찰하고 묘사하고 있는 서민층은 대개 카페의 여급과 실직한 인텔리로 대표되고 있습니다. 식민지 치하에서 서민층의 몰락을 그는 여급을 통해 표상화하고 있으며, 지적 파탄을 실직 인텔리를 통해 묘파한다고 볼 수 있겠지요.

그가 묘파하고 있는 카페 여급은 대부분의 경우 극심한 생활고의 희생물들입니다. 다루고자 하는 작품인 「성탄제」에서도 작가는 생활고 때문에 어쩔 수 없이 카페에 나가 술을 따르고 웃음을 팔며, 마침내 몸까지 망치는 한 집안의 두 딸들을 그리고 있으며, 「길은 어둡고」에서는 가출한 아버지와 병사病死한 어머니 때문에 여급이 되어 버린 한 소녀를, 「비량悲

1933년, 아동 세계 편집실에서 이상과 함께

凉」에서는 생활고 때문에 남편을 두고서도 몸을 파는 여급을 그리고 있답니다.

하지만 이러한 비극적 현실은 단순하게 한 개인의 가난으로 한정되어 있지는 않습니다. 오히려 그것은 타인의 가난과 식민지 치하의 조국의 가난에 대한 슬픔으로 확대되어 나아가고 있다는 사실을 주지해야 합니다. 다시 말해서, 박태원의 초기 단편들에 나타난 서울 서민층의 가난과 그것으로 인한 슬픔은 그의 확대된 현실 인식으로 식민지 치하에 있는 서울 서민층의 붕괴 현상을 극명하게 묘사할 수 있는 힘을 그에게 부여하고 있다고 할 수 있겠지요.

읽기 전에 생각하기

「성탄제」는 1937년 12월 《여성》 21호에 발표한 작품으로 세태소설에 속합니다. 식민지 시대를 배경으로 한 이 작품은 어려운 가계를 돕기 위해 카페 여급으로 나가는 언니와 이를 부끄럽게 여기는 동생의 갈등을 그리고 있습니다. 카페 여급이라는 작중인물은 박태원의 다른 작품에서도 많이 등장하는 인물이며, 작품의 중심 소재는 식민지 시대 한국 문학 작품에서 자주 볼 수 있는 빈곤입니다.

이 소설의 서술 방식은 전지적 작가 시점을 택하

고 있으면서도 독특한 면을 지니고 있는데요, 도입부에서는 언니인 영이가 "너도 별 수 없었던 모양이로구나"라며 비웃는 장면으로 시작하지만, 그 후부터는 작가가 순이와 영이의 입장에 교대로 서서 두 자매의 갈등을 엮어 가고 있습니다. 전지적 작가 시점이라고 볼 수 있으면서도 서술자의 직접 개입은 최대한 억제해 대화에 담긴 뜻과 독백을 통해 두 자매의 갈등을 선명하게 파악할 수 있는 장치를 마련하고 있다는 말입니다.

이 소설은 언니를 비난하던 순이가 영이와 똑같은 길을 걷게 되는 아이러니로 결말이 나고 있는데, "너도 별 수 없었던 모양이로구나" 하며 눈물을 흘리고 마는 영이에게서 이 작품의 비극성을 엿볼 수 있습니다. 이 비극의 원인은 물론 다름 아닌 가난이구요. 갈등 관계에 있던 두 자매가 같은 길을 가게 되는 모습, 건넌방에서 벌어지는 딸들의 매춘 행위에 무감각한 부모의 모습들은 윤리 의식보다 더 중요한 생존의 문제를 부각시키려는 작가의 의도라고 이해해야겠지요.

'흥! 너두 벨수가 없었던 모양이로구나? 그러게 내 뭐라던? 내남직 할 것이 없이 입찬소리란 못하는 법이다⋯⋯.'

흥! 하고 또 한번 코웃음을 치고, 문득 고개를 들자, 그곳 머리맡 벽에가 걸려 있는 십자가가 눈에 띈다. 영이는 입을 한번 실룩거리고 중얼거렸다.

"이 거룩한 밤에 주여, 바라옵건대 길을 잃은 양들에게도 안식을 주옵소서. 아아멘⋯⋯ 흥?"

이렇게 기도를 드려 두면 순이도 꿈자리가 사납다거나 그런 일은 없을 게다⋯⋯.

'흥!'

영이와 순이—이 두 형제는 사이가 좋지 못했다. 그
야 나이가 네 살이나 그밖에 틀리지 않는 계집애 형제란, 흔히 사이가 좋을 수
는 없다. 그러나 영이 형제는 그저 그만한 정도로 사이가 나쁜 것이 아니다.

순이는 우선, 제 형 영이의 직업이 불쾌하여 견딜 수 없었다.

여점원이라든 여자 사무원이라든 그러한 것이야, 사실 자기 말마따나 워낙
이 배운 것이 없으니까 될 수 없다고도 하여 두자. 누가 꼭 그런 것이라야 된
다고 주장하는 것은 아니다.

하지만, 그러면 또 그런 대로, 건넛집 정옥이같이 제사공장에를 다닌다는
수도 있다. 이웃집 점례 모양으로 방적회사 여직공으로 다닌다는 수도 있다.
그렇지 않으면, 솜틀집 작은딸과 함께 전매국 공장에를 다닌대도 좋다. 참말,
다닐 데가 좀 많으냐? 이 밖에도 하려고만 들면, 영이로서 할 수 있는 일거리
란 얼마든지 있을 것이다. 그리고 그것들은 가난한 집안에 태어난 딸들이 종
사하더라고 결코 흉될 것은 없는 직업들이다…….

하건만, 어째 하필 고르디골라 카페의 여급이 됐더란 말이냐?

술 냄새, 담배 연기 속에서 밤마다 바로 제 세상이나 만난 듯이 웃고, 재깔
이고, 소리를 하고……., 뭇 사나이들과 함께 어우러져 갖은 음란한 수
작…….., 어디 그뿐이더냐? 이 사나이 무릎에도 앉아 보고, 저 놈과 입도 맞추
어 보고…….

잠깐 생각만 하여볼 뿐으로 순이가 더러워서 구역이 날, 그 여급이란 직업

을 대체 어떠한 생각으로 영이는 택하였던 것인지, 암만을 궁리하여 본댔자, 알아낸다는 도리가 없었다.

그러나 그것도 이미 어제 이르러서는 달리 일자리를 갈아 본다는 것도 수월치 않을 일이요, 또 자기 말마따나 그 밖에는 몇 푼이나마 돈을 벌어들일 재간이 달리 없는 것이라면, 그대로 푸른 등불 아래 웃음을 판다는 것도 또한 어찌할 수 없는 일이라고 하여 두자.

하지만, 참말 그렇게도 소견이 없고 무식하고 또 얌체머리없는 여자도 드물 게다.

"흥! 어느 옘병을 허다가 거꾸러질 년이 그래 지가 조와서 여급 노릇을 허겠니? 다 집안 사정이 헐 수 없어서 그러는 게지. 그래 제 동기간에두 욕을 먹어가며, 천대를 받아가며 어느 개딸년이……."

툭하면 영이가 한다는 소리가 이 소리다. 대체, '개딸년'이란 뭐고, '옘병을 허다가 거꾸러질 년'이란 뭐냐? 그러나 그것도 다 배지 못하고, 천하게 놀아먹어 그러한 것이라면 깊이 탄할 것도 못 된다. 하지만, 그래 저나 남에게 천대를 받고 욕을 먹고 하였으면 그만이지, 어째서 애매한 나까지 체면을 깎이게 하느냐 말이다.

어머니가 동네 집으로 돌아다니며 품을 파는 것은 그만두구래도, 우선 집안이 군색한 꼴을 남 뵈기 싫어, 그래 순이는 언제 한번 학교 동무를 집 앞까지라도 끌고 온 일조차 없는 것을, 요 소갈머리없는 여자는 어째서 운동회 날, 그, 사람 많이 모인 틈으로 구경을 왔느냐 말이다. 그것도 국으로 ^{제 생긴 그대로. 잠자코.} 한 곳에 가만히 앉아서 구경하나 하면 하였지, 어째서 사람 틈을 비집구 돌아

다니며,

"이학년, 김순이 어딨는지 모르세요? 김순이요. 이학년 송조 생도요."

대체 만나는 학생마다 그러고 물어,

"애애, 순이 언니 온 것, 너 봤니?"

"응. 애애, 아주 하이칼라더라."

"아마, 그냥 부인넨 아닌가 보지?"

"그냥 부인네가 뭐냐. 애애? 껄이야 꺼얼, 카페 꺼얼……."

그래, 그러한 좋지 못한 소문이란 삽시간에 퍼지는 것이어서, 다음날부터는 얼굴 하나 변변히 들고 다닐 수 없게시리, 그렇게 남의 모양을 흉하게 만들어 놓을 것은 무엇이냐 말이다…….

2

그러면 물론, 영이라고 그 말을 가만히 듣고만 있지는 않는다. 말을 하자면, 오히려 영이 쪽이 할 말은 더 많을지도 모른다.

따은 운동회에 구경을 간 것은 내가 잘못일지두 모른다. 하지만, 그러한 장한 구경에는 동리 사람들까지두 흔히 따라 나서는 게 아니냐. 친동기간에, 제 동생이 운동회에 나간다는데 형 된 사람으로서 가보고 싶을 것은 인정에 당연한 일이다.

그러나 물론 나는 네 말마따나 여급 노릇이나 허구 있는 그런 천한 계집년이다. 바루 양반댁 규수 아씨루 너를 알구 있는 학교에서 내 소문이래두 난다면 네 체면이 안 될 것은 나두 생각을 했다. 그러기에 바루 여염집 부인네겉이 차려 보느라 반찬가게 큰며느리헌테서 긴치마까지 빌려 입고 갔던 게 아니냐?

너는 또 내가 한군데서만 가만히 앉아서 구경을 허지 않구 이리저리 너를 찾아대녔다구 그러지만, 너두 생각해 봐라. 어디 그때 사정이 그렇게 되었느냐?

도보 경주에 너는 첨부터 첫찌루 뛰어가다가 결승점 앞까정 가서는 공교롭게두 엎드러지질 않었니? 어딜 몹시 다쳤는지, 금방은 넘어진 채 그대루 일어나지두 못하는 것을 남 선생님 한 분과 상급생 둘이서 달려들어 일으켜 가지고는, 사무실 쪽으로 데리구 가더구나. 그러고는 아무리 기대려 보아두 네 모양은 다시 볼 수가 없으니, 그래 대체 어디를 얼마나 다쳤는지, 혹 뼈래두 상한 거나 아닌지, 형 된 마음에 으째 놀라구 근심이 안 되겠니? 그걸 네가 너 하나 생각만 하구서 그렇게 말하는 것은 옳지 못하다.

그래 너는 그까짓 남의 모양만 흉하게 맨드는 형 겉은 것은 없느니만두 못하다구 말했지? 대체 뭐 그리 조와서 여급 노릇을 하는지, 그 속을 모르겠다구 그랬지? 옳은 말이다. 참말이지 너보다두 내가 몇 곱절 지긋지긋한지 모른다. 하지만 너두 그만 철은 날 나이니, 좀 사리를 캐서 생각을 해 봐라. 내가 이나마 그만두구 말면, 집안이 어떻게 될 게냐?

늙으신 어머니가 아는 집을 찾아대니면서 일을 거들어 주시구, 그래 겨우 담뱃값이나 뜯어 쓰는 거야 말두 말구, 한때는 세월두 괜찮던 아버지 집주름^집

벌이두, 요즘 와선 집 흥정이 토옹 없이, 잘해야 달에 모두 주워 모아 돈 십 원이 될까말까 하니, 그것으룬 집세두 못 낼 것쯤은, 암 너두 짐작이 설 것이다.

그래 집안 꼴이 이런 중에 그래두 하루 삼시 밥이라 지어 먹구, 더구나 나는 학교라군 보통학교에두 못 들어가 본 걸, 니가 그렇게 바루 거드럭거리구 고등학교까지 다니는 게 그게 그래 뉘 덕인 줄 아느냐. 그렇다구 내가 뭐어 너헌테 고맙다구 사례 한마디래두 받자는 건 아니다.

하지만 그런 건 그만두구래두 형의 신세가 가엾구 딱하다구, 그러한 생각쯤은 하여 주어야 마땅할 게 아니냐? 그걸 너는 툭하면, 더러운 여자니, 천한 기집이니, 그렇게 함부루 욕하기가 일쑤니, 옳지, 옳지, 워낙이 고등교육을 받은 사람이란 저 밥 멕여 주구, 공부시켜 주구 한 사람의 은공을 몰라두 아무 상관이 없는 법이니라.

흥! 그래 아무리 어린애기루서니, 고런 년의 법이 어딨단 말이냐? 그래 내가 그렇게두 더러운 화냥년이라 하자. 그럼, 넌 왜 이 더러운 화냥년이 더러운 짓을 해서 벌어온 돈으루, 날마다 밥은 먹는 게구, 옷은 입는 게구, 학꼰 가는 게냐? 응? 그 더러운 돈으루 왜 그러는 게냐? 흥! 어디 네 대답 좀 들어보자꾸나…….

아, 아니에요. 어머닌 글쎄 가만히 기세요. 그저 어린아이라구 가만 내버려 두니까, 바루 젠 듯싶어서 못 할 말 없이……. 글쎄, 어머닌 잠자쿠 있으래두…… 무어. 내 입때 참아 온 걸 오늘 새삼스레 탄하자는 것두 아녜요. 하지만 요런 깍정이년의 기집애두 세상에 있수? 그래 남의 은공은 모르구 밤낮 욕을 하면 욕을 해두, 그건 괜찮아요. 요건 고러다가두 지가 아쉬우면 '언니 언니' 허구 살살거리니깐 고게 보기 싫단 말예요.

그저께 저녁때두 점에 있으려니까, 누가 와서 찾는다기에 나가 봤더니, 글쎄 요 깍정이로구려. 그래 밤낮 천하니 더러우니 하던 까페에루 이 신성한 아씨가 나 같은 여자를 왜 일부러 찾아왔나 했더니, 흥! 동무들하구 활동사진 구경을 가게 됐으니. 돈 일 원만 곧 좀 달라는구려. 그리구 오늘은 제법 날이 추운데 외투두 없이 퍽 고생될 게라구, 언제 지가 내 생각을 하구 날 위해 주구 그랬다구, 바루 고런 소릴 다하는구려, 흥! 고것두 다 내게서 일 원 한 장 뺏어 가려구, 고 여우 같은 생각에서 나온 말이지.

예이, 요 여우 같은 년! 구미호 같은 년! 난, 너같이 배운 건 없어두, 그래두 고렇게 심보가 악하진 않다. 인제 또 내게 할 말이 있니? 요, 재애리 깍정이 겉은 년아……!

3

흥! 왜 욕지거리 안 하군 말을 못 하나? 말끝마다 참말이지 누가 욕이야?

그래 돈을 그렇게 잘 벌어서 부모 봉양 극진히 하구, 아우 공부까지 시켜 주니 참말 장하시군 장하셔. 온 가만히 듣구 있으니까 벨 아니꼰 소릴 다하지. 그래 자기가 날 학교에 너줬어? 학교 얘기가 났을 때, 대체 무슨 돈에 고등학교엔 보내느냐구 들입다 반댈 한 건 누구야? 그걸 다 어머니가, 그래두 그렇지 않다. 너는 공부를 못 했지만 순이까지 못 시켜서야 어쩌니? 아, 아무렴 힘이야 들지. 들지만 어떡하든 고등학교 하나만 마쳐 노면 학교 교원을 다니더래두, 그 값어치는 벌어들일 게 아니냐? …… 그래 아버지가 돈을 변통해다가 가까스루 입학을 시켜 주신 걸, 자기가 뭐 어쨌다구 큰소리를 하는 거야?

흥! 걸핏하면 자기가 바루 우리들의 희생이나 된 것처럼 떠들어 버티지만, 그래 참말 자기가 하기 싫은 노릇이면야 단 하루라두 할 까닭이 있나? 술 먹구, 남자들하구 희롱하구, 그러는 게 자기는 역시 재밌어서 그러는 게지 뭐야? 그렇지 뭐야? 그래 참말 맘에 없는 게면 왜 가끔 밤중에 부랑자는 집 안으로 끌어들이는 거야? 누가 언제 그런 짓까지 해서 돈을 벌어 달랬어?

순이의 독설이 여기까지 미치면, 영이의 분통은 끝끝내 터지고야 만다.

요년아, 늬가 그으예 고걸 또 말을 하구야 말었구나! 왜 부랑잔 집 안루 끌어들이는 거냐구? 누가 언제 그런 짓까지 해서 돈을 벌어 달랬느냐구? ……오오냐, 내 다 일러주마. 이년아, 늬가 그랬다. 바루 늬가 그랬다. 날더러 그렇게래두 해서 월사금을 맨들어 달라구 바루 네년이 그랬다. 까페에 여급질을 해가지구 무슨 수루 네 식구 밥을 끊여 먹구, 옷을 해입구, 그리구 네년의 학비까지 댄단 말이냐? 그래 몸이라두 팔밖에 무슨 수루 다달이 네년의 월사금을 맨들어 준단 말이냐? 요년아, 바루 네년이 날 보고 그 짓을 하랬다…….

뭐요? 그만해두라구요? 동네가 부끄럽다구요? 이렇게 딸년을 망쳐 논 게 누군데 그러우? 어머니, 어머니유! 바루 어머니유. 툭하면 애, 쥔이 집세 재촉 또 하더라. 쌀이 떨어졌다. 나물 또 딜여와야 한다. 김장두 담거야 한다…….

나는 무슨 화수분인 줄 알았습니까? 내가 무슨 수루 다달이 이십 원 삼십 원씩 모갯돈^{액수가 많은 돈. 목돈.}을 맨들어 논단 말이유? 그걸 빠안히 알면서두, 나를 지긋지긋하게 조르는 게 그게 날더러 부랑자 녀석이래두 하나 끌어들이라구 권하는 게지 뭐야?

아, 아니야. 어머니두 조년하구 다 한패야. 다 한패야. 아버지두 한패야. 셋이 다 한패야. 그래 셋이서 나 하나만 가지구 들볶는 거야. 뭐 동네 부끄러워? 동네가 부끄럽다구? 호호, 자기 딸년에게 별별 못할 짓을 다 시켜 왔으면서 그래두 동네 부끄러운 줄은 알았습니까? 하 하 하 하 하……

흡사 정신에 이상이라도 생긴 사람처럼 울고, 웃고, 열에 뜬 눈 속에, 육친에 대한 끝없는 증오를 품은 채, 이렇게 한바탕 영산을 하고 난 영이는, 할 말을 다하고 나자, 또 한번 크게 웃고, 그리고 그래도 까무러쳐 버렸다.

4

영이는 그대로 보름이나 자리에 누워 버렸다. 그날 와서 주사를 한대 놓아 준 의사는 '임신 삼 개월'이라 말하고 돌아갔다. 깨어난 영이는 그 말을 듣고 곰곰이 생각해 본 끝에, 마침내 뱃속에 들어 있는 아이의 '아버지'를 맞추어 내었다.

결코 가난한 잡지사 사원이라던 그러한 사람이 아니라, 유복한 전기상회 주인이라는 것이 그에게는 우선 다행하였다. 그는 이제까지도 그 중 자기에게 은근한 정을 보여 왔고, 또 그이면 능히 어린것과 함께 자기의 한평생을 의탁할 수 있을 게다. 나이는 좀 많아, 올에 서른 아홉이라던가, 갓마흔이라던가. 하지만, 물론 나이 진득한 사람이라야 계집 위할 줄도 알 게다.

영이는 자리에서 일어나자 다시 점에를 나갔다. 당장 그날그날의 밥거리를 위하여서도 돈이 필요하였거니와, 뱃속에서 자라나고 있는 어린 생명을 위하여서라도, 그는 이제 차차 준비를 하지 않으면 안 된다.

그러나 그렇게 돈을 탐내면서도, 그는 다시 '사내'들을 집 안에 끌어들이지 않았다. 전기상회 주인도 주인이려니와, 뱃속에 들어 있는 어린것을 위하여, 그는 이제부터라도 제 몸을 단정히 갖고 싶었던 것이다.

그래 사나이들은 차차 그에게서 떠나갔다. 그러나 정작 '애아버지'까지 그를 소원히 하기 시작한 것에는 영이는 참말 뜻밖이라, 슬프게 놀랐다. 하지만 다시 생각하여 보면, 그것이 역시 그러한 남자들의 마음이었다. 불행에 익숙한 영이는, 그래, 이제 새삼스럽게 제 신세를 한숨지으려고도 안 했다.

순산을 하였다고 기별을 하자, 남자에게서 오십 원의 돈이 왔다. 그러나 그는 마침내 영이도 어린것도 만나 보러 오지는 않았다. 물론 영이는 이미 무정한 남자를 심하게 탄하지 않았다.

'오십 원'은 그가 예상하였던 것보다도 오히려 많은 금액이다.

영이는 그 돈을 긴하게 받아 썼다.

5

영이가 이렇게 큰 시련을 받는 동안, 순이도 역시 그 생활에 변화를 가졌다. 그는 이내 학교를 그만두고 말았다. 그때 영이가 그렇게 발악했기 때문만이 아니다. 저도 학교가 그만 시들하여진 모양이다.

학생 적과는 달라, 순이는 마음놓고 유난스럽게 화장을 하였다. 그리고 인제 유명한 여배우가 된다고 떠들며 돌아다녔다. 한번 밖에 나가면, 대개는 밤이 제법 늦어서야 돌아왔다. 간혹 집에 붙어 있는 날은, 으레, 영이가 듣기 싫어하는 소리를 한두 마디씩은 한다.

사실, 무슨 각본 속에 그러한 구절이라도 있어, 그 소임을 맡은 순이는 부지런히 연습을 하지 않으면 안 되는 듯이나 싶게,

"저는 결코 당신을 원망하지 않습니다. 이제 제게로 돌아오실 날도 있겠지요. 오직 그것을 한 개의 희망으로 저는 애기와 함께 당신을 기다리겠습니다. 애기를 위하여서는 여급도 그만두었습니다. 만약 저의 어머니가 그러한 일을 한다고 알면, 애기는 필연코 슬플 게니까요. 저는 집에 외로이 있습니다. 외로이 들어앉아 삯바느질로 그날그날을 지냅니다……."

사실 영이는 바느질을 맡아 하고 있었다. 그러나 전과 같이 순이 하는 말에 말대꾸를 하려 들지 않았다. 또 그의 하는 일에 전연 간섭을 안 했다.

그러면서 다만 영이는 그를 한시도 쉬지 않고 관찰만 하였다.

어디 좀, 두구 보자. 나는 별별 짓을 다 하다가 이 꼴이 됐지만, 어디 너는, 그래, 을마나 잘되나, 좀, 두구 보자. 흥……! 오늘밤두 또 늦는구나.

크리스마스라구, 그래, 교회당에 간다구 초저녁에 나갔지만, 자정 너머까지 뭣 하러 게들 있겠니? 흥!

내일 아침 일찍이 꼭 입게 하여 달라는 교화부따에 ^{견직물의 일종.} 저고리를 끝내고 마침 잠을 깬 갓난애에게 영이가 젖꼭지를 물렸을 때, 그제야 순이는 눈을 맞고 돌아왔다.

그는, 그러나, 곧 마루로 올라오지 않고, 잠깐 앞창 미닫이 밖에가 서서 망설거리는 모양이더니 마침내 방긋이 미닫이를 열고 그 틈으로 안을 엿본다.

영이는 모든 것을 눈치채고 반짇고리를 한옆으로 치웠다. 아이를 안아 들었다. 머리맡 벽에는 십자가가 걸려 있었다. 코웃음을 치고 영이는 안방으로 건너갔다.

전에 나는 그런 때마다, 네 이부자리를 안방으루 날렀다. 이번에는 마땅히 네가 내 이부자리를 나를 차례다. 흥!

순이는 형의 이부자리를 매우 거북스럽게 들고 건너왔다.

흥! 나는 널더러 월사금을 해 달라진 않았다. 아니야, 혹 어머니가 집세 말이래두 했는지 모르지. 그러나? 순이야……

영이는 아우에게 그 동안 지녔던 원한과 증오를 이 기회에 그대로 쏟아 놓고 싶었다. 참말이지 속이 시원한 듯이 느꼈다. 내일 아침에 순이가 일어나는 길로 그 얼굴을 빠안히 쳐다보면 좀더 속이 시원하리라고 생각하였다.

잠깐 귀를 기울여 보았으나, 건넌방에서는 아무 소리도 들려오지 않았다. 불은 벌써 아까 끈 모양이다.

나는 언제든 그 이튿날 아침이면, 사내를 졸라 식구 수효대로 자장면을 시켜 왔다. 참말이지 이 동리 청요릿집에서 시켜다 먹을 것은 그것 한 가지밖엔 없다. 하건만, 너는 그것을 더럽다고 한 번도 입에 대려 들지 않았다. 나는 그러나 내일 아침에 어디 한번 맛나게 먹어 볼 테다.

영이는 생각난 듯이 곁에 드러누운 어머니와 또 아버지의 얼굴을 차례로 바라보았다. 그들은 물론 지금 건넌방에서 순이의 몸 위에 일어나고 있는 일을 알고 있을 게다. 그러나 그들은 이미 놀라지 않고 또 슬퍼하지 않는다.

'이것이 인생이란 것이냐?'

갑자기 몸이 으스스 추웠다. 영이는 베개를 고쳐 베고 눈을 감았다. 어인 까닭도 없이 운동회 날 본 순이의 모양이 눈앞에 선하다. 그윽이 그것을 보고 있다. 영이는 한숨을 쉬었다.

'너마저 집안 식구에게 자장면을 해다 주게 됐니? 너마저 너마저…….'

영이의 좀 여윈 뺨 위를 뜨거운 눈물이 주울줄 흘러내렸다.

영이와 순이는 네 살이나 차이가 나는 자매이면서도 남달리 사이가 나쁘다. 동생 순이는 언니가 카페 여급이란 것을 못마땅해하기 때문이다. 영이는 수많은 직업 중에서 뭇 사내들에게 시달리며 웃음이나 팔아야 하는 직업을 택한 언니를 이해하지 못하고 창피를 느낀다. 그러나 언니 영이라고 동기간에도 욕을 먹어 가며 천대를 받는 여급을 누가 좋아서 하겠는가. 가족의 생계를 도와야 하고 동생의 학비도 보태야 하기 때문에 어쩔 수 없이 하는 것을 남들이야 모르겠지만 동생조차 자기를 멸시하는 것이 분하고 원통하기만 하다.

운동회 날 언니의 직업이 알려지자 순이는 언니를 공박한다. 영이는 어쩔 수 없이 그렇게 되고 말았다며 당당하게 생각해야 한다고 변명을 하자, 순이는 더욱 화가 치밀어 언니의 약점을 잡고 계속해 공박한다. 언니가 자신의 학비를 보태는 것은 순전히 부모의 뜻에 어쩔 수 없어서 그리하는 것이라며 마치 자기를 위해서 카페에 나가는 것처럼 말하는 것은 말도 안 된다고까지 한다. 계속되는 순이의 공박에 영이는 너무 화가 나서 아버지 · 어머니 · 동생 셋이서 모두 자기의 뼛골을 빼먹으면서도 한통속이 되어서 자기만을 못살게 군다고 악을 쓰며 까무러치고 만다.

영이는 임신 3개월이라는 진단을 받고 아기의 아버지를 맞추어 본다. 사내들이 점점 떠나가고 아기 아버지까지 그녀를 멀리 하지만 영이는 순산을 한다. 영이는 삯바느질을 해가며 아기를 키운다. 한편, 동생 순이는 학교를 그만두고 여배우가 되겠다며 돌아다니다가 남자를 끌고 들어온다. 동생까지 자기와 똑같은 길을 밟는 현실이 서러워 영이는 눈물을 흘린다.

작품 해설

이 소설은 작가 자신이 후기에서 술회하고 있듯이 '딱한 사람들'의 이야기입니다. 직업 없는 지식인이나 수입 없는 소설가처럼 까페의 여급 또한 딱한 사람들인 것입니다. 이들을 둘러싸고 있는 사람들의 인간적 정황을 작가는 절제된 문장으로 일정한 거리를 유지하면서 이야기를 전개해 나갑니다.

그렇게 일정한 거리를 유지하는 방법으로 작가는 화자의 개입을 최소화한 채 작중인물의 대사를 대폭 노출시킵니다. 앙숙처럼 지내는 순이·영이 자매의 갈등을 객관적이면서 경제적으로 전달하기 위해 작가는 이들의 대사에 따옴표를 달지 않고 일방적으로 전달합니다. 마치 모노드라마의 대본을 읽는 것 같은 느낌이 들지요. 이를 통해 작가는 갈등의 내용을 보다 빠르고 정확하게 제공하고, 인물의 대립상도 훨씬 뚜렷하게 대비시켜 보입니다.

따라서 이들이 대사를 하는 중간에 끼여드는 제3자는 자신의 공간을 확보하지 못하게 됩니다. 이를 예문을 통해서 살펴보기로 할까요. "아, 아니에요. 어머닌 글쎄 가만히 기세요. 그저 어린아이라구 가만 내버려두니까, 바루 젠 듯 싶어서 못 할 말 없이…… . 글쎄, 어머닌 잠자쿠 있으래두…… ." 동생 순이를 나무라는 언니 영이에게 어머니가 무어라 말참견을 하고 있는 듯한 이 문장에서 독자는 어머니가 한 말이 무엇인지 정확히는 알 수 없을 겁니다. 물론 짐작은 할 수 있겠지요. 그러나 어머니의 말은 철저하게 무시되고 있습니다.

그렇다면 여기서 한 가지 의문이 생기는데, 작가가 어머니의 자리를 마련하지 않은 까닭은 무엇일까요? 그것은 그만큼 작가가 어머니라는 인물을 긍정적으로 바라보지 않기 때문입니다. 영이의 증언대로라면 어머니는 자신의 딸더러 웃음과 몸을 팔아 가족의 생활비와 동생의 학비를 벌어 오라고 시킨 격이 되었기 때문입니다. 이러한 추론에 확신을 가져다주는 것은 언니처럼 몸을 팔게 된 동생 순이가 집 안으로 사내를 끌어들였음에도 안방의 부모들은 잠자코 있었다는 사실입니다.

이처럼 일제강점기를 배경으로 한 이 작품은 어려운 가계를 돕기 위해 카페 여급으로 나가는 언니와 이를 부끄럽게 여기는 동생 간의 갈등과 화해를 그린 것입니다.

 더 알아두기

세태소설(풍속소설) 세태와 인정과 풍속을 주로 다루는 소설이므로 시정소설市井小說 · 세태소설이라고도 한다. 모든 시대에 타당한 인간적 진실을 나타내려는 것이 아니라, 사회가 보여주는 어떤 단계의 추이나 양상을 진실성 있게 그리는 것으로 만족한다. 풍속소설은 일찍이 일어난 일을 독자에게 나타내어 보이는 것이며, 그 작품 속의 사건은 이미 일어났던 것이라는 데에 특색이 있다. 취급하는 내용이 과거 혹은 과거의 체험이며, 완료된 일이므로 작중인물의 살아 있는 움직임이나 정신적 갈등 등이 존중될 수는 없다. 풍속소설에서는 사회가 그 속에서 재창조되는 것이 아니라, 사회에 대한 작가의 관념을 예증例證해 가는 데 지나지 않는다. 그러므로 이와 같은 소설 형식은 본질적으로는 미적美的 형식이라고 할 수 없으며, 그것이 중시하고 있는 것은 특정한 한 시기나 어떤 특수한 환경의 분위기와 같은, 후세에서는 다분히 역사적인 흥미밖에 가질 수 없는 요소에 지나지 않는다. E.뮤어(1887~1959)가 『소설의 구조』(1928)에서 말한 '시기소설時期小說'이 바로 그것인데, 그는 E. A. 베넷의 「클레이행어」(1910), J. 골즈워디의 『포사이트가家 연대기年代記』, H. G. 웰스의 『신新마키아벨리』 등의 소설을 대체로 이 계열 작품으로 인정했다. 한국에서는 1936년경부터 자연주의적 묘사와는 다른, 풍속 · 세태를 묘사한 문학이 나타났는데, 박태원의 『천변풍경川邊風景』 · 「골목길」, 채만식蔡萬植의 『탁류濁流』, 유진오俞鎭午의 「가을」 등이 풍속소설의 범주에 넣을 수 있는 작품들이다.

카페 여급이라는 작중인물은 박태원의 다른 작품에서도 많이 등장하는 인물로, 당대의 시대적 정서를 함축적으로 표현해 주는 캐릭터라고 할 수 있을 것입니다. 또한, 이 작품의 중심 소재는 식민지 시대 한국 문학 작품에서 자주 볼 수 있는 빈곤으로, 시점은 전지적 작가 시점을 택하고 있으면서도 독특한 면을 지닙니다.

Open Book Test

① 이 작품의 많은 대화문에서 따옴표가 없는 이유는 무엇일까요?

② 이 작품 속 자매의 성격적 차이를 적어 보세요.

③ 자못 비극적인 결말임에도 이 소설의 제목은 '성탄제' 입니다. 이와 같은 역설적인 표현의 의미는 무엇일까요?

④ 이 소설의 위기 부분을 찾아내, 스무 자 이내로 요약해 보세요.

⑤ 작품의 결말에서 딸의 매춘을 묵인하는 부모의 태도에 대해 생각해 보세요.

구성	발단	영이는 생활고에 시달리는 집안을 대표해서 여급으로 돈을 벌지만, 동생 순이는 이 사실을 부끄러워한다.
	전개	운동회 날 영이의 직업이 알려지자 순이는 언니를 공박한다.
	위기	순이의 공박이 심해지자 영이도 참지 못하고 대꾸를 하다 분에 못 이겨 까무러친다.
	절정	의사는 영이에게 임신 3개월이란 진단을 내린다. 영이는 여급 생활을 그만둔다.
	결말	순산을 한 영이는 삯바느질로 생활해 가고, 학교를 그만둔 순이는 배우가 되겠다며 남자를 끌고 들어온다.

핵심 정리	갈래	단편소설
	배경	일제강점기 서울
	주제	서민들의 빈곤한 일상과 삶에 대한 강한 의지.
	시점	전지적 작가 시점
	구성	서사적 순행법
	문체	서사적 우유체

| 작중인물의 성격 | 영이 | 카페의 여급. 가족의 생계를 돌보며 동생의 학비를 보탠다. 뚜렷한 의지가 없는 소시민으로 수평적 인물. |
| | 순이 | 언니의 직업을 창피하게 여기지만 언니와 같은 신세로 전락하는 입체적 인물. |

서울, 1964년 겨울

아내의 시체를 병원에 팔았습니다. 할 수 없었습니다. 난 서적 월부판매 외판원에 지나지 않습니다. 할 수 없었습니다. 돈 사천 원을 주더군요. 난 두 분을 만나기 얼마 전까지도 세브란스 병원 울타리 곁에 서 있었습니다.

● 김승옥 金承鈺

김승옥

김승옥은 1941년 일본 오사카에서 태어났으며, 1945년에 귀국해서는 여순 반란사건, 6·25전쟁 등을 겪으면서 여러 곳을 전전했습니다. 1952년 월간 《소년 세계》에 투고한 동시가 게재된 이후, 동시·콩트 등의 창작에 몰두했습니다.

그가 문단에 정식으로 데뷔한 것은 1962년 《한국일보》 신춘문예에 단편소설 「생명연습」이 당선되면서입니다. 단편소설 「건」·「누이를 이해하기 위하여」·「역사」·「무진기행」 등을 발표했습니다.

그렇게 다작을 하지 않았던 그는 영화 각본을 써서 상을 받는가 하면, 시인 김지하를 구명하는 운동도 벌였습니다. 그러다가 1981년 돌연히 종교적 계시를 받는 극적 체험을 한 후부터는 성경 공부와 수도 생활에 전념하기 시작했습니다. 그리고 현재는 대학에서 학생들을 가르치고 있습니다.

●

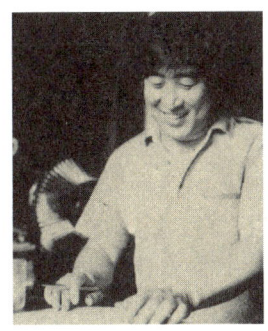

'감수성의 혁명'이라 불리며 1960년대를 대표하는 작가 김승옥 (1941~)

이 글의 저자 김승옥은 「무진기행」·「누이를 이해하기 위하여」·「염소는 힘이 세다」·「서울의 달빛 0장」 등의 작품으로 국내의 많은 문학상을 수상한 작가입니다. 다양한 경험을 하면서 젊은 나이에 붓을 접었기에 많은 작품을 발표하지는 않았지만, 그는 이미 우리 문단에서 하나의 살아 있는 전설로 통하고 있습니다. 또 최근에는 문학으로의 귀환을 선언해 많은 독자들이 그의 다음 작품을 기다리고 있는 중입니다.

그는 6·25전쟁이 우리 문단에 남긴 상흔—무기력증—을 뛰어넘은 것으로 평가받으며, 1960년대를 대표하는 작가로 자리잡았습니다. 1950년대 작가들이 견지하고 있었던 엄숙주의, 교훈적인 태도, 도덕적 상상력 등을 뿌리째 흔들어 놓았다는 점에서, 동시대의 비평가들은 그의 소설들을 '감수성의 혁명'이라 불렀지요.

김승옥의 소설은 대체로 개인의 꿈과 낭만을 허락하지 않는 딱딱한 사회 조직, 덤덤한 일상, 획일화된 질서 등에 대한 비판 의식을 그 내용으로 하고 있습니다. 권위적인 기성 사회의 제도와 윤리 의식으로부터 벗어나려는 열망, 곧 아웃사이더를 향한 열정이 이제껏 보여진 김승옥 소설의 일관된 핵심입니다.

첫 창작집 『서울 1964년 겨울』 표지

「서울, 1964년 겨울」은 산업화와 근대화의 물결이 몰아치던 1960년대 서울을 살아가는 젊은이들의 방황과 그들의 의식 세계를 감각적 필치로 그려내고 있는, 김승옥의 대표작 중 하나입니다. 제10회 동인문학상 수상 작품으로, 1965년 《사상계》 6월 호에 발표되었습니다.

공동체 의식이 무너지고 고향을 상실한 젊은이들은 근대 자본주의 이념에 선뜻 동조하지도 못하고, 무너지는 전통에 대해 미련을 갖지도 못합니다. 권력이나 행복의 중심부로부터 소외되어 방황하는 그들의 활동 무대는 춥고 어두운 겨울 밤거리이거나 여관, 혹은 술집일 뿐입니다. 하지만 소설의 마지막 부분, 나이를 재차 확인하는 대화에서 우리가 엿볼 수 있는 것은, 냉소와 회의로 무장된 그들의 이면에서도 삶에 대한 들끓는 갈망과 진지함이 살아 있다는 사실이겠죠.

1964년 겨울을 서울에서 지냈던 사람이라면 누구나 알고 있겠지만, 밤이 되면 거리에 나타나는 선술집—오뎅과 군참새와 세 가지 종류의 술 등을 팔고 있고, 얼어붙은 거리를 휩쓸며 부는 차가운 바람이 펄럭거리게 하는 포장을 들치고 안으로 들어서게 되어 있고, 그 안에 들어서면 카바이드 탄화칼슘을 일컫는 말. 예전에 포장마차나 선술집에서는 따로 전기를 끌어 쓸 수가 없어 이 카바이드로 불을 밝혔음. 불의 길쭉한 불꽃이 바람에 흔들리고 있고, 염색한 군용軍用 점퍼를 입고 있는 중년 사내가 술을 따르고 안주를 구워 주고 있는 그러한 선술집에서, 그날 밤, 우리 세 사람은 우연히 만났다. 우리 세 사람이란 나와 도수 높은 안경을 쓴 안安이라는 대학원 학생과 정체는 알 수 없었지만 요컨대 가난뱅이라는 것만은 분명하여 그의 정체를 꼭 알고 싶다는 생각은 조금도 나지 않는 서른 대여섯 살짜리 사내를 말한다.

먼저 말을 주고받게 된 것은 나와 대학원생이었는데, 뭐 그렇고 그런 자기 소개가 끝났을 때는 나는 그가 안씨라는 성을 가진 스물다섯 살짜리 대한민국 청년, 대학 구경을 해 보지 못한 나로서는 상상이 되지 않는 전공專攻을 가진 대학원생, 부잣집 장남이라는 걸 알았고, 그는 내가 스물다섯 살짜리 시골 출신, 고등학교는 나오고 육군사관학교를 지원했다가 실패하고 나서 군대에 갔다가 임질에 한 번 걸려 본 적이 있고, 지금은 구청 병사계兵事係에서 일하고 있다는 것을 아마 알았을 것이다.

자기 소개는 끝났지만, 그러고 나서는 서로 할 얘기가 없었다. 잠시 동안은 조용히 술만 마셨는데, 나는 새카맣게 구워진 군참새를 집을 때 할 말이 생겼기 때문에 마음속으로 군참새에게 감사하고 나서 얘기를 시작했다.

"안형, 파리를 사랑하십니까?"

"아니오, 아직까진……."

그가 말했다.

"김형은 파리를 사랑하세요?"

"예."

라고 나는 대답했다.

"날 수 있으니까요. 아닙니다. 날 수 있는 것으로서 동시에 내 손에 붙잡힐 수 있는 것이니까요 날 수 있는 것으로서 손 안에 잡아 본 것이 있으세요?"

"가만 계셔 보세요."

그는 안경 속에서 나를 멀거니 바라보며 잠시 동안 표정을 꼼지락거리고 있었다. 그리고 말했다.

"없어요. 나도 파리밖에는⋯⋯."

낮엔 이상스럽게도 날씨가 따뜻했기 때문에 길은 얼음이 녹아서 흙물로 가득했었는데 밤이 되면서부터 다시 기온이 내려가고 흙물은 우리의 발 밑에서 다시 얼어붙기 시작했다. 쇠가죽으로 지어진 내 검정 구두는 얼고 있는 땅바닥에서 올라오고 있는 찬 기운을 충분히 막아내지 못하고 있었다. 사실 이런 술집이란, 집으로 돌아가는 길에 잠깐 한잔하고 싶은 생각이 든 사람이나 들어올 테지, 마시면서 곁에 선 사람과 무슨 얘기를 주고받을 만한 데는 되지 못하는 곳이다. 그런 생각이 문득 들었지만 그 안경잽이가 마침 나에게 기특한 질문을 했기 때문에 나는 '이놈 그럴 듯하다'고 생각되어 추위 때문에 저려드는 내 발바닥에게 조금만 참으라고 부탁했다.

"김형, 꿈틀거리는 것을 사랑하십니까?"

하고 그가 내게 물었던 것이다.

"사랑하구말구요."

나는 갑자기 의기양양해져서 대답했다. 추억이란 그것이 슬픈 것이든지 기쁜 것이든지 그것을 생각하는 사람을 의기양양하게 한다. 슬픈 추억일 때는 고즈넉이 의기양양해지고 기쁜 추억일 때는 소란스럽게 의기양양해진다.

"사관학교 시험에서 미역국을 먹고 나서도 얼마 동안, 나는 나처럼 대학 입학시험에 실패한 친구 하나와 미아리에서 하숙하고 있었습니다. 서울엔 그때가 처음이었죠. 장교가 된다는 꿈이 깨어져서 나는 퍽 실의에 빠져 있었습니다. 그때 영영 실의해 버린 느낌입니다. 아시겠지만 꿈이 크면 클수록 실패가 주는 절망감도 대단한 힘을 발휘하더군요. 그 무렵 재미를 붙인 게 아침의 만

원된 버스 칸이었습니다. 함께 있는 친구와 나는 하숙집의 아침 밥상을 밀어 놓기가 바쁘게 미아리 고개 위에 있는 버스 정류장으로 달려갑니다. 개처럼 숨을 헐떡거리면서 말입니다. 시골에서 처음으로 서울에 올라온 청년들의 눈에 가장 부럽고 신기하게 비추이는 게 무언지 아십니까? 부러운 건 뭐니뭐니 해도, 밤이 되면 빌딩들의 창에 켜지는 불빛, 아니 그 불빛 속에서 이리저리 움직이고 있는 사람들이고, 신기한 건 버스 칸 속에서 일 센티미터도 안 되는 간격을 두고 자기 곁에 이쁜 아가씨가 서 있다는 사실입니다. 때로는 아가씨 들과 팔목의 살을 대고 있기도 하고 허벅다리를 비비고 서 있을 수도 있어서 그것 때문에 나는 하루종일 시내버스를 이것저것 갈아타면서 보낸 적도 있습 니다. 물론 그날 밤엔 너무 피로해서 토했습니다만……."

"잠깐, 무슨 얘기를 하시자는 겁니까?"

"꿈틀거리는 것을 사랑한다는 얘기를 하려던 참이었습니다. 들어보세요. 그 친구와 나는 출근 시간의 만원 버스 속을 소리꾼들처럼 안으로 비집고 들 어갑니다. 그리고 자리를 잡고 앉아 있는 젊은 여자 앞에 섭니다. 나는 한 손 으로 손잡이를 잡고 나서, 달려오느라고 좀 멍해진 머리를 올리고 있는 손에 기댑니다. 그리고 내 앞에 앉아 있는 여자의 아랫배 쪽으로 천천히 시선을 보 냅니다. 그러면 처음엔 얼른 눈에 띄지 않지만 시간이 조금 가고 내 시선이 투 명해지면서부터 나는 그 여자의 아랫배가 조용히 오르내리는 것을 볼 수 있습 니다……."

"오르내린다는 건…… 호흡 때문에 그러는 것이겠죠?"

"물론입니다. 시체의 아랫배는 꿈쩍도 하지 않으니까요. 하여튼…… 나는 그 아침의 만원 버스 칸 속에서 보는 젊은 여자 아랫배의 조용한 움직임을 보고 있으면 왜 그렇게 마음이 편안해지고 맑아지는지 모르겠습니다. 나는 그 움직임을 지독하게 사랑합니다."

"꽤 음탕한 얘기군요."

라고 안은 기묘한 음성으로 말했다. 나는 화가 났다. 그 얘기는, 내가 만일 라디오의 박사게임 같은 데에 나가게 돼서 '세상에서 가장 신선한 것은?' 이라는 질문을 받게 되었을 때, 남들은 상추니 오월의 새벽이니 천사의 이마니 하고 대답하겠지만 나는 그 움직임이 가장 신선한 것이라고 대답하려니 하고 일부러 기억해 두었던 것이었다.

"아니, 음탕한 얘기가 아닙니다."

나는 강경한 태도로 말했다.

"그 얘기는 정말입니다."

"음탕하지 않다는 것과 정말이라는 것 사이엔 어떤 관계가 있죠?"

"모르겠습니다. 관계 같은 것은 난 모릅니다. 요컨대……."

"그렇지만 그 동작은 '오르내린다' 는 것이지 꿈틀거린다는 것은 아니군요. 김형은 아직 꿈틀거리는 것을 사랑하지 않으시구먼."

우리는 다시 침묵 속으로 떨어져서 술잔만 만지작거리고 있었다. 개새끼, 그게 꿈틀거리는 게 아니라고 해도 괜찮다, 하고 나는 생각하고 있었다. 그런데 잠시 후에 그가 말했다.

"난 방금 생각해 봤는데, 김형의 그 오르내림도 역시 꿈틀거림의 일종이라는 결론을 얻었습니다."

"그렇죠?"

나는 즐거워졌다.

"그것은 틀림없이 꿈틀거림입니다. 난 여자의 아랫배를 가장 사랑합니다. 안형은 어떤 꿈틀거림을 사랑합니까?"

"어떤 꿈틀거림이 아닙니다. 그냥 꿈틀거리는 거죠. 그냥 말입니다. 예를 들면…… 데모도……."

"데모가? 데모를? 그러니까 데모……."

"서울은 모든 욕망의 집결지입니다. 아시겠습니까?"

"모르겠습니다."

라고 나는 할 수 있는 한 깨끗한 음성을 지어서 대답했다.

그때 우리의 대화는 또 끊어졌다. 이번엔 침묵이 오래 계속되었다. 나는 술잔을 입으로 가져갔다. 내가 잔을 비우고 났을 때 그도 잔을 입에 대고 눈을 감고 마시고 있는 게 보였다. 나는 이젠 자리를 떠나야 할 때가 되었다고 다소 서글픈 기분으로 생각했다. 결국 그렇고 그렇다. 또 한 번 확인된 것에 지나지 않다고 생각하면서, '자, 그럼 다음에 또……' 라고 말할까 '재미있었습니다' 라고 말할까, 궁리하고 있는데 술잔을 비운 안이 갑자기 한 손으로 내 한쪽 손을 살그머니 잡으면서 말했다.

"우리가 거짓말을 하고 있었다고 생각하지 않으십니까?"

"아니오."

나는 좀 귀찮은 생각이 들었다.

"안형은 거짓말을 했는지 모르지만 내가 한 얘기는 정말이었습니다."

"난 우리가 거짓말을 하고 있었던 것 같은 느낌이 듭니다."

그는 붉어진 눈두덩을 안경 속에서 두어 번 꿈벅거리고 나서 말했다.

"난 우리 또래의 친구를 새로 알게 되면 꼭 꿈틀거림에 대한 얘기를 하고 싶어집니다. 그래서 얘기를 합니다. 그렇지만 얘기는 오 분도 안 돼서 끝나 버립니다."

나는 그가 무슨 이야기를 하고 있는지 알 듯하기도 했고 모를 것 같기도 했다.

"우리 다른 얘기 합시다."

하고 그가 다시 말했다.

나는 심각한 얘기를 좋아하는 이 친구를 골려 주기 위해서, 그리고 한편으로는 자기의 음성을 자기가 들을 수 있는 취한 사람의 특권을 맛보고 싶어서 얘기를 시작했다.

"평화 시장 앞에서 줄지어 선 가로등들 중에서 동쪽으로부터 여덟 번째 등은 불이 켜 있지 않습니다……."

나는 그가 좀 어리둥절해하는 것을 보자 더욱 신이 나서 얘기를 계속했다.

"……그리고 화신 백화점 육층의 창들 중에서는 그 중 세 개에서만 불빛이 나오고 있었습니다……."

그러자 이번엔 내가 어리둥절해질 사태가 벌어졌다. 안의 얼굴에 놀라운 기쁨이 빛나기 시작했기 때문이다. 그가 빠른 말씨로 얘기하기 시작했다.

"서대문 버스 정류장에는 사람이 서른두 명 있는데 그 중 여자가 열일곱 명이고 어린애는 다섯 명, 젊은이는 스물한 명, 노인이 여섯 명입니다."

"그건 언제 일이지요?"

"오늘 저녁 일곱시 십오분 현재입니다."

"아."

하고 나는 잠깐 절망적인 기분이었다가 그 반작용인 듯 굉장히 기분이 좋아져서 털어놓기 시작했다.

"단성사 옆 골목의 첫 번째 쓰레기통에는 초콜릿 포장지가 두 장 있습니다."

"그건 언제?"

"지난 십사일 저녁 아홉시 현재입니다."

"적십자병원 정문 앞에 있는 호두나무의 가지 하나는 부러져 있습니다."

"을지로 삼가에 있는 간판 없는 한 술집에는 미자라는 이름을 가진 색시가 다섯 명 있는데 그 집에 들어온 순서대로 큰미자, 둘째 미자, 셋째 미자, 넷째 미자, 막내 미자라고들 합니다."

"그렇지만 그건 다른 사람들도 알고 있겠군요. 그 술집에 들어가 본 사람은 꼭 김형 하나뿐이 아닐 테니까요."

"아참, 그렇군요. 난 미처 그걸 생각하지 못했는데. 난 그 중에서 큰미자와 하룻저녁 같이 잤는데 그 여자는 다음날 아침, 일수日收로 물건을 파는 여자가 왔을 때 내게 팬티 하나를 사주었습니다. 그런데 그 여자가 저금통으로 사용하고 있는 한 되 들이 빈 술병에는 돈이 백십 원 들어 있었습니다."

"그건 얘기가 됩니다. 그 사실은 완전히 김형의 소유입니다."

우리의 말투는 점점 서로를 존중해 가고 있었다.

"나는……"

하고 우리는 동시에 말을 시작하기도 했다. 그럴 때는 번갈아서 서로 양보했다.

"나는⋯⋯."

이번에는 그가 말할 차례였다.

"서대문 근처에서 서울역 쪽으로 가는 전차의 도르래가 내 시야 속에서 꼭 다섯 번 파란 불꽃을 튀기는 것을 보았습니다. 그건 오늘 밤 일곱시 십오분에 거길 지나가는 전차였습니다."

"안형은 오늘 저녁엔 서대문 근처에서 살고 있었군요."

"예, 서대문 근처에서만⋯⋯."

"난 종로 이가 쪽입니다. 영보 빌딩 안에 있는 변소 문의 손잡이 조금 밑에는 약 이센티미터 가량의 손톱자국이 있습니다."

하하하하 하고 그는 소리 내어 웃었다.

"그건 김형이 만들어 놓은 자국이겠지요."

나는 무안했지만 고개를 끄덕이지 않을 수 없었다. 그건 사실이었다.

"어떻게 아세요?"

하고 나는 그에게 물었다.

"나도 그런 경험이 있으니까요."

그가 대답했다.

"그렇지만 별로 기분 좋은 기억이 못 되더군요. 역시 우리 그냥 바라보고 발견하고 비밀히 간직해 두는 편이 좋겠어요. 그런 짓을 하고 나서는 뒷맛이 좋지 않더군요."

"난 그런 짓을 많이 했습니다만 오히려 기분이 좋았……."

좋았다고 말하려고 했는데, 갑자기 내가 했던 모든 그것에 대한 혐오감이 치밀어서 나는 말을 그치고 그의 의견에 동의하는 고갯짓을 해 버렸다.

그러자 그때 나는 이상스럽다는 생각이 들었다. 내가 약 삼십 분 전에 들은 말이 틀림없다면 지금 내 옆에서 안경을 번쩍이고 앉아 있는 친구는 틀림없는 부잣집 아들이고 높은 공부를 한 청년이다. 그런데 왜 그가 이래야만 되는가?

"안형이 부잣집 아들이라는 것은 사실이겠지요? 그리고 대학원생이라는 것도……."

내가 물었다.

"부동산만 해도 대략 삼천만 원쯤 되면 부자가 아닐까요? 물론 내 아버지의 재산이지만 말입니다. 그리고 대학원생이란 건 여기 학생증이 있으니까……."

그러면서 그는 호주머니를 뒤적거려서 지갑을 꺼냈다.

"학생증까진 필요 없습니다. 실은 좀 의심스러운 게 있어서요. 안형 같은 사람이 추운 밤에 싸구려 선술집에 앉아서 나 같은 친구나 간직할 만한 일에 대해서 얘기하고 있다는 것이 이상스럽다는 생각이 방금 들었습니다."

"그건…… 그건……."

그는 좀 열띤 음성으로 말했다.

"그건…… 그렇지만 먼저 물어보고 싶은 게 있는데요. 김형이 추운 밤에 밤거리를 쏘다니는 이유는 무엇입니까?"

"습관은 아닙니다. 나 같은 가난뱅이는 호주머니에 돈이 좀 생겨야 밤거리에 나올 수 있으니까요."

"글쎄, 밤거리에 나오는 이유는 뭡니까?"

"하숙방에 들어앉아서 벽이나 쳐다보고 있는 것보다는 나으니까요."

"밤거리에 나오면 뭔가 좀 풍부해지는 느낌이 들지 않습니까?"

"뭐가요?"

"그 뭔가가. 그러니까 생생이라고 해도 좋겠지요 난 김형이 왜 그런 질문을 하는지 그 이유를 조금은 알 것 같습니다. 내 대답은 이렇습니다. 밤이 됩니다. 난 집에서 거리로 나옵니다. 난 모든 것에서 해방된 것을 느낍니다. 아니, 실제로는 그렇지 않을는지 모르지만 그렇게 느낀다는 말입니다. 김형은 그렇게 안 느낍니까?"

"글쎄요."

"나는 사물의 틈에 끼여서가 아니라 사물을 멀리 두고 바라보게 됩니다. 안 그렇습니까?"

"글쎄요. 좀⋯⋯."

"아니, 어렵다고 말하지 마세요. 이를테면 낮엔 그저 스쳐 지나가던 모든 것이 밤이 되면 내 시선 앞에서 자기들의 벌거벗은 몸을 송두리째 드러내 놓고 쩔쩔맨단 말입니다. 그런데 그게 의미가 없는 일일까요? 그런, 사물을 바라보며 즐거워한다는 일이 말입니다."

"의미요? 그게 무슨 의미가 있습니까? 난 무슨 의미가 있기 때문에 종로 이 가에 있는 빌딩들의 벽돌 수를 헤아리는 일을 하는 게 아닙니다. 그냥⋯⋯."

"그렇죠? 무의미한 겁니다. 아니 사실은 의미가 있는지도 모르지만 난 아

직 그걸 모릅니다. 김형도 아직 모르는 모양인데 우리 한번 함께 그거나 찾아
볼까요. 일부러 만들어 붙이지는 말고요."

"좀 어리둥절하군요 그게 안형의 대답입니까? 난 좀 어리둥절한데요. 갑자
기 의미라는 말이 나오니까."

"아참, 미안합니다. 내 대답은 아마 이렇게 될 것 같군요. 그냥 뭔가 뿌듯해
지는 느낌이 들기 때문에 밤거리로 나온다고."

그는 이번엔 목소리를 낮추어서 말했다.

"김형과 나는 서로 다른 길을 걸어서 같은 지점에 온 것 같습니다. 만일 이
지점이 잘못된 지점이라고 해도 우리 탓은 아닐 거예요."

그는 이번에 쾌활한 음성으로 말했다.

"자, 여기서 이럴 게 아니라 어디 따뜻한 데 가서 정식으로 한잔씩 하고 헤
어집시다. 난 한 바퀴 돌고 여관으로 갑니다. 가끔 이렇게 밤거리를 쏘다니는
밤엔 난 꼭 여관에서 자고 갑니다. 여관엘 찾아든다는 프로가 내게는 최고죠."

우리는 각기 계산하기 위해서 호주머니에 손을 넣었
다. 그때 한 사내가 우리에게 말을 걸어 왔다. 우리 곁에서 술잔을 받아 놓고
연탄불에 손을 쬐고 있던 사내였는데, 술을 마시기 위해서 거기에 들어온 것
이 아니라 불이 쬐고 싶어서 잠깐 들렀다는 꼴을 하고 있었다. 제법 깨끗한 코
트를 입고 있었고 머리엔 기름도 얌전하게 발라서 카바이트 등의 불빛이 너풀
댈 때마다 머리 위의 하이라이트가 이리저리 움직이고 있었다. 그러나 어디선
지는 분명하지는 않았지만 가난뱅이 냄새가 나는 서른대여섯 살짜리 사내였

다. 아마 빈약하게 생긴 턱 때문이었을까, 아니면 유난히 새빨간 눈시울 때문이었을까. 그 사내가 나나 안安 중의 어느 누구에게라고 할 것 없이 그냥 우리 쪽을 향하여 말을 걸어 온 것이었다.

"미안하지만 제가 함께 가도 괜찮을까요? 제게 돈은 얼마 있습니다만……"

이라고 그 사내는 힘없는 음성으로 말했다.

그 힘없는 음성으로 봐서는 꼭 끼여 달라는 건 아니라는 것 같았지만, 한편으로는 우리와 함께 가고 싶은 생각이 간절하다는 것 같기도 했다.

나와 안은 잠깐 얼굴을 마주보고 나서,

"아저씨 술값만 있다면……"

이라고 내가 말했다.

"함께 가시죠."

라고 안도 내 말을 이었다.

"고맙습니다."

하고 그 사내는 여전히 힘없는 음성으로 말하면서 우리를 따라왔다.

안은 일이 좀 이상하게 되었다는 얼굴을 하고 있었고, 나 역시 유쾌한 예감이 들지는 않았다. 술좌석에서 알게 된 사람끼리는 의외로 재미있게 놀게 되는 것을 몇 번의 경험으로 알고 있었지만, 대개의 경우, 이렇게 힘없는 목소리로 끼여드는 양반은 없었다. 즐거움이 넘치고 넘친다는 얼굴로 요란스럽게 끼여들어야만 일이 되는 것이었다. 우리는 갑자기 목적지를 잊은 사람들처럼 사방을 두리번거리면서 느릿느릿 걸어갔다. 전봇대에 붙은 약 광고판 속에서는 이쁜 여자가 '춤지만 할 수 있느냐'는 듯한 쓸쓸한 미소를 띠우고 우리를 내려다보고 있었고, 소주 광고 곁에서는 약 광고의 네온사인이 하마터면 잊어버릴 뻔했다는 듯이 황급히 꺼졌다간 다시 켜져서 오랫동안 빛나고 있었고, 이젠 완전히 얼어붙은 길 위에는 거지가 돌덩이처럼 여기저기 엎드려 있었고, 그 돌덩이 앞을 사람들은 힘껏 웅크리고 빠르게 지나가고 있었다. 종이 한 장이 바람에 획 날리어 거리의 저쪽에서 이쪽으로 날아오고 있었다. 그 종잇조각은 내 발 밑에 떨어졌다. 나는 그 종잇조각을 집어들었는데 그것은 '미희美姬 서비스, 특별 염가特別廉價'라는 것을 강조한 어느 비어홀의 광고지였다.

　"지금 몇 시쯤 되었습니까?"
하고 힘없는 아저씨가 안에게 물었다.

　"아홉시 십분 전입니다."
라고 잠시 후에 안이 대답했다.

　"저녁들은 하셨습니까? 난 아직 저녁을 안 했는데, 제가 살 테니까 같이 가시겠어요?"

　힘없는 아저씨가 이번엔 나와 안을 번갈아 보며 말했다.

　"먹었습니다."
하고 나와 안은 동시에 대답했다.

　"혼자서 하시죠."
라고 내가 말했다.

　"그만두겠습니다."
　힘없는 아저씨가 대답했다.

"하세요. 따라가 드릴 테니까요."

안이 말했다.

"감사합니다. 그럼……."

우리는 근처의 중국 요릿집으로 들어갔다. 방으로 들어가서 앉았을 때, 아저씨는 또 한 번 간곡하게 우리가 뭘 좀 들 것을 권했다. 우리는 또 한 번 사양했다. 그는 또 권했다.

"아주 비싼 걸 시켜도 괜찮겠습니까?"

라고 나는 그의 권유를 철회시키기 위해서 말렸다.

"네, 사양 마시고."

그가 처음으로 힘있는 목소리로 말했다.

"돈을 써버리기로 결심했으니까요."

나는 그 사내에게 어떤 꿍꿍이속이 있는 것만 같은 느낌이 들어서 좀 불안했지만, 통닭과 술을 시켜 달라고 했다. 그는 자기가 주문한 것 외에 내가 말한 것도 사환에게 청했다. 안은 어처구니없는 얼굴로 나를 보았다. 나는 그때 마침 옆방에서 들려오고 있는 여자의 불그레한 신음소리를 듣고만 있었다.

"이형도 뭘 좀 드시죠?"

라고 아저씨가 안에게 말했다.

"아니 전……."

안은 술이 다 깬다는 듯이 펄쩍 뛰고 사양했다.

우리는 조용히 옆방의 다급해져 가는 신음소리에 귀를 기울이고 있었다. 전차의 끽끽거리는 소리와 홍수 난 강물 소리 같은 자동차들의 달리는 소리도 희미하게 들려오고 있었고, 가까운 곳에서는 이따금 초인종 울리는 소리도 들렸다. 우리의 방은 어색한 침묵에 싸여 있었다.

"말씀드리고 싶은 게 있는데요."

마음씨 좋은 아저씨가 말하기 시작했다.

"들어주셨으면 고맙겠습니다……. 오늘 낮에 제 아내가 죽었습니다. 세브란스 병원에 입원하고 있었는데……."

그는 이젠 슬프지도 않다는 얼굴로 우리를 빤히 쳐다보며 말하고 있었다.

"네에에."

"그거 안되셨군요."

라고 안과 나는 각각 조의를 표했다.

"아내와 나는 참 재미있게 살았습니다. 아내가 어린애를 낳지 못하기 때문에 시간은 몽땅 우리 두 사람의 것이었습니다. 돈은 넉넉하지 못했습니다만 그래도 돈이 생기면 우리는 어디든지 같이 다니면서 재미있게 지냈습니다. 딸기철엔 수원에도 가고, 포도철엔 안양에도 가고, 여름이면 대천에도 가고, 가을엔 경주에도 가보고, 밤엔 함께 영화 구경, 쇼 구경하러 열심히 극장에 쫓아 다니기도 했습니다……."

"무슨 병환이셨던가요?"

하고 안이 조심스럽게 물었다.

"급성뇌막염이라고 의사가 그랬습니다. 아내는 옛날에 급성맹장염 수술을 받은 적도 있고, 급성폐렴을 앓은 적도 있다고 했습니다만 모두 괜찮았는데 이번의 급성엔 결국 죽고 말았습니다…… 죽고 말았습니다."

사내는 고개를 떨구고 한참 동안 무언지 입을 우물거리고 있었다. 안이 손
가락으로 내 무릎을 찌르며 우리는 꺼지는 게 어떻겠느냐는 눈짓을 보냈다.
나 역시 동감이었지만 그때 사내가 다시 고개를 들고 말을 계속했기 때문에
우리는 눌러앉아 있을 수밖에 없었다.

"아내와는 재작년에 결혼했습니다. 우연히 알게 됐습니다. 친정이 대구 근
처에 있다는 얘기만 했지 한 번도 친정과는 내왕이 없었습니다. 난 처갓집이
어딘지도 모릅니다. 그래서 할 수 없었어요."

그는 다시 고개를 떨구고 입을 우물거렸다.

"뭘 할 수 없었다는 말입니까?"

내가 물었다.

그는 내 말을 못 들은 것 같았다. 그러나 한참 후에 다시 고개를 들고 마치
애원하는 듯한 눈빛으로 말을 이었다.

"아내의 시체를 병원에 팔았습니다. 할 수 없었습니다. 난 서적 월부판매
외판원에 지나지 않습니다. 할 수 없었습니다. 돈 사천 원을 주더군요. 난 두
분을 만나기 얼마 전까지도 세브란스 병원 울타리 곁에 서 있었습니다. 아내
가 누워 있을 시체실이 있는 건물을 알아보려고 했습니다만 어딘지 알 수 없
었습니다. 그냥 울타리 곁에만 앉아서 병원의 큰 굴뚝에서 나오는 희끄무레한
연기만 바라보고 있었습니다. 아내는 어떻게 될까요? 학생들이 해부 실습하
느라고 톱으로 머리를 가르고 칼로 배를 찢고 한다는데, 정말 그러겠지요?"

우리는 입을 다물고 있을 수밖에 없었다. 사환이 다쿠앙과 양파가 담긴 접
시를 갖다 놓고 나갔다.

"기분 나쁜 얘길 해서 미안합니다. 다만 누구에게라도 얘기하지 않고서는 견딜 수 없었습니다. 한 가지만 의논해 보고 싶은데, 이 돈을 어떻게 하면 좋을까요? 저는 오늘 저녁에 다 써버리고 싶은데요."

"쓰십시오."

안이 얼른 대답했다.

"이 돈이 다 없어질 때까지 함께 있어 주시겠어요?"

사내가 말했다. 우리는 얼른 대답하지 못했다.

"함께 있어 주십시오."

사내가 말했다. 우리는 승낙했다.

"멋있게 한번 써봅시다."

라고 사내는 우리와 만난 후 처음으로 웃으면서, 그러나 여전히 힘없는 음성으로 말했다.

중국집에서 거리로 나왔을 때는 우리는 모두 취해 있었고, 돈은 천 원이 없어졌고, 사내는 한쪽 눈으로는 울고 다른 쪽 눈으로는 웃고 있었고, 안은 도망갈 궁리를 하기에도 지쳐 버렸다고 내게 말하고 있었고, 나는 '악센트 찍는 문제를 모두 틀려 버렸단 말야, 악센트 말야'라고 중얼거리고 있었고, 거리는 영화에서 본 식민지의 거리처럼 춥고 한산했고, 그러나 여전히 소주 광고는 부지런히, 약 광고는 게으름을 피우며 반짝이고 있었고, 전봇대의 아가씨는 '그저 그래요'라고 웃고 있었다.

"이제 어디로 갈까?"

하고 아저씨가 말했다.

"어디로 갈까?"

안이 말하고,

"어디로 갈까?"

라고 나도 그들의 말을 흉내냈다.

아무 데도 갈 데가 없었다. 방금 우리가 나온 중국집 곁에 양품점의 쇼윈도가 있었다. 사내가 그쪽을 가리키며 우리를 끌어당겼다. 우리는 양품점 안으로 들어갔다.

"넥타이를 하나 골라 가져. 내 아내가 사주는 거야."

사내가 호통을 쳤다.

우리는 알록달록한 넥타이를 하나씩 들었고, 돈은 육백 원이 없어져 버렸다. 우리는 양품점에서 나왔다.

"어디로 갈까?"

라고 사내가 말했다.

갈 데는 계속해서 없었다. 양품점의 앞에는 귤장수가 있었다.

"아내는 귤을 좋아했다."

고 외치며 사내는 귤을 벌여 놓은 수레 앞으로 돌진했다. 삼백 원이 없어졌다. 우리는 이빨로 귤껍질을 벗기면서 그 부근에서 서성거렸다.

"택시!"

사내가 고함쳤다.

택시가 우리 앞에 멎었다. 우리가 차에 오르자마자 사내는,

"세브란스로!"

라고 말했다.

"안 됩니다. 소용없습니다."

안이 재빠르게 외쳤다.

"안 될까?"

사내가 중얼거렸다.

"그럼 어디로?"

아무도 대답하지 않았다.

"어디로 가시는 겁니까?"

라고 운전사가 짜증난 음성으로 말했다.

"갈 데가 없으면 빨리 내리쇼."

우리는 차에서 내렸다. 결국 우리는 중국집에서 스무 발짝도 더 벗어나지 못하고 있었다.

거리의 저쪽 끝에서 요란한 사이렌 소리가 나타나서 점점 가깝게 달려들었다. 소방차 두 대가 우리 앞을 빠르고 시끄럽게 지나쳐갔다.

"택시!"

사내가 고함쳤다. 택시가 우리 앞에 멎었다. 우리가 차에 오르자마자 사내는,

"저 소방차 뒤를 따라갑시다."

라고 말했다.

나는 귤껍질을 세 개째 벗기고 있었다.

"지금 불구경하러 가고 있는 겁니까?"

라고 안이 아저씨에게 말했다.

"안 됩니다. 시간이 없습니다. 벌써 열시 반인데요. 좀더 재미있게 지내야죠. 돈은 이제 얼마 남았습니까?"

아저씨는 호주머니를 뒤져서 돈을 모두 털어냈다. 그리고 그것을 안에게 건네줬다. 안과 나는 세어 봤다. 천구백 원하고 동전이 몇 개, 십 원짜리가 몇 장이 있었다.

"됐습니다."

안은 다시 돈을 돌려주면서 말했다.

"세상에 다행히 여자의 특징만 중점적으로 내보이는 여자들이 있습니다."

"내 아내 얘깁니까?"

라고 사내가 슬픈 음성으로 물었다.

"내 아내의 특징은 너무 잘 웃는다는 것이었습니다."

"아닙니다. 종삼種三으로 가자는 얘기였습니다."

안이 말렸다.

사내는 안을 경멸하는 듯한 웃음을 띠며 고개를 돌려 버렸다. 그러는 사이에 우리는 화재가 난 곳에 도착했다. 삼십 원이 없어졌다. 화재가 난 곳은 아래층인 페인트 상점이었는데 지금은 미용 학원 이층에서 불길이 창으로부터 뿜어 나오고 있었다. 경찰들의 호각소리, 소방차들의 사이렌 소리, 불길 속에서 나는 탁탁 소리, 물줄기가 건물의 벽에 부딪쳐서 나는 소리. 그러나 사람들의 소리는 아무것도 나지 않았다. 사람들은 불빛에 비쳐 무안당한 사람들처럼 붉은 얼굴로 정물처럼 서 있었다.

우리는 발밑에 굴러 있는 페인트 든 통을 하나씩 궁둥이 밑에 깔고 웅크리고 앉아서 불구경을 했다. 나는 불이 좀더 오래 타기를 바랐다. 미용학원이라는 간판에 불이 붙고 있었다. '원' 자에 불이 붙기 시작했다.

"김형, 우린 우리 얘기나 합시다."

하고 안이 말했다.

"화재 같은 건 아무것도 아닙니다. 내일 아침 신문에서 볼 것을 오늘 밤에 미리 봤다는 차이밖에 없습니다. 저 화재는 김형의 것도 아니고 내 것도 아니고 이 아저씨 것도 아닙니다. 우리 모두의 것이 돼 버립니다. 그러나 화재는 항상 계속해서 나고 있는 건 아닙니다. 그렇기 때문에 난 화재엔 흥미가 없습니다. 김형은 어떻게 생각하십니까?"

"동감입니다."

나는 아무렇게나 대답하며 이젠 '학' 자에 불이 붙고 있는 것을 보았다.

"아니 난 방금 말을 잘못했습니다. 화재는 우리 모두의 것이 아니라 화재는 오로지 화재 자신의 것입니다. 화재에 대해서 우리는 아무것도 아닙니다. 그렇기 때문에 난 화재에 흥미가 없습니다. 김형은 어떻게 생각하십니까?"

"동감입니다."

물줄기 하나가 불타고 있는 '학' 으로 달려들고 있었다. 물이 닿는 곳에서는 회색 연기가 피어올랐다. 힘없는 아저씨가 갑자기 힘차게 깡통으로부터 일어섰다.

"내 아냅니다."

하고 사내는 환한 불길 속을 손가락질하며 눈을 크게 뜨고 소리쳤다.

"내 아내가 머리를 막 흔들고 있습니다. 골치가 깨질 듯이 아프다고 머리를 막 흔들고 있습니다. 여보……."

"골치가 깨질 듯이 아픈 게 뇌막염의 증세입니다. 그렇지만 저건 바람에 휘날리는 불길입니다. 앉으세요. 불 속에 아주머님이 계실 리가 있습니까?"라고 안이 아저씨를 끌어 앉히며 말했다. 그러고 나서 안은 나에게 나지막하게 속삭였다.

"이 양반, 우릴 웃기는데요."

나는 꺼졌다고 생각하고 있던 '학'에 다시 불이 붙고 있는 것을 보았다. 물줄기가 다시 그곳으로 뻗어가고 있었다. 그러나 물줄기는 겨냥을 잘 잡지 못하고 이리저리 흔들리고 있었다. 불은 날쌔게 '용'을 핥고 있었다. 나는 '미'까지 어서 불붙기를 바라고 있었고 그리고 그 간판에 불이 붙는 과정을 그 많은 불구경꾼들 중에서 나 혼자만 알고 있기를 바랐다.

그러나 그때 문득 나는 불이 생명을 가진 것처럼 생각되어서, 내가 조금 전에 바라고 있던 것을 취소해 버렸다.

무언가 하얀 것이 우리가 웅크리고 앉아 있는 곳에서 불타고 있는 건물 쪽으로 날아가는 것이 보였다. 그 비둘기는 불 속으로 떨어졌다.

"무엇이 불 속으로 날아들어 갔지요?"

내가 안을 돌아다보며 물었다.

"예, 뭐가 날아갔습니다."

안은 나에게 대답하고 나서 이번엔 아저씨를 돌아다보며,

"보셨어요?"

하고 그에게 물었다.

　아저씨는 잠자코 앉아 있었다. 그때 순경 한 사람이 우리 쪽으로 달려왔다.

　"당신이지?"

라고 순경은 아저씨를 한 손으로 붙잡으면서 말했다.

　"방금 무얼 불 속에 던졌소?"

　"아무것도 안 던졌습니다."

　"뭐라구요?"

　순경은 때릴 듯한 시늉을 하며 아저씨에게 소리쳤다.

　"내가 던지는 걸 봤단 말요. 무얼 불 속에 던졌소?"

　"돈입니다."

　"돈?"

　"돈과 돌을 손수건에 싸서 던졌습니다."

　"정말이오?"

　순경은 우리에게 물었다.

　"예, 돈이었습니다. 이 아저씨는 불난 곳에 돈을 던지면 장사가 잘된다는 이상한 믿음을 가졌답니다. 말하자면 좀 돌았다구 할 수 있는 사람이지만 나쁜 짓은 결코 하지 않는 장사꾼입니다."

　안이 대답했다.

　"돈은 얼마였소?"

　"일 원짜리 동전 한 개였습니다."

　안이 다시 대답했다.

순경이 가고 났을 때 안이 사내에게 물었다.

"정말 돈을 던졌습니까?"

"예."

"모두?"

"예."

우리는 꽤 오랫동안 불꽃이 튀는 탁탁 소리에 귀를 기울이고 있었다. 한참 후에 안이 사내에게 말했다.

"결국 그 돈은 다 쓴 셈이군요……. 자, 이젠 그럼 약속이 끝났으니 우린 가겠습니다."

"안녕히 가십시오."

라고 나는 아저씨에게 작별 인사를 했다.

안과 나는 돌아서서 걷기 시작했다. 사내가 우리를 쫓아와서 안과 나의 팔을 한쪽씩 붙잡았다.

"나 혼자 있기가 무섭습니다."

그는 벌벌 떨며 말했다.

"곧 통행금지 시간이 됩니다. 난 여관으로 가서 잘 작정입니다."

안이 말했다.

"난 집으로 갈 겁니다."

내가 말했다.

"함께 갈 수 없겠습니까? 오늘 밤만 같이 지내 주십시오. 부탁합니다. 잠깐만 저를 따라와 주십시오."

사내는 말하고 나서 나를 붙잡고 있는 자기의 팔을 부채질하듯이 흔들었다. 아마 안의 팔에 대해서도 그렇게 했으리라.

"어디로 가자는 겁니까?"

나는 아저씨에게 물었다.

"여관비를 구하러 잠깐 이 근처에 들렀다가 모두 함께 여관으로 갔으면 하는데요."

"여관에요?"

나는 내 호주머니 속에 든 돈을 손가락으로 계산해 보며 말했다.

"여관비라면 모두 내가 내겠으니 그럼 함께 가시지요."

안이 나와 사내에게 말했다.

"아닙니다. 폐를 끼쳐 드리고 싶지 않습니다. 잠깐만 절 따라와 주십시오."

"돈을 빌리러 가는 겁니까?"

"아닙니다. 받아야 할 돈이 있습니다."

"이 근처에요?"

"예, 여기가 남영동이라면."

"아마 틀림없는 남영동인 것 같군요."

내가 말했다. 사내가 앞장을 서고 안과 내가 그 뒤를 쫓아서 우리는 화재로부터 멀어져 갔다.

"빚 받으러 가기에는 시간이 너무 늦었습니다."

안이 사내에게 말했다.

"그렇지만 저는 받아야 합니다."

우리는 어느 어두운 골목길로 들어섰다. 골목의 모퉁이를 몇 개인가 돌고
난 뒤에 사내는 대문 앞에 전등이 켜져 있는 집 앞에서 멈췄다. 나와 안은 사
내로부터 열 발자국쯤 떨어진 곳에서 멈췄다. 사내가 벨을 눌렀다. 잠시 후에
대문이 열리고, 사내가 대문 안에 선 사람과 말하는 소리가 들렸다.

"주인 아저씨를 뵙고 싶은데요."

"주무시는데요."

"그럼 주인 아주머니는……."

"주무시는데요."

"꼭 뵈어야겠는데요."

"기다려 보세요."

대문이 다시 닫혔다. 안이 달려가서 사내의 팔을 잡아끌었다.

"그냥 가시죠."

"괜찮습니다. 받아야 할 돈이니까요."

안이 다시 먼저 서 있던 곳으로 걸어왔다. 대문이 열렸다.

"밤늦게 죄송합니다."

사내가 대문을 향해서 고개를 숙이며 말했다.

"누구시죠?"

대문은 잠에 취한 여자의 음성을 냈다.

"죄송합니다. 이렇게 너무 늦게 찾아와서 실은……."

"누구시죠? 술 취하신 것 같은데……."

"월부책 값 받으러 온 사람입니다."

하고 사내는 갑자기 비명 같은 높은 소리로 외쳤다.

"월부책 값 받으러 온 사람입니다."

이번엔 사내는 문기둥에 두 손을 짚고 앞으로 뻗은 자기 팔 위에 얼굴을 파묻으며 울음을 터뜨렸다.

"월부책 값 받으러 온 사람입니다. 월부책 값……."

사내는 계속해서 흐느꼈다.

"내일 낮에 오세요."

대문이 탁 닫혔다. 사내는 계속해서 울고 있었다. 사내는 가끔 '여보'라고 중얼거리며 오랫동안 울고 있었다. 우리는 여전히 열 발자국쯤 떨어진 곳에서 그가 울음을 그치기를 기다리고 있었다. 한참 후에 그가 우리 앞으로 비틀비틀 걸어왔다. 우리는 모두 고개를 숙이고 어두운 골목길을 걸어서 거리로 나왔다. 적막한 거리에는 찬바람이 세차게 불고 있었다.

"몹시 춥군요."

라고 사내는 우리를 염려한다는 음성으로 말했다.

"추운데요. 빨리 여관으로 갑시다."

안이 말했다.

"방을 한 사람씩 따로 잡을까요?"

여관에 들어갔을 때 안이 우리에게 말했다.

"그게 좋겠지요?"

"모두 한방에 드는 게 좋겠지요."

라고 나는 아저씨를 생각해서 말했다.

아저씨는 그저 우리 처분만 바란다는 듯한 태도로 또는 지금 자기가 서 있는 곳이 어딘지도 모른다는 태도로 멍하니 서 있었다. 여관에 들어서자 우리는 모든 프로가 끝나버린 극장에서 나오는 때처럼 어찌할 바를 모르고 거북스럽기만 했다. 여관에 비한다면 거리가 우리에게는 더 좁았던 셈이었다. 벽으로 나뉘어진 방들, 그것이 우리가 들어가야 할 곳이었다.

"모두 같은 방에 들기로 하는 것이 어떻겠어요?"

내가 다시 말했다.

"난 지금 아주 피곤합니다."

안이 말했다.

"방은 각각 하나씩 차지하고 자기로 하지요."

"혼자 있기가 싫습니다."

라고 아저씨가 중얼거렸다.

"혼자 주무시는 게 편하실 거예요."

안이 말했다. 우리는 복도에서 헤어져서 사환이 지적해 준, 나란히 붙은 방 세 개에 각각 한 사람씩 들어갔다.

"화투라도 사다가 놉시다."

헤어지기 전에 내가 말했지만,

"난 아주 피곤합니다. 하시고 싶으면 두 분이나 하세요."

라고 안은 말하고 나서 자기의 방으로 들어가 버렸다.

"나도 피곤해 죽겠습니다. 안녕히 주무세요."

라고 나는 아저씨에게 말하고 나서 내 방으로 들어갔다. 숙박계엔 거짓 이름,

거짓 주소, 거짓 나이, 거짓 직업을 쓰고 나서 사환이 가져다 놓은 자리끼를 마시고 나는 이불을 뒤집어썼다. 나는 꿈도 안 꾸고 잘 잤다.

다음날 아침 일찍이 안이 나를 깨웠다.

"그 양반, 역시 죽어 버렸습니다."

안이 내 귀에 입을 대고 그렇게 속삭였다.

"예?"

나는 잠이 깨끗이 깨어 버렸다.

"방금 그 방에 들어가 보았는데 역시 죽어 버렸습니다."

"역시……."

나는 말했다.

"사람들이 알고 있습니까?"

"아직까진 아무도 모르는 것 같습니다. 우린 빨리 도망해 버리는 게 시끄럽지 않을 것 같습니다."

"자살이지요?"

"물론 그것이겠죠."

나는 급하게 옷을 주워 입었다. 개미 한 마리가 방바닥을 내 발이 있는 쪽으로 기어오고 있었다. 그 개미가 내 발을 붙잡으려고 하는 것 같은 느낌이 들어서 나는 얼른 자리를 옮겨 디디었다. 밖의 이른 아침에는 싸락눈이 내리고 있었다. 우리는 할 수 있는 한 빠른 걸음으로 여관에서 떨어져 갔다.

"난 그 사람이 죽으리라는 걸 알고 있었습니다."

안이 말했다.

서울, 1964년 겨울

269

"난 짐작도 못했습니다."

라고 나는 사실대로 얘기했다.

"난 짐작하고 있었습니다."

그는 코트의 깃을 세우며 말했다.

"그렇지만 어떻게 합니까?"

"그렇지요. 할 수 없지요. 난 짐작도 못 했는데……."

내가 말했다.

"짐작했다고 하면 어떻게 하겠어요?"

그가 내게 물었다.

"씨팔것, 어떻게 합니까? 그 양반 우리더러 어떡하라는 건지……."

"그러게 말입니다. 혼자 놓아두면 죽지 않을 줄 알았습니다. 그게 내가 생각해 본 최선의 그리고 유일한 방법이었습니다."

"난 그 양반이 죽으리라고는 짐작도 못 했다니까요. 씨팔것, 약을 호주머니에 넣고 다녔던 모양이군요."

안이 눈을 맞고 있는 어느 앙상한 가로수 밑에서 멈췄다. 나도 그를 따라서 멈췄다. 그가 이상하다는 얼굴로 나에게 물었다.

"김형, 우리는 분명히 스물다섯 살짜리죠?"

"난 분명히 그렇습니다."

"나도 그건 분명합니다."

그는 고개를 한 번 기웃했다.

"두려워집니다."

"뭐가요?"

내가 물었다.

"그 뭔가가, 그러니까……."

그가 한숨 같은 음성으로 말했다.

"우리가 너무 늙어버린 것 같지 않습니까?"

"우린 이제 겨우 스물다섯 살입니다."

나는 말했다.

"하여튼……."

하고 그는 내게 손을 내밀며 말했다.

"자, 여기서 헤어집시다. 재미 많이 보세요."

하고 나도 그의 손을 잡으며 말했다.

우리는 헤어졌다. 나는 마침 버스가 막 도착한 길 건너편의 버스 정류장으로 달려갔다. 버스에 올라서 창으로 내어다보니 안은 앙상한 나뭇가지 사이로 내리는 눈을 맞으며 무언지 곰곰이 생각하고 서 있었다.

서울, 1964년 겨울

작품 줄거리

구청 병사계에서 근무하는 '나'는 선술집에서 대학원생인 '안'을 만나 대화를 나눈다. 안주로 나온 참새구이를 씹는 동안 날개가 연상되었던지, 날지 못하고 잡혀서 죽는 '파리'에 자신들을 비유하기도 한다. '나'는 이미 삶의 현실에서 좌절을 맛본 후였기 때문에 감각이 다소 둔해진 상태이고, 부잣집 아들인 '안' 역시 밤거리로 나온 이유는 '나'와 크게 다를 바가 없다. 그저 낭만적이고 환상적인 미소를 짓는 예쁜 여자가 아니면, 명멸하는 네온사인들에 취하기 위해서였다.

자리를 옮기려고 일어섰을 때, 기운 없어 보이는 삼십대 사내가 동행을 간청한다. 사내는 중국집에 들어가 음식을 사면서, 행복한 결혼 생활을 했으나 오늘 아내가 죽었으며, 그리고 그 시체를 병원에 팔았지만 아무래도 그 돈을 오늘 안으로 다 써 버리고 싶다고 말한다.

그래서 셋은 음식점을 나와 넥타이도 사고 귤도 먹으며 신나게 돈을 쓴다. 택시를 타고 병원으로 가려는 사내를 말리면서, 대신 소방차 뒤를 따라가 불 구경을 하기로 한다. 활활 치솟는 불길 속에서 아내가 타고 있는 환상을 본 사내는 아내를 부르며, 쓰다 남은 돈을 손수건에 싸서 불 속으로 던져 버린다. 이 광경을 목격한 경찰이 다가와 무엇을 던졌느냐고 묻고, 우리는 '안'의 임기응변으로 위기에서 빠져 나온다.

사내가 점점 감정적으로 변하는 것을 느낀 '나'와 '안'은 집으로 돌아가려 하지만, 사내가 혼자 있기 무섭다고 애걸하는 탓에 하는 수 없이 그들은 여관비를 구하기 위해 골목을 헤맨다. 마침내 여관에 들었을 때, 사내는 같은 방을 쓰자고 했지만, '안'의 주장으로 각기 다른 방에서 묵는다.

다음날 아침 사내는 죽어 있었고, '안'과 '나'는 사내를 놔두고 서둘러 여관을 빠져 나온다. '안'은 사내가 죽을 것이라 짐작했지만 도리가 없었노라고, 그를 살릴 수 있는 유일한 방법은 그를 혼자 두는 것이라 생각했었다고 말한다. 우리는 스물 다섯 살이지만, 이제 너무 많이 늙어버렸다는 사실에 동의를 표한다. '나'는 '안'과 헤어져 버스에 올랐고, 차창 너머에서 무엇인지 골똘히 생각하고 있는 '안'의 모습을 내다본다.

작품 해설

1964년의 겨울이 있었습니다. 동족끼리 싸웠던 6 · 25전쟁의 상흔이 아직 채 아물지 않았을 때입니다. 아스팔트 포장이 안 된 거리는 온통 흙탕물로 질척이고, 밤이면 차갑게 얼어붙었습니다. 이 소설은 지금으로부터 약 40년 전인 1964년, 서울의 밤거리에서 흔히 볼 수 있었던 선술집(서서 술을 마시게 되어 있는 술집)에 대한 인상깊은 묘사로 시작됩니다.

밤이 되면 거리에 나타나는 선술집—오뎅과 군참새와 세 가지 종류의 술 등을 팔고 있고, 얼어붙은 거리를 휩쓸며 부는 차가운 바람이 펄럭거리게 하는 포장을 들치고 안으로 들어서게 되어 있고, 그 안에 들어서면 카바이드 불의 길쭉한 불꽃이 바람에 흔들리고 있고, 염색한 군용軍用 점퍼를 입고 있는 중년 사내가 술을 따르고 안주를 구워 주고 있는 그러한 선술집.(중략)

지금은 거의 찾아볼 수 없는 풍경이 되었으니까, 시간이 지날수록 이러한 광경

염세주의 pessimism 세상이나 인생에 실망해 이를 싫어하는 생각을 말한다.
곧, 세상이나 인생에는 살아갈 만한 값어치가 없다고 보는 태도인 것이다.

을 기억하는 이도 줄어들겠지요. 더 이상 서울의 겨울 밤거리에서는 카바이드 불빛을 볼 수 없고, 군용 잠바도 그 촌스러운 모습을 지우고 예쁘게 다시 그린 '밀리터리룩'이라는 이름의 패션으로 유행할 뿐입니다. 술안주로 군참새를 찾는 사람도, 파는 사람도 이제는 찾아보기가 어렵지요. 그러나 1964년에는 그러했다는 사실을, 그러한 서울의 밤이 존재했다는 이 낯선 사실을 다른 무엇보다도 이 작품을 통해 우리는 알게 됩니다.

이 소설은 '나'와 '안'이라는 25세 동갑내기들의 만남에서 헤어짐까지를 그리고 있습니다. 그 사이에 사랑하던 아내의 시체를 병원에 판 사내의 절망이 끼여들면서, 거의 마지막 부분까지 소설 전개의 주도권은 그 서적 외판원 사내, 혹은 그의 비극에 주어져 있습니다.

'나'와 '안'은 선술집에서 우연히 만나 대화를 나누는데, 결코 자신의 진심에 대해 말하지 않습니다. 심각하고 진지한 것에 대해 말하고자 애쓰지만, 둘의 대화에서 쓸모 있는 내용은 하나도 없지요. 사회 현실과 동떨어진, 주관적이고 사소한 대화만 있을 뿐입니다. 그렇게 두 동갑내기는 철저하게 개인주의로 무장되어 있으며, 일부러 상대와의 대화를 단절시킵니다. 상대의 말을 잘 듣고 그것에 응답하는 식이 아니라, 자신의 말을 하고 상대의 반응과는 상관없이 그 다음 이야기를 해버리는 식입니다. 그럼에도 그들 사이에 눈에 띄는 큰 마찰이 없다는 사실은 이 소설 전체에서 풍겨 나오는 비극적인 느낌과 밀접한 관계가 있습니다.

이에 비해, 삼십대의 외판원 사내는 '나'와 '안'에게 자신에 관한 모든 것을 얘기하면서, 그 고뇌와 비애를 공유할 것을 간청합니다. 즉, '우리'라는 연대 의식을 통한 고통의 나눔을 상대방에게 솔직히 요구하는 것입니다. 이것은 지극히 인간적이며 자연스러운 행위이지만, 그러나 자신만의 세계에 틀어박힌 '나'와 '안'에게 그 사내는 그의 나이만큼 부담스러울 뿐입니다.

둘은 사내의 비참한 얘기를 듣고도 전혀 동정하지 않습니다. 그는 '남'이기 때문입니다. 둘은 사내의 돈을 쓰며 그와 함께 즐거움을 나눌 수는 있어도, 그 돈과 관련된 사내의 슬픔을 나눌 생각은 애초에 없었습니다. 이처럼 '나'와 '안', 그리고 사내 사이의 단절과 세대 차이는 이 글 속에서 약 10년이라는 수치數値보다 과장된 채로 표현되고 있는 것이지요.

이와 관련해 또 하나 눈여겨볼 점은, 이 소설의 등장 인물들이 걸늙었다는 것입니다. 세대 차이가 있기는 하지만 이 글에 등장하는 주인공들은 하나같이 실제의 나이보다 늙어 보이지요. 20대 중반에 이미 세상을 모두 알아 버린 듯한 말투를 사용하며, 30대 중반의 사내는 늙은이처럼 아예 '힘없는 아저씨'로 표현됩니다. 30대 중반의 사내가 죽어 버리고 난 후, 만남을 접고 각자의 길로 떠나기 전에 '나'와 '안'이 나누는 대화는 이러한 점에서 상징적이라고 할 수 있겠지요.

"김형, 우리는 분명히 스물다섯 살짜리죠?"
"난 분명히 그렇습니다."

"나도 그건 분명합니다."

그는 고개를 한 번 기웃했다.

"두려워집니다."

"뭐가요?"

내가 물었다.

"그 뭔가가, 그러니까⋯⋯."

그가 한숨 같은 음성으로 말했다.

"우리가 너무 늙어버린 것 같지 않습니까?"

"우린 이제 겨우 스물다섯 살입니다."

나는 말했다.

다시 처음으로 돌아가 줄거리를 따라가 봅시다. 아무런 인연이 없이 그저 우연하게 술집에서 '나'와 '안'은 만납니다. 유행가 가사에서 무작위로 따온 듯한 대화를 나누면서도, 둘은 정식으로 한잔 더 하기로 약속합니다. 하지만 이 약속은 그대로 실행되지 못하지요. 한 사내가, 역시 우연히 접근해, 그 둘에게 동행하자고 청했기 때문입니다.

'나'와 '안'은 최소한 동갑내기이라는 공통점을 지녔지만, 사내와는 아무런 공통점이 없었습니다. 게다가 사내의 우울한 표정과 힘없는 태도는 이제부터 무언가 즐거운 일을 찾아보려 하는 '나'와 '안'을 불쾌하게 만들었지요. 그럼에도 사내의 청을 거절하지 못하고 함께 선술집을 나온 둘은 속으로 그 사내와 빨리 헤어질 궁리를 합니다. 둘에게 있어 사내의 슬픔을 나눌 생각 따위는 애초부터 없었음에도, 사내는 돈을 사용하는 과정에서 계속해서 아내를 잃은 자신의 슬픔을 표현해 그들을 불편하게 만들었기 때문입니다.

하지만 그들은 계속해서 갈 곳이 없습니다. 그러다 얼떨결에 택시를 타지요. 처음에는 병원에 가려고 했으나, '안'의 만류로 그만두고는 불자동차를 따라 화재 현장으로 갑니다. 그리고 그 화재 현장에서 사내는 아내의 환상을 보고는, 아내의 시체를 팔아 받은 돈을 불 속으로 던집니다. 이는 비인간적인 세상과 삶에 대한 분노요, 절망의 표현이지만, 다가온 순경에게 하는 안의 재빠른 변명으로 인해 이마저도 유치한 미신 때문에 일어난 일로 변질되어 버립니다.

끝까지 '나'와 '안'은 사내의 슬픔에 끼어들지 않습니다. 어쩌면 사내에게 아내의 시체를 판 돈도 없었다면, 처음부터 그들은 사내와 동행하지 않았을지도 모릅니다. 즉, '나'와 '안'이 서적 외판원 사내와 동행한 이유는 그가 겪고 있는 슬픔이나 그의 간청에 있지 않고, 그가 가진 얼마 안 되는 돈, 혹은 무언가 재미있는 일이 있지 않을까 하는 호기심에 있었던 것입니다.

그러면 이제 마지막으로 익명성에 관해 생각해 봅시다. 익명匿名이란 '아주머니'·'악당'·'순경'처럼 그 고유한 이름을 숨기는 것을 말합니다. 이 소설에서 사람들은 '나'·'안'·'사내' 등 전부 익명으로 등장합니다. 왜 그럴까요? 작가가 이름짓기 귀찮아서 그런 것일까요? 그렇지 않습니다. 이 소설에서 인물들의 익명성은 중요한 역할을 하고 있습니다. 즉, 오늘날, 도시에서 살아가는 사람들이 지니고 있는 자기 중심주의, 그리고 그로 인해 나타난 사람과 사람 사이의 단절을 암시하는 장치인 것입니다.

또한, 그들의 신원만 단편적으로 제시될 뿐 개개인의 개성이 서술되지 않은 것도 그들이 느끼는 외로움을 보여주고자 한 작가의 의도가 반영된 결과입니다. 번호표가 붙은 죄수나, 바코드가 붙은 공산품처럼 그들 고유의 개성은 숨어들고, 인터넷 채팅을 할 때처럼 자신의 이름에 책임질 필요가 없는 익명의 그늘 속으로 들어간 것입니다.

마무리하자면, 이 작품은 1960년대 도시인들의 방황을 그렸다는 점에서 의의가 있습니다. 1950년대의 엄숙함을 요구하는 문학 경향에서 벗어나, 도시에서 소외당한 현대인의 고독과 비애, 그리고 고립을 잘 그려내고 있습니다. 특별한 사건 없이 우연한 만남을 이룬 세 사나이의 비현실적인 대화와 방황을 통해, 빠져나갈 수 없는 삭막한 세계에 처한 삶의 고통을 잘 드러내고 있지요.

이 작품은 이른바 4·19세대가 일으킨 '감수성의 혁명'의 맨 앞자리에 놓이는 김승옥 문학의 대표작으로, 감각적이며 어쩌면 말장난과도 같은 문체가 사람과 사람 사이의 단절을 극적으로 드러내고 있습니다. 즉, 너와 내가 진정한 우리로 동등하게 같은 자리에서 만나기 힘들어진 오늘날의 어두운 뒷모습을 보여주는 것입니다.

이 작품에 등장하는 대학원생 '안'과 서적 외판원 사내는 1960년대 우리 사회를 살았던 전형적인 사람들입니다. 그들은 선이니 악이니 하는 이분법을 떠나, 마치 작가의 다른 단편인 「무진기행」속에 등장하는 유명한 독백, "아프긴 하지만 아끼지 않으면 안 될 내 몸의 일부처럼" 우리의 지나간 시간 속에 아프게 살아 있는 것입니다. 작가는 이 작품, 「서울, 1964년 겨울」에서 이렇게 말합니다.

추억이란 그것이 슬픈 것이든지 기쁜 것이든지 그것을 생각하는 사람을 의기양양하게 한다.

1 서적 외판원은 왜 '나'와 '안'에게 함께 있어 달라고 부탁했을까요?

2 서적 외판원은 왜 자살을 택했을까요?

3 서적 외판원이 자살할 것이라 짐작했음에도, '안'이 그를 말리지 않은 이유는 무엇일까요?

4 '안'이 병원으로 가려 하던 서적 외판원 사내를 만류한 이유는 무엇일까요?

5 '익명성'이란 무엇인지에 대해서 이야기해 봅시다.

구성	발단	'나' 와 '안' 이라는 대학원생이 포장마차에서 만나 무의미한 대화를 즐긴다.
	전개	낯선 사내가 말을 걸어오며, 자신의 불행을 말하고 동행시켜 줄 것을 간청한다.
	위기	화재가 난 곳에서 사내는 아내의 시체를 판 돈을 불 속에 던져 버린다.
	절정	여관에 도착한 셋은 각기 다른 방에 들어가 잠을 잔다.
	결말	다음날 아침, 사내의 자살을 확인하고, '나' 와 '안' 은 덤덤한 표정으로 헤어진다.

핵심 정리	갈래	단편소설, 본격소설
	배경	1964년 어느 겨울 밤, 서울 거리
	주제	현대인의 소외와 고독의 문제와 현실 부적응으로 인해 느끼는 삶의 허무.
	시점	1인칭 서술자 시점
	구성	시간 흐름에 따른 평면적 · 순차적 구성.
	문체	감각적인 간결체.
	제재	연대성이 없는 세 사내가 우연히 만나 하룻밤을 함께 지낸 이야기.

작중인물의 성격	나	화자話者. 25세로 고등학교까지 졸업했으며, 현재는 구청 병사계에 근무하고 있음. 확실한 주관이 없는 인물.
	안	25세의 대학원생. '나' 와 동갑인 부잣집 장남. 염세적이고 이기적인 지식인.
	사내	직업은 서적 외판원이고, 30대 중반으로 보이는 남자. 도시인의 소외와 고독을 대표하는 인물.

2

국어 공부를 위한 제안

알아 두면 써 먹을 수 있는 유익한 고사성어

우공이산愚公移山   어리석은 영감이 산을 옮긴다는 뜻으로, 쉬지 않고 꾸준하게 한 가지 일만 열심히 하면 마침내 큰 일을 이룰 수 있음을 비유한 말.

과유불급過猶不及   지나침은 미치지 못함과 같다는 뜻으로, 중용이 중요함을 이르는 말.

토사구팽兎死狗烹   토끼를 다 잡으면 사냥개를 삶는다는 뜻으로, 요긴한 때는 소중히 여기다가도 쓸모가 없게 되면 천대하고 쉽게 버림을 비유하여 이르는 말.

수주대토守株待兎   그루터기를 지켜보며 토끼가 나오기를 기다린다는 뜻으로, 어떤 착각에 빠져 되지도 않을 일을 공연히 고집하는 어리석음을 비유하는 말.

구우일모九牛一毛   아홉 마리 소 중의 털 한 개라는 말로, 아무것도 아닌 하찮은 일을 비유한 말.

건곤일척乾坤一擲   하늘과 땅을 걸고, 즉 운을 하늘에 맡기고 한번 던져 본다는 뜻으로, 승패와 흥망을 걸고 마지막으로 결행하는 단판승부를 이르는 말.

경국지색傾國之色   중국 한무제의 시에 나오는 말로, 나라를 기울어지게 할 만큼의 미인을 비유하여 이르는 말.

관포지교管鮑之交   관중과 포숙의 사귐이라는 뜻으로, 서로 이해하고 믿고 정답게 지내는 깊은 우정을 나타내는 말.

각주구검刻舟求劍   칼을 강물에 떨어뜨리자 뱃전에 표시를 했다가 나중에 그 칼을 찾으려 한다는 뜻으로, 세상의 형편에 융통성이 없음을 비유.

공중누각空中樓閣   공중에 떠 있는 누각이란 뜻으로, 진실성이나 현실성이 없는 일, 또는 허무하게 사라지는 근거 없는 가공의 사물을 일컫는 말.

서울, 1964년 겨울

무녀도

김동리 金東里

모화는 픽 웃고, 이렇게 말했다. 굿과 푸념으로 사

람 속에 든 사귀 잡귀신을 쫓는 것은 지금까지 신

령님께서 자기에게만 허락하신 자기의 특수한 권

능이었다. 그리고 그의 신령님은 오늘날 예수꾼들

이 그렇게도 미워하고 시기하는 고목이기도 했고,

돌이기도 했고, 산이기도 했고, 물이기도 했다.

순수문학과 민족주의 문학의 대표
작가 김동리. 사진은 청담동 자택 서
재에서
(1913~1995)

소설가이자 시인인 김동리는 1913년 경북 경주에서 태어났습니다. 1934년에 시 「백로白鷺」가 《조선일보》 신춘문예에 입선되어 등단한 이후, 1935년 《중앙일보》 신춘문예에 「화랑의 후예」, 1936년 《동아일보》 신춘문예에 「산화山火」가 각각 당선되면서 소설가로서 그 면모를 갖추기 시작했습니다.

그는 1947년 청년문학가협회장, 1951년 동협회 부회장, 1954년 예술원 회원, 1955년 서라벌예술대학 교수, 1969년 문협文協 이사장, 1972년 중앙대학교 예술대학장을 역임하는 등 창작 외적으로도 왕성한 활동을 했습니다. 1973년 중앙대학교에서 명예 문학 박사 학위를 받고, 1981년 4월에는 예술원 회장에 선임되기도 했습니다. 이후 예술원상 및 3·1문화상 등을 수상했으며, 1995년 사망했습니다.

저서에는 소설집으로 「무녀도巫女圖」(1947)·「역마驛馬」(1948)·「황토기黃土記」(1949)·「귀환장정歸還壯丁」(1951)·「실존무實存舞」(1955)·『사반의 십자가』(1958)·「등신불等身佛」(1963) 등이 있고, 평론집으로는 『문학과 인간』(1948), 시집으로는 「바위」(1936), 그리고 수필집으로는 『자연과 인생』 등을 펴냈습니다.

순수문학과 신인간주의新人間主義 문학 사상으로 일관해 온 김동리는 8·15광복 직후 민족주의 문학 진영에 가담해, 김동석金東錫·김병규와 순수문학 논쟁을 벌이는 등, 좌익 문단에 맞서 우익 측의 민족문학론을 옹호했던 대표적인 인물입니다. 이때 발표한 평론으로 「순수문학의 진의」(1946)·「순수문학과 제3세계관」(1947)·「민족문학론」(1948) 등을 들 수 있습니다.

작품 활동 초기에는 한국 고유의 토속성과 외래 사상의 대립 등을 신비적이고 허무하면서도 몽환적인 수법으로 그려내면서 인간성의 문제를 다루었고, 그 이후에는 자신의 문학적 논리를 작품에 반영해 작품 세계의 깊이를 더했습니다. 6·25전쟁 이후에는 인간과 이념의 갈등을 조명하는 데 주안점을 두기도 했습니다.

이로 인해서 샤머니즘과 토속성을 기본 바탕으로 삼아 시간의 진행 속에서도 변하지 않는 민족적 정체성을 추구했다는 의의와 함께 현실적 상황에 대한 도외시와 더불어 몽환적이고 주술적인 측면을 지나치게 강조했다는 이분화된 평가를 받기도 하지요.

1947년에 간행된 단편집 『무녀도』

「무녀도」는 1936년 《중앙》에 발표된 단편소설입니다. 범신론적汎神論的 사상의 전형이라 할 수 있는 무녀巫女 '모화'가 기독교도인 아들 '욱이'와 갈등하다가 비극적인 최후를 맞는다는 내용의 이야기지요. 특히, 그들의 삶이 '낭이'를 통해 그림으로 재현됨으로써 신비감을 더하는 이야기 구조를 가지고 있습니다. 이 소설의 특징은 이러한 구성에 있는 바, 아라비안나이트, 즉 천일야화처럼 '액자식 구성'을 취하는 소설이라 보면 되겠지요.

「무녀도」는 샤머니즘과 기독교 사이에 빚어지는 갈등을 통해 인간의 운명론적인 삶을 형상화하고 있습니다. 이 작품의 핵심적 갈등인 토착 신앙과 기독교의 갈등이라는 갈등 구조 또한 종교적인 대립의 문제보다는 신비스럽고 운명적인 삶의 문제에 대한 탐구에 있다고 할 수 있는데요, 모화의 죽음은 기독교의 승리로 볼 수도 있으나, 오히려 그러한 승패보다는 역사의 필연적인 변화 앞에서 이에 맞서고 겨루어 보고자 한 인간의 모습을 제시한 것에서 이 작품의 의의를 찾아야 할 것입니다.

1

　　뒤에 물러 누운 어둑어둑한 산, 앞으로 폭이 넓게 흐르는 검은 강물, 산마루로 들판으로 검은 강물 위로 모두 쏟아져 내릴 듯한 파아란 별들, 바야흐로 숨이 고비에 찬 이슥한 밤중이다. 강가 모래펄엔 큰 차일을 치고, 차일 속엔 마을 여인들이 자욱이 앉아 무당의 시나위 가락에 취해 있다. 그녀들의 얼굴은 분명히 슬픈 흥분과 새벽이 가까워 온 듯한 피곤에 젖어 있다. 무당은 바야흐로 청승에 자지러져 뼈도 살도 없는 혼령으로 화한 듯 가벼이 쾌잣자락 ^{옛 전복戰服의 하나로, 등솔을 길게 째고 소매가 없는 옷.} 을 날리며 돌아간다…….

　　이 그림이 그려진 것은 아버지가 장가를 들던 해라 하니 나는 아직 세상에 태어나기도 이전의 일이다. 우리 집은 옛날의 소위 유서 있는 가문으로, 재산

과 문벌로도 떨쳤지만, 글하는 선비란 것도 우글거렸고, 특히 진기한 서화書
畵와 골동품으로 사는 나라 안에서 손꼽힐 만큼 높이 일컬어졌었다. 그리고
이 서화와 골동품을 즐기는 취미는 아버지에서 아들로, 아들에서 다시 손자
로, 대대 가산과 함께 물려받아 내려오는 가풍이기도 했다.

우리 집 살림이 탁방 과거에 급제한 사람의 성명을 게시하는 것을 이르는 말. 일이 끝났음을 말한다. 난 것은 아버
지 때였으나, 그 즈음만 해도 아직 옛날과 다름없이, 할아버지께서는 사랑에서
나그네를 겪으셨고, 그러자니 시인 묵객詩人墨客들이 끊일 새 없이 찾아들곤
하였다. 그 무렵이라 한다. 온종일 흙바람이 불어, 뜰 앞엔 살구꽃이 터져 나
오는 어느 봄날 어스름 때였다. 색다른 나그네가 대문 앞에 닿았다. 동저고리
바람에 패랭이 대나무를 쪼개어 잘게 만든 것으로 머리에 쓰는 갓의 일종. 를 쓰고, 그 위에 명주 수건을 잘
라 맨, 나이 한 쉰 가량이나 되어 뵈는, 체수 몸의 크기. 도 조그만 사내가 나귀 고삐
를 잡고 서고, 나귀에는 열예닐곱쯤 나 뵈는 낯빛이 몹시 파리한 소녀 하나가
안장 위에 앉아 있었다. 남자 하인과 그 상전의 따님 같아도 보였다.

그러나 이튿날 그 사내는,

"이 여아는 소인의 여식이옵는데, 그림 솜씨가 놀랍다 하기에 대감의 문전
을 찾아삽내다."

했다.

소녀는 흰옷을 입었었고, 옷빛보다 더 새하얀 그녀의 얼굴엔 깊이 모를 슬
픔이 서리어 있었다.

"아기의 이름은?"

"……"

"나이는?"

"······."

주인이 소녀에게 말을 건네 보았었으나, 소녀는 굵은 두 눈으로 한 번 그를 바라보았을 뿐 입을 떼려고 하지 않았다.

아비가 대신 입을 열어,

"여식의 이름은 낭이琅伊, 나이는 열일곱 살이옵고······."

하더니 목소리를 더 낮추며,

"여식은 귀가 좀 먹었습니다."

했다.

주인도 이번에는 고개를 끄덕였다. 그리고는 사내를 보고 며칠이든지 묵으며 소녀의 그림 솜씨를 보여 달라고 했다.

그들 아비 딸은 달포 동안이나 머물러 있으며 그림도 그리고 자기네의 지난 이야기도 자세히 하소연했다고 한다.

할아버지께서는 그들이 떠나는 날에, 이 불행한 아비 딸을 위하여 값진 비단과 충분한 노자를 아끼지 않았으나, 나귀 위에 앉은 가련한 소녀의 얼굴에는 올 때나 조금도 다름없는 처절한 슬픔이 서려 있었을 뿐이라고 한다.

······소녀가 남기고 간 그림─이것을 할아버지께서는 '무녀도'라 불렀지만─과 함께 내가 할아버지로부터 전해 들은 이야기는 다음과 같다.

　　　　경주읍에서 성 밖으로 오 리쯤 나가서 조그만 마을
이 있었다. 여민 ^{나라가 망한 뒤에 남은 백성.} 촌 혹은 잡성촌이라 불리어지는 마을이었다.

　이 마을 한구석에 모화毛火라는 무당이 살고 있었다. 모화서 들어온 사람
이라 하여 모화라 부르는 것이었다. 그러나 그녀가 살고 있는 집은 마을의 여
염집과도 딴판이었다. 그것은 한 머리 찌그러져 가는 묵은 기와집으로, 지붕
위에는 기와 버섯이 퍼렇게 뻗어 올라 역한 흙 냄새를 풍기고, 집 주위는 앙상
한 돌담이 군데군데 헐린 채 옛 성처럼 꼬불꼬불 에워싸고 있었다. 이 돌담이
에워싼 안의 공지같이 넓은 마당에는 수채가 막힌 채, 빗물이 괴는 대로 일 년
내 시퍼런 물이끼가 뒤덮여 늘쟁이, 명아주, 강아지풀, 그리고 이름도 모를 여
러 가지 잡풀들이 사람의 키도 묻힐 만큼 거멓게 엉키어 있었다. 그 아래로 뱀
같이 길게 늘어진 지렁이와 두꺼비같이 늙은 개구리들이 구물거리고 움칠거
리며 항시 밤이 들기만 기다릴 뿐으로, 이미 수십 년 혹은 수백 년 전에 벌써
사람의 자취와는 인연이 끊어진 도깨비굴 같기만 했다.

　이 도깨비굴같이 낡고 헐린 집 속에 무녀 모화와 그 딸 낭이는 살고 있었
다. 낭이의 아버지 되는 사람은 경주읍에서 칠십 리 가량 떨어져 있는 동해변
어느 길목에서 해물 가게를 보고 있는데, 풍문에 의하면 그는 낭이를 세상에
없이 끔찍이 생각하는 터이므로 봄 가을철이면 분 잘 핀 다시마와, 조촐한 꼭
지미역 같은 것을 가지고 다녀가곤 한다는 것이었다. 나중 욱이昱伊가 돌연히
나타나지 않았다면, 이 도깨비 굴 속에 그녀들을 찾는 사람이라야, 모화에게

굿을 청하러 오는 사람들과 봄가을에 한 번씩 낭이를 찾아 주는 그녀의 아버지 정도로, 세상 사람들과는 별로 왕래도 없이 살아가는 쓸쓸한 어미·딸이었던 것이다.

간혹 원근 동네에서 모화에게 굿을 청하러 오는 사람이 있어도 아주 방문 앞까지 들어서며,

"여보게, 모화네 있는가?"

"여보게, 모화네!"

하고 두세 번 부르도록 대답이 없다가, 아주 사람이 없는 모양이라고 툇마루에 손을 짚고 방문을 열려고 하면, 그때서야 안에서 방문을 먼저 열고 말없이 내다보는 계집애 하나―그녀의 이름이 낭이였다. 그럴 때마다 낭이는 대개 혼자서 그림을 그리고 있다가 놀라 붓을 던지며 얼굴이 파랗게 질린 채 와들와들 떨곤 하는 것이었다.

이와 같이 모화는 어느 하루를 집구석에서 살림이라고 살고 있는 날이 없었다. 날이 새기가 무섭게 성 안으로 들어가면 언제나 해가 서쪽 산마루에 걸릴 무렵에야 돌아오곤 했다. 술이 얼근해서 수건엔 복숭아를 싸 들고 춤을 추며,

따님아, 따님아, 김씨 따님아

수국 꽃님 낭이 따님아

용궁이라 들어가니

열두 대문이 다 잠겼다

문 열으소, 문 열으소

열두 대문 열어 주소.

청승 가락을 뽑으며 동구로 들어오는 것이었다.

"모화네, 오늘도 한잔했구나?"

마을 사람들이 인사를 하면, 모화는 수줍은 듯이 어깨를 비틀며,

"예에, 장에 갔다가요."

하고 공손스레 절을 하곤 하였다.

모화는 굿을 할 때 이외에는 대개 주막에 가 있었다.

그만큼 모화는 술을 즐기었고 낭이는 또한 복숭아를 좋아하여 어미가 술이
취해 돌아올 때마다 여름 한철은 언제나 그녀의 손에 복숭아가 들려 있었다.

"따님 따님 우리 따님."

모화는 집 안에 들어서면서도 이렇게 가락을 붙여 낭이를 불렀다.

낭이는 어릴 때 나들이에서 돌아오는 어미의 품에 뛰어들어 젖을 빨듯, 어
미의 수건에 싸인 복숭아를 받아 먹는 것이었다.

모화의 말을 들으면 낭이는 수국 꽃님의 화신化身으로, 그녀(모화)가 꿈에
용신龍神님을 만나 복숭아 하나를 얻어먹고 꿈꾼 지 이레 만에 낭이를 낳은
것이라 했다. 그녀의 말에 의하면 수국 용신님은 따님이 열두 형제였다. 첫째
는 달님이요, 둘째는 물님이요, 셋째는 구름님이요…… 이렇게 열두째는 꽃
님이었는데, 산신님의 열두 아드님과 혼인을 시키게 되어 달님은 햇님에게,
물님은 나무님에게, 구름님은 바람님에게 각각 차례대로 배혼을 정해 나가려
니까 막내따님인 꽃님은 본시 연애를 좋아하시는 성미라, 자기 차례가 돌아오

기를 미처 기다릴 수 없어 열한째 형인 열매님의 낭군님이 되실 새님을 가로 채어 버렸더니, 배필을 잃은 열매님과 나비님은 슬피 울며, 제각기 용신님과 산신님께 호소한 결과, 용신님이 먼저 크게 노하사 벌을 내려 꽃님의 귀를 먹게 하시고 수국을 추방하시니, 꽃님에서 그만 복사꽃이 되어 봄마다 강가로 산기슭으로 붉게 피지만, 새님이 가지에 와 아무리 재잘거려도 지금까지 귀가 먹은 채 말없는 벙어리가 되어 있는 것이라 한다.

모화는 주막에서 술을 먹다 말고, 화랑이 ^{노래와 춤을 일삼던 광대 비슷한 무리.} 들과 어울려서 춤을 추다 말고, 별안간 미친 것처럼 일어나 달아나곤 했다. 물으면 집에서 '따님'이 자기를 부르노라고 했다. 그녀는 수국 용신님께서 낭이 따님을 잠깐 자기에게 맡겼으므로 자기는 그 동안 맡아 있는 것뿐이라 했다.

그러므로 자기가 만약 이 따님을 정성껏 섬기지 않으면 큰어머님 되시는 용신님의 노염을 살까 두렵노라 하였다.

낭이뿐 아니라, 모화는 보는 사람마다, 너는 나무 귀신의 화신이다, 너는 돌 귀신의 화신이다 하여, 걸핏하면 칠성에 가 빌라는 둥 용왕에 가 빌라는 둥 했다.

모화는 사람을 볼 때마다 늘 수줍은 듯 어깨를 비틀며 절을 했다. 어린애를 보고도 부들부들 떨며 두려워했다. 때로는 개나 돼지에게도 아양을 부렸다.

그녀의 눈에는 때때로 모든 것이 귀신으로만 비친다는 것이었다. 그것은 사람뿐 아니라 돼지, 고양이, 개구리, 지렁이, 고기, 나비, 감나무, 살구나무, 부지깽이, 항아리, 섬돌, 짚신, 대추나무 가지, 제비, 구름, 바람, 불, 밥, 연, 바가지, 다래끼, 솥, 숟가락, 호롱불……. 이러한 모든 것이 그녀와 서로 보고, 부르고, 말하고, 미워하고, 시기하고, 성내고 할 수 있는 이웃 사람같이 보여지곤 했다. 그리하여 그 모든 것을 '님'이라 불렀다.

3

욱이가 돌아온 뒤부터 도깨비굴 속에는 조금씩 사람 냄새가 나기 시작했다. 부엌에 들어서기를 그렇게 싫어하던 낭이도 욱이를 위하여는 가끔 밥을 짓는 것이었다. 그리고 밤이면 오직 컴컴한 어둠과 별빛만이 차 있던 이 허물어져 가는 기와집 처마 끝에도 희부연 종이 등불이 고요히 걸려지곤 했다.

욱이는 모화가 아직 모화 마을에 살 때, 귀신이 지피기 전, 어떤 남자와의 사이에 생긴 사생아였다. 그는 어릴 적부터 무척 총명하여 신동이란 소문까지 났으나 근본이 워낙 미천하여 마을에서는 순조롭게 공부를 시킬 수가 없어서, 그가 아홉 살 되었을 때 아는 사람의 주선으로 어느 절간에 보낸 뒤, 그 동안 한 십 년 간 까맣게 소식조차 묘연하다가 얼마 전 표연히 이 집에 나타난 것이었다. 낭이와는 말하자면 어미를 같이하는 오뉘 뻘이었다. 낭이가 대여섯 살 되었을 때, 그때만 해도 아직 병으로 귀가 먹기 전이라 '욱이, 욱이' 하고 몹시 그를 따르곤 했었다. 그러던 것이 욱이가 절간으로 떠난 지 얼마 되지 않아 낭이는 자리에 눕게 되어 꼭 삼 년 동안을 시름시름 앓고 나더니 그 길로 귀가 먹어 버렸던 것이다. 그러나 귀가 어느 정도로 먹은지는 아무도 아는 사람이

없었다. 한두 번 그의 어미를 향해 어눌하나마,

"우, 욱이 어디 가아서?"

이렇게 물은 적이 있었다.

"절에 공부하러 갔다."

"어어디, 절에?"

"지림사, 큰절에……."

그러나 이것은 거짓말이었다. 모화 자신도 사실인즉 욱이가 어느 절에 가 있는지 통 모르고 있었고, 다만 모른다고 하기가 싫어서 아무렇게나 머리에 떠오르는 대로 대답했을 뿐이었다.

모화는 장에서 돌아와 처음 욱이를 보았을 때 그 푸른 얼굴에 난데없는 공포의 빛이 서리며 곧 어디로 달아날 것같이 한참 동안 어깨를 뒤틀고 허둥거리다 말고 별안간 그 후리후리한 키에 긴 두 팔을 벌려 흡사 무슨 큰 새가 저희 새끼를 품듯 달려들어 욱이를 안았다.

"이게 누고, 이게 누고, 아이고…… 내 아들아, 내 아들아!"

모화는 갑자기 목을 놓고 울었다.

"내 아들아, 내 아들아! 늬가 왔나, 늬가 왔나?"

모화는 앞뒤도 살피지 않고 온 얼굴을 눈물로 적셨다.

"오마니, 오마니."

욱이도 어미의 한쪽 어깨에 왼쪽 볼을 대고 오래도록 울었다. 어미를 닮아 허리가 날씬하고 목이 가는 이 열아홉 살 난 청년은 그 동안 절간으로 어디로 외롭게 유랑해 다닌 사람 같지도 않게 품위가 있고 아름다운 얼굴이었다.

낭이도 그때야 이 청년이 욱이인 것을 진정으로 깨닫는 모양이었다. 처음 혼자 방에 있는데 어떤 낯선 청년이 와서 방문을 열기에, 너무도 놀라고 간이 뛰어 말―표정으로라도―한 마디도 못하고 방구석에 박혀 앉아 오들오들 떨고만 있었던 것이다. 이제 낭이는 그 어머니가 욱이를 얼싸안고,˙'내 아들아, 내 아들아' 하며 우는 것을 보고 어쩌면 저도 눈물이 날 것 같았다(낭이는 그 어머니에게도 이렇게 인정이 있다는 것을 보자 형언할 수 없는 즐거움을 깨달았다).

그러나 욱이는 며칠을 가지 않아 모화와 낭이에게 알 수 없는 이상한 수수께끼와 같은 존재가 되었다. 그는 음식을 받아 놓고나, 밤에 잠을 자려고 할 때나, 또 아침에 자리에서 일어나면 반드시 한참 동안씩 주문呪文 같은 것을 외우는 것이었다. 그러고는 틈틈이 품속에서 조그만 책 한 권을 꺼내어 읽곤 하는 것이었다. 낭이가 그것을 수상스레 보고 있으려니까 욱이는 그 아름다운 얼굴에 미소를 지으며,

"너도 이 책을 읽어라."

하고 그 조그만 책을 낭이 앞에 펴 보이곤 했다. 낭이는 지금까지 『심청전』이란 책을 여러 차례 두고 읽어서 국문쯤은 간신히 읽을 수 있었으므로 욱이가 내놓은 그 조그만 책을 들여다보니, 맨 처음 껍데기에 큰 글자로 『신약전서』란, 넉 자가 똑똑히 씌어져 있었다. 『신약전서』란 생전 처음 보는 이름이다. 낭이가 알 수 없다는 듯이 욱이를 바라보자, 욱이는 또 만면에 미소를 띠우며,

"너 사람을 누가 만들어 낸지 아니?"

하였다. 그러나 낭이에게는 이 말이 들리지도 않았을 뿐더러 욱이의 손짓과

얼굴 표정을 통해 대강 짐작할 수 있었다 하더라도 이건 지금까지 생각도 해보지 못한 어려운 말이었다.

"그럼 너 사람이 죽어서 어떻게 되는 줄은 아니?"

"이 책에는 그런 것들이 모두 씌어져 있다."

그리고는 손으로 몇 번이나 하늘을 가리켰다. 그리하여 낭이가 알아들은 말이라고는 겨우 한 마디 '하나님' 이었다.

"우리 사람을 만든 것은 하나님이다. 하나님은 우리 사람뿐 아니라 천지 만물을 다 만들어 내셨다. 우리가 죽어서 돌아가는 곳도 하나님 전이다."

이러한 욱이의 '하나님' 은 며칠 지나지 않아 곧 모화의 의혹과 반발을 불러일으켰다. 욱이가 온 지 사흘째 되던 날, 아침밥을 받아 놓고 그가 기도를 드리려니까, 모화는,

"너 불도에도 그런 법이 있나?"

이렇게 물었다. 모화는 욱이가 그 동안 절간에 가 있다 온 줄만 믿고 있으므로 그가 하는 짓은 모두 불도佛道에 관한 일인 줄로만 생각하는 모양이었다.

"아니오, 오마니, 난 불도가 아닙네다."

"불도가 아니고 그럼 무슨 도가 있어?"

"오마니, 난 절간에서 불도가 보기 싫어 달아났댔쇠다."

"불도가 보기 싫다니, 불도야 큰 도지……. 그럼 넌 뭐 신선도야?"

"아니오, 오마니, 난 예수도올시다."

"예수도?"

"북선 지방에서는 예수교라고 합데다. 새로 난 교지요."

"그럼 너 동학당이로구나!"

"아니오, 오마니, 나는 동학당이 아니네다. 나는 예수교올시다."

"그래, 예수도온가 하는 데서는 밥 먹을 때마다 눈을 감고 주문을 외우나?"

"오마니, 그건 주문이 아니외다, 하나님 전에 기도 드리는 것이외다."

"하나님 전에?"

모화는 눈을 둥그렇게 떴다.

"네, 하나님께서 우리 사람을 내셨으니깐요."

"야아, 너 잡귀가 들렸구나!"

모화의 얼굴빛은 순간 퍼렇게 질리었다. 그리고는 더 묻지 않았다.

다음날 모화가 그 마을에 객귀들린 사람이 있어 '물밥'^{무당이나 판수가 굿을 하거나 물릴 때에} 귀신에게 물에 말아 던지는 밥. 을 내주고 돌아오려니까, 욱이가,

"오마니, 어디 갔다 오시나요?"

하고 물었다.

"저 박 급창 댁에 객귀를 물려주고 온다."

욱이는 한참 동안 무엇을 생각하는 모양이더니,

"그럼 오마니가 물리면 귀신이 물러나갑데까."

한다.

"물러나갔기 사람이 살아났지."

모화는 별소리를 다 묻는다는 듯이 대답했다. 그는 지금까지 이 경주 고을 일원을 중심으로 수백 번의 푸닥거리와 굿을 하고, 수백 수천 명의 병을 고쳐왔지만 아직 한 번도 자기의 하는 굿이나 푸닥거리에 '신령님'의 감응을 의심

한다든가 걱정해 본 적은 없었다. 더구나 누구의 객귀에 물밥을 내주는 것쯤
은 목마른 사람에게 물 한 그릇을 떠 주는 것만큼이나 당연하고 손쉬운 일로
만 여겨 왔다. 모화 자신만이 그렇게 생각할 뿐 아니라, 굿을 청하는 사람, 객
귀가 들린 사람 쪽에서도 그와 같이 믿고 있는 형편이었다. 그들은 무슨 병이
나면 먼저 의원에게 보이려는 생각보다 으레 모화에게 찾아갈 것으로 생각하
는 것이었다. 그들의 생각에는 모화의 푸닥거리나 푸념이 의원의 침이나 약보
다 훨씬 반응 빠르고 효험이 확실하고 부담이 적었던 것이다.

　……한참 동안 고개를 수그리고 무엇을 생각하고 있던 욱이는 고개를 들
어 그 어미의 얼굴을 똑바로 바라보며,

　"오마니, 그런 것은 하나님께 죄가 됩네다. 오마니, 이것 보시오. 마태복음
제구장 삼십오절이올시다. 저희가 나갈 때에 사귀 들려 벙어리 된 자를 예수
께 다려오매, 사귀가 쫓겨나니 벙어리가 말하거늘……."

　그러나 이때 벌써 모화는 자리에서 일어나, 방구석에 언제나 차려 놓은 '신
주상' 앞에 가서,

　신령님네, 신령님네, 동서남북 상하천지

　날 것은 날하고 길 것은 기허가고

　머리 검하 초로 인생 실낱 같안 이 목숨이

　신령님네 품이길래 품속에 품았길래

　대로같이 가옵내다. 대로같이 가옵내다

　부정한 손 물리치고, 조촐한 손 받으실새

터주님이 터 주시고 조왕님이 요 주시고,

성주님이 복 주시고 칠성님이 명 주시고

미륵님이 돌보셔서 실낱 같안 이 목숨이,

대로같이 가옵내다,

탄탄대로같이 가옵내다.

모화의 두 눈은 보석같이 빛나며, 강렬한 발작과도 같이 전신을 떨고 두 손을 비벼댔다. 푸념이 끝나자 신주상 위의 냉수 그릇을 들어 물을 머금더니 욱이의 낯과 온몸에 확 뿜으며,

엇쇠, 귀신아, 물러서라

여기는 영주 비루봉 상상봉헤

깎아질린 돌 베랑헤, 쉰길 청수헤

너희 올 곳이 아니니라

바른손헤 칼을 들고 왼손헤 불을 들고,

엇쇠, 잡귀신아, 썩 물러서라, 툇 툇!

이렇게 외쳤다.

욱이는 처음 어리둥절해서 모화의 푸념하는 양을 바라보고 있다가, 이윽고 고개를 수그려 잠깐 기도를 올리고 나서 일어나 잠자코 밖으로 나가 버렸다.

모화는 욱이가 나간 뒤에도 한참 동안 푸념을 계속하며, 방구석마다 물을

뽑고 주문을 외웠다.

4

　　욱이는 그 길로 이 지방의 예수교인들을 찾아보기로
했다. 그날 곧 돌아올 줄 알았던 욱이는 해가 지고 밤이 깊어도 돌아오지 않았
다. 모화와 낭이, 어미 · 딸은 방구석에 음울하게 웅크리고 앉아 욱이가 돌아
오기만 기다리는 것이었다.

"예수 귀신 책 거 없나?"

모화는 얼마 뒤에 낭이더러 이렇게 물었다. 낭이는 고개를 저었다. 그러자
갑자기 낭이도 욱이의 그 『신약전서』란 책을 제가 맡아 두지 않았음을 후회했
다. 모화는 욱이의 『신약전서』를 '예수 귀신 책'이라 불렀다. 모화는 분명히
욱이가 무슨 몹쓸 잡귀에 들린 것으로만 간주하는 모양이었다. 그것은 마치
욱이가 모화와 낭이를 으레 사귀 들린 여인들로 생각하는 것과도 같았다. 그
는 모화뿐만 아니라 낭이까지도 어미의 사귀가 들어가서 벙어리가 된 것이라
고 믿는 모양이었다.

'예수 당시에도 사귀 들려 벙어리 된 자를 예수께서 몇 번이나 고쳐 주시지
않았나.'

욱이는 이렇게 생각하는 것이었다. 그리고 그는 자기의 힘으로 자기가 하
나님께 열심으로 기도를 드림으로써 그 어미와 누이동생의 병을 고쳐야 한다

고 마음속으로 굳게 결심하는 것이었다.

"예수께서 무리들이 달려와서 모이는 것을 보시고 그 더러운 귀신을 꾸짖어 가라사대 벙어리와 귀머거리 귀신아, 내가 네게 명하노니, 그 아이에게서 나오고 다시 들어가지 마라, 하시니 사귀가 소리지르며 아이를 심히 오그라뜨리고 나가니 그 아이가 죽은 것같이 되매 여러 사람이 말하기를 죽었다, 하거늘 오직 예수 그 손을 잡아 일으키시니 드디어 일어서더라. 집에 들어가시매 제자들이 조용히 묻자와 가라사대 우리는 어찌하여 능히 그 귀신을 쫓아내지 못하였나이까, 예수 가라사대 기도 아니하여서는 이런 따위를 나가게 할 수 없나니라(마가복음 제9장 제25절~제29절).

그리하여 욱이는 자기도 하나님께 기도만 간절히 드리면 그 어미와 누이동생에게 들어 있는 사귀도 내어쫓을 수 있으리라 믿었다. 일방 그는 그가 지금까지 배우고 있던 평양 현 목사와 이 장로에게도 편지를 띄웠다.

목사님 저는 하나님의 은혜로 무사히 오마니를 찾아왔삽네다. 그러하오나 이 지방에는 아직 우리 주님의 복음이 전파되지 않아서 사귀 들린 자와 우상 섬기는 자가 매우 많은 것을 볼 때 하루바삐 주님의 복음을 이 지방에 전파하도록 교회를 지어야 하겠삽네다. 목사님께 말씀드리기는 매우 부끄러운 일이나 저의 오마니는 무당 사귀가 들려 있고, 저의 누이동생은 귀머거리와 벙어리 귀신이 들려 있삽네다. 저는 마가복음 제구장 제이십구절에 있는 우리 주님 예수 그리스도의 말씀대로 이 사귀들을 내어쫓기 위하여 열심으로 기도를 드립니다마는 교회가 없으므로 기도 드릴 장소가 매우 힘드옵네다. 하루바삐 이 지방에 교회 되기를 하나님께 기도 올려 주소서.

이 현 목사는 미국 선교사로서 욱이가 지금까지 먹고 입고 공부하게 된 것이 모두 전혀 그의 도움이었다. 욱이는 열다섯 살까지 절간에서 중의 상좌 노릇을 하고 있다가, 그 해 여름에 혼자서 서울 구경을 간다고 나선 것이, 이리저리 유랑하여 열여섯 되던 해 가을엔 평양까지 가게 되었고, 거기서 그 해 겨울 이 장로의 소개로 현 목사의 도움을 받게 되었던 것이었다.

이번에 욱이가 평양서 어머니를 보러 간다고 하니까 현 목사는 욱이를 불러 놓고 이렇게 말했다.

"지금부터 삼 년 안에 이 사람 고국 갈 것이오. 그때 만일 욱이가 함께 가길 원하면 이 사람 같이 미국 가게 될 것이오."

"목사님 고맙습니다. 저는 목사님 따라 미국 가기가 소원입니다."

"그러면 속히 모친 만나 보고 오시오."

그러나 욱이가 어머니 집이라고 찾아온 곳은 지금까지 그가 살고 있던 현 목사나 이 장로의 집보다 너무나 딴 세상이었다. 그 명랑한 찬송가 소리와 풍금 소리와 성경 읽는 소리와 모여 앉아 기도를 올리고 빛난 음식을 향해 즐겁게 웃음 웃는 얼굴들 대신에 군데군데 헐어져 가는 쓸쓸한 돌담과 기와버섯이 퍼렇게 뻗어 오른 묵은 기와집과 엉킨 잡초 속에 꾸물거리는 개구리, 지렁이들과 그 속에서 무당 귀신과 귀머거리 귀신이 각각 들린 어미 · 딸 두 여인을 보았을 때, 그는 흡사 자기 자신이 무서운 도깨비굴에 홀려 든 것이나 아닌가 하고 새삼 의심이 들 지경이었다.

욱이가 이 지방 예수교인들을 두루 만나 보고 집으로 돌아온 뒤로부터 야릇하게 변해진 것은 낭이의 태도였다. 그 호리호리한 몸매와 종잇장같이 희고 매끄러운 얼굴에 빛나는 굵은 두 눈으로 온종일 말 한마디 웃음 한번 웃는 일 없이 방구석에 틀어박혀 앉은 채 욱이의 하는 양만 바라보고 있다가, 밤이 되어 처마 끝에 희부연 종이 등불이 걸리고 하면, 피에 주린 모기들이 미친 듯이 떼를 지어 울고 날아드는 마당 구석에서 낭이는 그 얼음같이 싸늘한 손과 입술로 욱이의 목덜미나 가슴팍으로 뛰어들곤 했다. 욱이는 문득문득 목덜미로 가슴팍으로 낭이의 차디찬 손과 입술을 느낄 적마다 깜짝깜짝 놀라곤 하였으나, 그녀가 까무러칠 듯이 사지를 떨며 다시 뛰어들 제면 그도 당황히 낭이의 손을 쥐어 주며, 그 희부연 종이 등불이 걸려 있는 처마 밑으로 이끌곤 했다.

낭이의 태도가 미묘해진 뒤부터 욱이의 얼굴빛은 날로 창백해 갔다. 그렇게 한 보름 지난 뒤 그는 또 한 번 표연히 집을 나가고 말았다.

모화는 욱이가 집을 나간 지 이틀째 되던 날 밤, 문득 자리에서 일어나 앉으며 긴 한숨을 내쉬었다. 그리고 곁에 누워 있는 낭이를 흔들어 깨우더니 듣기에도 음울한 목소리로,

"욱이가 언제 온다더누?"

물었다. 낭이가 잠자코 있으려니까,

"왜 욱이 저녁밥상은 보아 두라고 했는데 없노?"

하고 낭이더러 화를 내었다. 모화는 날이 갈수록 점점 더 초조한 빛으로 밤중마다 부엌에다 들기름 불을 켜고 부뚜막 위에 욱이의 밥상을 차려 놓고는 치성을 드리는 것이었다.

성주는 우리 성주, 칠성은 우리 칠성, 조왕은 우리 조왕

비나이다 비나이다 신주님께 비나이다

하늘에는 별, 바다에는 진주

금은 같안 이내 장손, 관옥 같안 이내 방성 ^{28수宿의 넷째별로서 마신馬神을 맡았다고 하는 별.}

삼신혜 수를 빌하 칠성혜 명을 빌하

성주혜 복을 빌하 용신혜 덕을 빌하

조왕님 전 요오를 타고 터주님 전 재주 타니

하늘에는 별, 바다에는 진주

삼신 조왕 마다하고 아니 오지 못하리라

예수 귀신하, 서역 십만 리 굶주린 불귀신하

탄다 훨훨 불이 탄다 불귀신이 훨훨 탄다

타고 나니 우리 방성 관옥같이 앉았다가

삼신 찾아오는구나, 조왕 찾아오는구나.

모화는 혼자서 손을 비비고 절을 하고 일어나 춤을 추고 갖은 교태를 다 부리며 완연히 미친 것같이 날뛰었다. 낭이는 방에서 부엌으로 난 봉창 구멍에 눈을 대고 숨소리를 죽인 채 오랫동안 어미의 날뛰는 양을 지켜보고 있다가 별안간 몸에 오한이 들며 아래턱이 달달달 떨리기 시작하였다. 그녀는 미친 것처럼 뛰어 일어나며 저고리를 벗었다. 치마를 벗었다. 그리하여 어미는 부엌에서, 딸은 방안에서 한장단 한가락에 놀듯 어우러져 춤을 추었다. 그러한 어느 새벽 낭이는 (정신을 차리고 보니) 발가벗은 알몸뚱이로 방바닥에 쓰러

져 있는 그녀 자신을 발견한 일도 있었다.

두 번째 집을 나갔던 욱이는 다시 얼굴에 미소를 지으며 그녀들 어미·딸 앞에 나타났다.

모화는 그때 마침 굿 나갈 때 신을 새 신발을 신어 보고 있었는데 욱이가 오는 것을 보자 그 후리후리한 허리에 긴 팔을 벌려, 흡사 큰 새가 알을 품듯 그의 상반신을 얼싸안고 울기 시작했다. 이번엔 아무런 푸념도 없이 오랫동안 욱이의 목을 안은 채 잠자코 울기만 하는 것이었다. 언제나 퍼런 그 얼굴에도 이때만은 붉은 기운이 돌며, 그 의젓한 몸짓도 귀신 들린 사람 같지 않았다.

"오마니, 나 방에 들어가 좀 쉬겠쇠다."

욱이는 어미의 포옹을 끄르고 일어나 방에 들어가 누웠다.

모화는 웬일인지 욱이가 방에 들어간 뒤에도 오랫동안 툇마루에 걸터앉은 채 고개를 떨어뜨리고 무엇을 골똘히 생각하고 있는 꼴이었다. 긴 한숨과 함께 얼굴을 든 그녀는 무슨 생각으론지 도로 방으로 들어가더니 낭이의 그림을 이것저것 뒤져 보는 것이었다.

그날 밤이었다.

밤중이나 되어 욱이가 잠결에 문득 그의 품속에 언제나 품고 있는 성경책을 더듬어 보았을 때 품속이 허전함을 느꼈다. 그와 동시 웅얼웅얼하며 주문 呪文을 외우는 소리도 들려왔다. 자리에서 일어나 보았으나 품속에서 성경을 찾을 수는 없었다. 그리고 낭이와 욱이 사이에 누워 있을 그의 어머니는 보이지 않았다. 그는 어떤 불길하고 무서운 예감에 몸이 부르르 떨리었다. 바로 그때였다. 그의 귀에는 땅 속에서 귀신이 우는 듯한 웅얼웅얼하는, 주문을 외우는 듯한 소리가 좀더 또렷이 들려왔다. 순간 그는 거의 무의식적으로 방에서 부엌으로 난 봉창 구멍에 눈을 갖다 대었다.

서역 십만 리 굶주리던 불귀신하

한쪽 손에 불을 들고, 한쪽 손에 칼을 들고

이리 가니 산신님이 예 기신다

저리 가니 용신님이 제 기신다

칠성이라 돌아가니 칠성님이 예 기신다

구름 속에 쌔여 간다. 바람결에 묻혀 간다

구름님이 예 기신다, 바람님이 제 기신다

용궁이라 당도하니 열두 대문 잠겨 있다

첫째 대문 두드리니 사천왕님 뛰어나와

종발눈 부릅뜨고, 주석 철퇴 높이 든다

둘째 대문 두드리니 불개 두 쌍 뛰어나와

불꽃은 수놈이 낼룽, 불씨는 암놈이 낼룽

셋째 대문 두드리니 물개 두 쌍 뛰어나와

수놈이 멍멍 불꽃이 죽고

암놈이 멩멩 불씨가 죽고…….

모화는 소복 단장에 쾌자까지 두르고 온갖 몸짓, 갖은 교태를 다 부려 가며 손을 비비다, 절을 하다, 덩싯거리며 춤을 추다 하고 있다. 부뚜막 위에는 깨끗한 접시불(들기름의)이 켜져 있고, 그 아래 차려진 소반 위에는 냉수 한 그 룻과 흰 소금 한 접시가 놓여 있을 따름이다. 그리고 그 곁에는 지금 막 그 마 지막 불꽃이 나불거리고 난 새빨간 불에서 파란 연기 한 오리가 오르는『신약 전서』의 두꺼운 표지는 한 머리 이미 파리한 재가 되어 가고 있었다.

모화는 무엇에 도전이나 하는 것처럼 입가에 야릇한 냉소까지 띄우며, 소 반에 얹힌 접시의 소금을 집어 인제 연기마저 사라진 새까만 재 위에 뿌렸다.

서역 십만 리 예수 귀신 돌아간다

당산에 가 노자 얻고 관묘에 가 신발 신고

두 귀에 방울 달고 방울 소리 발맞추어

재 넘고 개 건너 잘도 간다

인제 가면 언제 볼꼬, 발이 아파 못 오겠다

춘삼월에 다시 오랴, 배가 고파 못 오겠다…….

모화의 음성은 마주魔酒 ^{사람의 정신을 흐리게 하는 술.} 같은 향기를 풍기며 온 피부에 스 며들었다. 그 보석 같은 두 눈의 교태와 쾌잣자락과 함께 나부끼는 손짓은 이 제 차마 더 엿볼 수 없게 욱이의 심장을 쥐어짜는 것이었다. 욱이는 가위눌린 사람처럼 간신히 긴 숨을 내쉬며 뛰어 일어났다. 다음 순간, 자기 자신도 모르 게 방문을 뛰어나온 그는, 부엌문을 박차고 들어가 소반 위에 차려 놓은 냉수 그릇을 집어 들려 하였다. 그러나 그가 냉수 그릇을 집어 들기 전에 모화의 손 에는 식칼이 번득이고 있었고, 모화는 욱이와 물 그릇 사이에 식칼을 두르며 조용히 춤을 추는 것이었다.

  엇쇠, 귀신아 물러서라

  너 이제 보아하니 서역 십만 리 굶주리던 잡귀신하

  여기는 영주 비루봉 상상봉혜

  깎아질린 돌 벼랑혜, 쉰길 청수혜, 엄나무 발혜

  너희 올 곳이 아니다

  바른손혜 칼을 들고 왼손혜 불을 들고

  엇쇠, 서역 잡귀신하, 썩 물러가라.

이때, 모화는 분명히 식칼로 욱이의 면상을 겨누어 치려 하였다. 순간, 욱이는 모화의 칼날을 왼쪽 귓전에 느끼며 그의 겨드랑이 밑을 돌아 소반 위에 차려 놓은 냉수 그릇을 들어 모화의 낯에다 그릇째 끼었었다. 이 서슬에 접시의 불이 기울어져 봉창에 붙었다. 욱이는 봉창에서 방 안으로 붙어 들어가는 불길을 잡으려고 부뚜막 위로 뛰어올랐다. 그러자 물그릇을 뒤집어쓰고 분노에 타는 모화는 욱이의 뒤를 쫓아 칼을 두르며 부뚜막 위로 뛰어올랐다. 봉창에서 방안으로 붙어 들어가는 불길을 덮쳐 끄는 순간, 뒷등허리가 찌르르하여 획 몸을 돌이키려 할 때 이미 피투성이가 된 그의 몸은 허옇게 이를 악물고 웃음 웃는 모화의 품속에 안겨져 있었다.

　　욱이의 몸은 머리와 목덜미와 등허리에 세 군데 상처를 입고 있었다. 그러나 욱이의 병은 이 세 군데 맞은 상처만이 아니었다. 그는 날이 갈수록 갈비뼈가 앙상하게 드러나고 두 눈자위가 패어 들기 시작했다.

　모화는 욱이의 병 간호에 남은 힘을 다하여 그가 원하는 것이 있으면 낮과 밤을 헤아리지 않고 뛰어갔다. 가끔 욱이를 일으켜 앉히어서 자기의 품에 안아도 주었다. 물론 약도 쓰고 굿도 하고 주문도 외웠다. 그러나 욱이의 병은 낫지 않았다.

　모화도 욱이의 병 간호에 열중한 뒤부터 굿에는 그만큼 신명이 풀린 듯하였다. 누가 굿을 청하러 와도 아들의 병을 핑계로 대개 거절을 했다. 그러자 모화의 굿이나 푸닥거리의 영검이 이전과 같이 신령치 않다고들 하는 사람이 하나 둘씩 생기기도 했다.

　이러할 즈음 이 고을에도 조그만 교회당이 서고 전도사가 들어왔다. 그리하여 그것은 바람에 불처럼 온 고을에 뻗쳤다. 읍내의 교회에서는 마을마다 전도대를 내보냈다. 그리하여 이 모화의 마을에까지 '복음'이 전파되었다.

　"여러 부모 형제 자매 우리 서로 보게 된 것 하나님 앞에 감사드릴 것이오. 하나님, 우리 만들었소. 매우 사랑했소. 우리 모두 죄인올시다. 우리 마음속 매우 흉악한 것뿐이오. 그러나 예수 우리 위해 십자가에 못 박혔소. 그러므로 예수 그리스도 믿음으로 우리 구원받을 것이오. 우리 매우 반가운 맘으로 찬송할 것이오. 하나님 앞에 기도 드릴 것이오."

두 눈이 파랗고 콧대가 칼날 같은 미국 선교사를 보는 것은 '원숭이 구경' 보다도 더 재미나다고들 하였다.

"돈은 한푼도 안 받는다. 가자."

마을 사람들을 떼를 지어 모여들었다.

이 마을 방 영감네 이종 사촌 손주사위요, 선교사와 함께 온 양 조사楊助事 부인은 집집마다 심방하여 가로되,

"무당과 판수 _{점치는 것을 업으로 삼는 소경.} 를 믿는 것은 거룩거룩하시고 절대적 하나밖에 없는 우리 하나님 아버지께 죄가 됩니다. 무당이 무슨 능력이 있습니까. 보십시오, 무당은 썩어빠진 고목나무나, 듣도 보도 못하는 돌미륵한테도 빌고 절을 하지 않습니까. 판수가 무슨 능력이 있습니까. 보십시오, 제 앞도 못 보아 지팽이로 더듬거리는 그가 어떻게 눈 밝은 사람을 구원할 수 있겠습니까. 우리 인생을 만든 것은 절대적 하나밖에 없는 하나님 아버지올시다. 그러므로 아버지께서 말씀하셨습니다. 내 앞에 다른 신을 두지 말라……."

이리하여 '하나님 아버지'의 외아들 예수 그리스도가 온갖 사귀 들린 사람, 문둥병 든 사람, 앉은뱅이, 벙어리, 귀머거리를 고친 이야기와 십자가에 못 박혀 죽은 지 사흘 만에 다시 살아나 승천했다는 이야기가 한정 없이 쏟아져 나왔다.

모화는 픽 웃곤 했다.

"그까짓 잡귀신들."

했다. 그러나 그들의 비방과 저주는 뼛골에 사무치는 듯 그녀는 징을 울리고 꽹과리를 치며 외쳤다.

엇쇠 귀신아 물러서라

당대 고축년에 얻어먹던 잡귀신아

늬 어이 모화를 모르느냐

아니 가고 봐 하면 쉰길 청수혜

엄나무 발혜, 무쇠 가마혜, 백말 가죽혜

늬 자자손손을 가두어 못 얻어먹게 하고

다시는 세상 밖을 내주지 아니하여

햇빛도 못 보게 할란다.

엇쇠, 귀신아 썩 물러가거라.

서역 십만 리로 꽁무니에 불을 달고,

두 귀에 방울 달고 왈강달강 왈강달강,

벼락같이 떠나거라.

　그러나 '예수 귀신' 들은 결코 물러가지 않았을 뿐 아니라 점점 늘어만 갔다. 게다가 옛날 모화에게 굿과 푸닥거리를 빌러 다니던 사람들까지 예수 귀신이 들기 시작하였다.

　이러는 중에 서울서 또 부흥 목사가 내려왔다. 그는 기도를 드려서 병을 고치는 능력이 있다 하여 온 고을 사람들이 모여들기 시작하였다. 그가 병자의 머리 위에 손을 얹고,

　"이 죄인은 저의 죄로 말미암아 심히 괴로워하고 있사옵니다."

하고 기도를 올리면, 여자들의 월수병 대하증쯤은 대개 '죄 씻음' 을 받을 수

있었고, 그 밖에도 소경이 눈을 뜨고, 앉은뱅이가 걷고, 귀머거리가 듣고, 벙어리가 말하고, 반신불수와 지랄병까지 저희 믿음 여하에 따라 모두 '죄 씻음'을 받을 수 있다는 것이었다. 여자들의 은가락지, 금반지가 나날이 수를 다투어 강단 위에 내걸리게 된다. 기부금이 쏟아진다. 이리 되면 모화의 굿 구경에 견줄 나위가 아니라고 하였다.

"양국놈들이 요술단을 꾸며 왔어."

모화는 픽 웃고, 이렇게 말했다. 굿과 푸념으로 사람 속에든 사귀 잡귀신을 쫓는 것은 지금까지 신령님께서 자기에게만 허락하신 자기의 특수한 권능이었다. 그리고 그의 신령님은 오늘날 예수꾼들이 그렇게도 미워하고 시기하는 고목이기도 했고, 돌이기도 했고, 산이기도 했고, 물이기도 했다.

"무당과 판수를 믿는 것은 절대적 한 분밖에 안 계시는 거룩거룩하신 하나님 아버지께 죄가 됩니다."

'예수 귀신' 들이 나팔을 불고 북을 치며 비방을 하면, 모화는 혼자서 징을 울리고 꽹과리를 치며,

"꽁무니에 불을 달고, 두 귀에 방울 달고, 왈강달강 왈강달강, 서역 십만 리로, 물러서라 잡귀신아."

이렇게 응수하곤 했다.

욱이의 병은 그 해 가을을 지나 겨울철에 접어들면서부터 드러나게 악화되어 갔다. 모화가 가끔 간장이 녹듯 떨리는 음성으로,

"이것아 이것아, 늬가 이게 웬일이고? 머나먼 길에 에미라고 찾아와서 늬가 이게 무슨 꼴이고?"

손을 잡고 눈물을 흘리면,

"오마니, 너무 걱정하지 마시오. 나는 죽어서 우리 아버지께로 갈 것이오."

욱이는 조용히 이렇게 말했다. 그리고 무어 생각나는 게 없느냐고 물으면 그는 조용히 고개를 돌렸다. 그러나 그의 어미가 밖에 나가고 낭이가 혼자 있을 때엔 이따금 낭이의 손을 잡고,

"나 성경 한 권만 가졌으면……."

하는 것이었다.

이듬해 봄 그가 세상을 떠나기 사흘 전에 그가 그렇게도 그리워하고 기다리던 현 목사가 평양에서 찾아왔다. 현 목사는 방 영감네 이종 사촌 손주사위인 양 조사의 인도로 뜰 안에 들어서자 그 황폐한 광경과 역한 흙 냄새에 미간을 찌푸리며,

"이런 가운데서 욱이가 살고 있소?"

양 조사에게 이렇게 물었다.

욱이는 현 목사가 들어오는 것을 보자 두 눈에 광채를 띠며,

"목사님, 목사님."

이렇게 두 번 불렀다.

현 목사는 잠자코 욱이의 여윈 손을 쥐었다. 별안간 그의 온 얼굴은 물든 것처럼 붉어지며 무수한 주름살이 미간과 눈꼬리에 잡혔다. 그는 솟아오르는 감정을 누르려는 듯이 한참 동안 눈을 감고 있었다.

양 조사는 긴장된 침묵을 깨뜨리려는 듯이 입을 열었다.

"경주에 교회가 이렇게 속히 서게 된 것은 이분의 공로올시다."

그리하여 그의 말을 들으면 욱이는 평양 현 목사에게 진정을 했고, 현 목사께서는 욱이의 편지에 의하여 대구 노회에 간청을 했고, 일방, 경주 교인들은 욱이의 힘으로 서로 합심하여 대구 노회와 연락한 결과 의외로 속히 교회 공사가 진척되었던 것이라 하였다.

현 목사가 의사와 함께 다시 오기를 약속하고 일어나려 할 때 욱이는,

"목사님, 나 성경 한 권만 사주시오."

했다.

"그럼 그 동안 우선 이것을 가지시오."

현 목사는 손가방 속에서 자기의 성경책을 내주었다. 성경책을 받아 쥔 욱이는 그것을 가슴에 안고 눈을 감았다. 그의 감은 눈에서는 이슬방울이 맺히었다.

　　　　모화 집 마당에는 예년과 다름없이 잡풀이 엉키고 늙은 개구리와 지렁이 들이 그 속에 웅크리고 있었다. 그녀는 그 동안 거의 굿을 나가지 않고, 매일, 그 찌그러져 가는 묵은 기와집 잡초 속에서 혼자서 징 꽹과리만 울리고 있었다. 사람들은 모화가 인제 아주 미친 것이라 하였다. 모화는 부엌에다 오색 헝겊을 걸고, 낭이의 그림으로 기를 만들어 달고는 사뭇 먹기조차 잊어버린 채 입술은 먹같이 검어지고, 두 눈엔 날로 이상한 광채가 짙어 갔다.

서역 십만 리 예수 귀신 돌아간다
꽁무니에 불을 달고, 두 귀에 방울 달고, 왈강달강 왈강달강
엇쇠, 귀신아 썩 물러가거라
늬 아니 가고 봐 하면, 쉰길 청수혜, 엄나무 바알혜, 무쇠 가마혜
흰말 가죽혜, 늬 자자손손을 다 가두어 죽일란다
엇쇠! 귀신아!

　　　　그녀는 날마다 같은 푸넘으로 징 꽹과리를 울렸다. 혹 술잔이나 가지고 이웃 사람이 찾아가,
　　　　"모화네, 아들 죽고 섭섭해서 어쩌나?"
하면 그녀는 다만,

"우리 아들은 예수 귀신이 잡아갔소."

하고, 한숨을 내쉬곤 했다.

"아까운 모화 굿을 언제 또 볼꼬?"

사람들은 모화를 아주 실신한 사람으로 치고 이렇게 아까워하곤 했다. 이러할 즈음에 모화의 마지막 굿이 열린다는 소문이 났다. 읍내 어느 부잣집 며느리가 '예기소'에 몸을 던진 것이었다. 그래 모화는 비단 옷 두 벌을 받고 특별히 굿을 응낙했다는 말도 났다. 그리고 이와 동시에 모화가 이번 굿에서 딸(낭이)의 입을 열게 할 계획이라는 소문도 났다. '흥, 예수 귀신이 진짠가 신령님이 진짠가 두고 보지.' 이렇게 장담했다는 것이다. 사람들은 기대와 호기심에 들끓었다. 그들은 놀랍고 아쉬운 마음으로 산을 넘고 물을 건너 모여들었다.

굿이 열린 백사장 서북쪽으로 검푸른 숫물이 깊은 비밀과 원한을 품은 채 조용히 굽이돌아 흘러내리고 있었다(명주 꾸리 하나 들어간다는 이 깊은 소에는 해마다 사람이 하나씩 빠져 죽게 마련이라는 전설이었다).

백사장 위에는 수많은 엿장수, 떡장수, 술 가게, 밥 가게 들이 포장을 치고 혹은 거적을 두르고 득실거렸고, 그 한복판 큰 차일 속에서 굿은 벌어져 있었다. 청사, 홍사, 녹사, 백사, 황사의 오색사 초롱이 꽃송이같이 여기저기 차일 아래 달리고 그 초롱불 밑에서 떡시루, 탁주 동이, 돼지 통새미 들이 온 시루, 온 동이, 온 마리째 놓인 대감상, 무더기 쌀과 타래실과 곶감 꼬치, 두부를 놓은 제석상과 삼색 실과에 백설기와 소채 소탕에 자반, 유과 들을 차려 놓은 미륵상과 열두 가지 산채로 된 산신상과 열두 가지 해물을 차린 용신상과 음식이란 음식마다 한 접시씩 놓인 골목상과, 냉수 한 그릇만 놓인 모화상과 이밖에도 여러 가지 크고 작은 전물상들이 쭉 늘어놓아져 있었다.

이날 밤 모화의 얼굴에는 평소에 볼 수 없던 정숙하고 침착한 빛이 서려 있었다. 어제같이 아들을 잃고 또 새로 들어온 예수교도들로부터 가지각색 비방과 구박을 받아 오던 그녀로서는 의아스러우리만큼 새침하게 갈앉아 있어, 전날 달밤으로 산에 기도를 다닐 적의 얼굴을 연상케 했다. 그녀는 전날과 같이 여러 사람 앞에서 아양을 부리거나 수선을 떨지도 않았다. 그러나 그녀는 그 호화스러운 전물상들을 둘러보고도 만족한 빛 한 번 띠지 않고 도리어 비웃듯이 입을 비쭉거렸다.

"더러운 년들, 전물상^{무당이 굿할 때 전물을 차려 놓은 상.} 만 차리면 그만인가."

입 밖에 내어놓고 빈정거리기까지 하였다. 그러자 자리에서는 모화가 오늘 밤 새로운 귀신이 지핀다고들 수군거리기 시작했다. 그 가운데 한 여자가 돌연히,

"아, 죽은 김씨 혼신이 덮였군."

하자 다른 여자들도,

"바로 그 김씨가 들렸다. 저 청승맞도록 정숙하고 새침한 얼굴 좀 봐라. 그러고 모화네가 본디 어디 저렇게 이뻤나, 아주 김씨를 덮어썼구먼."

이렇게들 수군댔다. 이와 동시, 한쪽에서는 오늘 밤 굿으로 어쩌면 정말 낭이가 말을 하게 될 게라는 얘기도 퍼졌고, 또 한쪽에서는 낭이가 누구 아인지는 모르지만 배가 불러 있다는 풍설도 돌았다. 하여간 이 여러 가지 소문들이 오늘 밤 굿으로 해결이 날 것이라고 막연히 그녀들은 믿고 있는 것이었다.

모화는 김씨 부인이 처음 태어났을 때부터 물에 빠져 죽을 때까지의 사연

을 한참씩 넋두리하다가는 화랑이들의 장구 피리 해금에 맞추어 춤을 덩실거
렸다. 그녀의 음성은 언제보다도 더 구슬펐고 몸뚱이는 뼈도 살도 없는 율동
律動으로 화한 듯 너울거렸고…… 취한 양, 얼이 빠진 양 구경하는 여인들의
숨결은 모화의 쾌잣자락만 따라 오르내렸다. 모화의 쾌잣자락은 모화의 숨결
을 따라 나부끼는 듯했고, 모화의 숨결은 한 많은 김씨 부인의 혼령을 받아 청
승에 자지러진 채, 비밀을 품고 조용히 굽이돌아 흐르는 강물(예기소의)과 함
께 자리를 옮겨가는 하늘의 별들을 삼킨 듯했다.

밤중이나 되어서였다.

혼백이 건져지지 않는다는 것이었다. 화랑이들과 작은무당들이 몇 번이나
초망자招亡者 줄에 밥그릇을 달아 물 속에 던져도 밥그릇 속에 죽은 사람의
머리카락이 들어오지 않는 것으로 보아 김씨가 초혼 ①혼을 부름. ②사람이 죽었을 때, 그 사람이 생시
에 입던 저고리를 왼손에 들고 오른손은 허리에 대어 지붕에 올라서거나 마당에서 북쪽을 향해 '아무개 동네 아무개 복'이라고 세 번 부르는 일. 에
응하질 않는 모양이라 하였다.

작은무당 하나가 초조한 낯빛으로 모화의 귀에 입을 바짝 대며,

"여태 혼백을 못 건져서 어떡해?"
하였다.

모화는 조금도 서둘지 않고 오히려 당연하다는 듯이 손수 넋대를 잡고 물
가로 나섰다. 초망자 줄을 잡은 화랑이는 넋대가 가리키는 방향으로 이리저리
초혼 그릇을 물 속에 굴렸다.

일어나소 일어나소

서른세 살 월성 김씨 대주 부인
방성으로 태어날 때 칠성에 명을 빌어.

모화는 넋대로 물을 휘저으며 진정 목이 멘 소리로 혼백을 불렀다.

꽃같이 피난 몸이 옥같이 자란 몸이
양친 부모도 생존이요, 어린 자식 누여 두고
검은 물에 뛰어들 제 용신님도 외면이라
치마폭이 봉긋 떠서 연화대를 타단 말가
삼단 머리 흐트러져 물 귀신이 되단 말가.

모화는 넋대를 따라 점점 깊은 물 속으로 들어갔다. 옷이 물에 젖어 한 자락 몸에 휘감기고 한 자락 물에 떠서 나부꼈다. 검은 물이 그녀의 허리를 잠그고 가슴을 잠그고 점점 부풀어오른다……
그녀는 차츰 목소리가 멀어지며 넋두리로 허황해지기 시작했다.

가자시라 가자시라 이수중분 백로주로
불러 주소 불러 주소 우리 성님 불러 주소
봄철이라 이 강변에 복숭아꽃이 피그덜랑
소복 단장 낭이 따님 이내 소식 물어주소,
첫 가지에 안부 묻고, 둘째 가……

할 즈음, 모화의 몸은 그 넋두리와 함께 물 속에 아주 잠겨 버렸다.

처음엔 쾌잣자락이 보이더니 그것마저 잠겨 버리고, 넋대만 물 위에 빙빙 돌다가 흘러내렸다.

열흘쯤 지난 뒤다.

동해변 어느 길목에서 해물 가게를 보고 있다던 체수 조그만 사내가 나귀 한 마리를 몰고 왔을 때, 그때까지 아직 몸이 완쾌하지 못한 낭이가 퀭한 눈으로 자리에 누워 있었다.

사내는 낭이에게 흰죽을 먹이기 시작했다.

"아버으이."

낭이는 그 아버지를 보자 이렇게 소리를 내어 불렀다. 모화의 마지막 굿이 (떠돌던 예언대로) 영검을 나타냈는지 그녀의 말소리는 전에 없이 알아들을 만도 했다.

다시 열흘이 지났다.

"여기 타라."

사내는 손으로 나귀를 가리켰다.

"……."

낭이는 잠자코 그 아버지가 시키는 대로 나귀 위에 올라앉았다.

그네들이 떠난 뒤엔 아무도 그 집을 찾아오는 사람이 없었고, 밤이면 그 무성한 잡풀 속에서 모기들만이 떼를 지어 미쳐 돌았다.

무녀 모화는 경주읍에서 십여 리 떨어진 집성촌 마을의 퇴락한 집에 살고 있었다. 그녀는 세상 만물에 귀신이 들어앉아 있다고 믿었으며, 그런 그녀의 삶에서 굿은 전부를 차지하다시피 했다. 그녀의 식구는 넷이었는데, 남편은 거기서 얼마 떨어지지 않은 해변가에서 혼자 해물 장사를 하고 있었고, 아들 욱이는 무당의 사생아라 놀림을 받을까 염려해 절로 보낸 터라, 그녀는 고명딸 낭이하고만 살고 있었다.

낭이는 귀머거리 소녀였지만, 대단한 화재畵才를 가지고 있어 아버지로부터 끔찍한 사랑을 받았다. 그녀는 언제나 방에 들어앉아 그림을 그렸는데, 매일 얼큰하게 취해서 돌아오는 모화 역시도 그런 낭이를 애지중지했다. 모화는 낭이를 낳을 때의 태몽으로 짐작해서 낭이를 용신龍神(용왕)의 딸이 현신한 것으로 믿고 있었다.

그러던 차에 하루는 몇 해 두고 소식이 없던 욱이가 집으로 돌아왔다. 모화는 크게 기뻐했으나, 곧 욱이가 예수교에 귀의한 사실을 알고는, 욱이에게 붙은 서양 귀신을 떼어 낸다면서 주문을 외우기 시작했다. 한데, 욱이는 욱이대로 어머니에게 마귀가 붙었다고 생각했으며, 낭이가 귀머거리가 된 것도 그 탓으로 여겼다. 그는 하느님께 어머니와 누이를 구해 달라고 기도했으며, 언제나 성경을 가슴에 품은 채로 잠을 잤다.

그런 어느 날 밤, 잠결에 가슴이 허전해서 깨어난 욱이는 성경이 없어진 것을 발견했다. 때마침 부엌에는 불이 밝혀져 있었고, 그 안에서 어머니가 주문을 외우고 있었다. 그녀의 손에서 성경이 뜯겨지는 걸 본 그가 부리나케 뛰어 나가 성경을 뺏으려 했을 때, 머리 위로 식칼이 날아들었다. 그녀의 눈에는 아들이 예수 귀신으로 보였고, 욱이는 기어코 세 곳에 칼을 맞고 넘어졌다. 그녀는 그로부터 두문불출하고 아들의 병을 간호했다.

그 사이 마을에도 교회가 서고 예수교가 퍼지기 시작했다. 그리고 교도들은 무속을 비방하며 돌아다녔다. 교회는 욱이의 청으로 목사가 주선해서 세웠던 것인데, 정작 욱이는 교화 사업에 참여치 못하고 기어이 눈을 감기에 이른다. 모화는 예수 귀신이 욱이를 잡아갔다면서, 매일 같이 귀신 쫓는 주문을 외웠다.

달포가 지났을 때, 그녀는 물에 빠져 죽은 젊은 여인의 혼백을 건지는 굿을 맡게 되었다. 그녀는 그날 따라 어느 때보다 정숙해 보였는데, 외아들을 잃은데다가 예수교도로부터 박해까지 받고 사는 무녀로는 느껴지지 않았다. 그녀는 정말 예쁘게 보였고, 굿판도 신명나게 꾸렸다. 그녀는 이미 이 괴로운 세상을 떠나 용신에게 귀의할 결심을 굳히고 있었던 것이다.

그날 밤 모화는 죽은 여인의 혼백을 건지기 위해 연못 속으로 넋대를 쥐고 하염없이 들어갔다. 그리고 꼭지물이 가까운 곳까지 가서는 구슬픈 노래를 불렀는데, 봄

 더 알아두기

운명론적 세계관 이 세상 만사가 미리 정해진 필연적 법칙에 따라 일어난다고 보는 사상. 자신이 미리 정해진 날에 죽도록 운명지어져, 사전에 어떠한 주의나 노력을 기울여도 이 재앙에서 벗어날 수 없다고 믿어 버리는 삶의 태도가 이에 속한다. 이와 같이 운명이 전능의 힘을 가지고 인간뿐만 아니라 세상 만사를 지배하고 있다는 생각을 운명론적 세계관, 혹은 숙명론적 세계관이라고 한다.

철에 꽃 피거든 낭이더러 찾아 달라는 것이 그녀가 남긴 마지막 말이었다.

　모화가 죽은 지 열흘 후, 낭이 아버지는 나귀 한 마리를 몰고 와서는 딸을 나귀 등에 태우고 길을 떠났다. 이때부터 그들은 이곳 저곳을 찾아다니면서, 딸은 무녀의 그림을 그려 주고, 아버지는 딸에 관한 내력을 사람들에게 들려주면서 정처 없는 유랑의 삶을 잇게 된다.

작품 해설

　「무녀도」라는 제목에서 우선 토속적인 신앙의 분위기를 느낄 수 있지요? 이 작품은 우리의 재래적 토속 신앙인 무속巫俗의 세계가 변화의 충격 앞에서 견디지 못하고 쓰러져 가는 과정을 그린 것입니다. '무녀도'라는 그림에 담긴 한 무녀(여자 무당)의 삶과 죽음을 중심 제재로 한 이 작품은 소멸해 가는 것의 마지막 남은 빛에 매달려 이를 지키려는 인간의 비극적인 모습을 형상화한 것이라 할 수 있습니다.

　작품의 서두 부분에서는 '욱이'가 찾아오기 전, 즉 '욱이'가 '예수 귀신'에 빠져서 돌아오기 전에 '모화'는 딸 '낭이'와 행복하게 살았습니다. 하지만 사소하지만 일상적인 작은 행복들은, 아들 '욱이'가 철저한 기독교인이 되어 돌아오면서 조금씩 깨어지기 시작합니다. 그러던 어느 날, '모화'는 굿을 하다 신이 들린 상황에서 아들 '욱이'를 식칼로 찌르게 됩니다. '욱이'는 머리와 목덜미와 등 부위에 상처를 입게 되지요. 정신이 든 '모화'는 '욱이'의 병간호에 온 힘을 쏟습니다.

　그녀는 그가 원하는 것이 있으면 낮과 밤을 가리지 않고 뛰어갔습니다. 가끔 '욱이'를 일으켜 앉혀 품에 안아 주기도 합니다. 그리고 약도 쓰고 굿도 하고 주문도 외우지만 '욱이'의 병은 좀처럼 차도를 보이지 않습니다. 그것은 칼에 심하게 찔린 이유도 있겠지만, 사랑하는 어머니가 허옇게 이를 악물고 웃으며 식칼로 자신을 찔렀다는 데에서 오는 마음의 상처가 크기 때문이겠지요. 모든 병은 마음에서부터 비롯된다라는 말도 있잖아요.

그 와중에도 기독교는 온 마을에 퍼지기 시작합니다. '모화'는 온 마을 사람들이 조금씩 '예수 귀신'이 들리는 것을 느끼면서 불안해하지만 애써 코웃음을 치며 비웃습니다. 당황함이라든가 불안감을 억지로 해소시키고자 하는 제스처에 불과하지만 말입니다. 특히나 병을 고치는 능력이 있다고 하는 부흥 목사의 기도 장면은 모화의 굿과 대비되는 부분입니다. 병자의 머리 위에 손을 얹고 기도하는 대목을 한번 살펴볼까요.

"이 죄인은 저의 죄로 말미암아 심히 괴로워하고 있사옵니다."
하고 기도를 올리면, 여자들의 월수병 대하증쯤은 대개 '죄 씻음'을 받을 수 있었고, 그 밖에도 소경이 눈을 뜨고, 앉은뱅이가 걷고, 귀머거리가 듣고, 벙어리가 말하고, 반신불수와 지랄병까지 저희 믿음 여하에 따라 모두 '죄 씻음'을 받을 수 있다는 것이었다. 여자들의 은가락지, 금반지가 나날이 수를 다투어 강단 위에 내걸리게 된다. 기부금이 쏟아진다. 이리 되면 모화의 굿 구경에 견줄 나위가 아니라고 하였다.

이 작품에서 작가는 주인공 '모화'의 죽음, 자식을 죽이는 행위 등 보통의 상식으로는 이해하기 힘든 극단적인 사건들을, 초월적인 힘에 의해 발생하는 어쩔 수 없는 것으로 묘사함으로써 운명론적인 세계관을 드러내고 있습니다. 그러기에 핵심적 갈등인 무속과 기독교의 갈등 구조도 그 운명론을 드러내기 위한 하나의 장치일 뿐입니다. 즉, 작가의 의도는 종교적인 대립의 문제보다는 신비스럽고 운명적인 삶의 문제에 대한 탐구에 있다고 할 수 있지요. '모화'의 죽음은 기독교의 승리로 볼 수도 있으나, 오히려 그러한 승패보다는 역사의 필연적인 변화 앞에서 이에 맞서고 겨루어 보려 한 인간의 모습을 제시한 것에 이 작품의 의의가 있다고 할 수 있습니다.

또한 이 작품에는 평범한 악당이 등장하지 않습니다. '모화'도 '욱이'도 '현목사'도 '낭이'도 순수하고 착한 인간들입니다. 하지만 그들을 둘러싸고 벌어지는 종교적 가치관의 대립은 그들을 죽고 죽이게 하여 모두 비참하게 만듭니다. 이러한 상황, 인물 성격의 설정 역시 작가의 운명론적인 세계관을 드러내는 데 효과적으로 보입니다. 더불어 「무녀도」는 시대적 배경이 불확실한 작품인데, 이는 역사적인 시간을 배제함으로써 오히려 운명적인 삶의 보편성을 암시하려는 작가의 세계관의 영향에서 비롯된 것으로 보는 것이 타당하겠지요.

① 화자話者의 할아버지가 '낭이'와 그의 아비에게 값진 비단과 충분한 노자를 아끼지 않은 이유는 무엇이며, 그럼에도 '낭이'의 얼굴에는 올 때나 조금도 다름없는 처절한 슬픔이 서려 있었던 이유는 무엇일까요?

② '욱이'가 '모화'와 '낭이' 곁으로 돌아온 이유는 무엇일까요?

③ '모화'는 왜 '욱이'의 성경을 태워 버렸나요?

④ '욱이'의 병이 날로 깊어진 원인은 무엇이라고 생각하나요?

⑤ '욱이'가 성경을 갖고 싶으면서도 '모화'에게 말하지 않았던 이유는 무엇일까요?

구성

도입 액자		무녀도의 그림 내용과 내력 소개.
발단		무당 모화와 딸 낭이의 인물 제시.
전개		욱이의 귀향과 그로 인한 갈등.
위기		갈등의 고조. 욱이가 모화의 칼에 찔림.
절정		욱이의 죽음. 교회당이 들어섬.
결말		모화의 마지막 굿과 죽음.
종결 액자		(후일담) 아버지가 낭이를 데려감.

핵심 정리

갈래	단편소설, 액자소설
배경	개화기의 경주 부근 마을
주제	변화의 충격 앞에서 소멸해 가는 것을 지키려는 한 인간의 비극적인 운명. 토속 신앙과 기독교 신앙의 대립.
시점	외부 이야기—1인칭 관찰자 시점 내부 이야기 및 후일담—3인칭 전지적 작가 시점
구성	액자식 구성
성격	토속적 · 샤머니즘적 · 신비적
출전	《중앙일보》(1936)에 발표. 1947년 단편집 「무녀도」에 개작된 작품이 실림. 1978년 『을화』라는 장편으로 확장 개작.

작중인물의 성격

모화	신령님만 믿고 의지하는 무당. 기독교의 하나님이란 자신이 믿는 신령이 아닌, 사악한 귀신이라고 생각하는 무속적 · 신령적 세계관의 소유자.
욱이	모화의 외아들. 아비가 분명치 않은 사생아. 일찍이 모화가 절간으로 보냈으나, 소식이 없다가 기독교인이 되어 돌아와 모화와 대립하는 인물.
낭이	모화의 딸. 욱이와 의붓남매간이자 근친상간의 기미가 있는 인물. 그림에 능하며 귀가 먹었고 언어 장애를 가지고 있음.

논술 대비 글쓰기

문학작품을 잘 감상했나요?
이제 논술에 대비하여 글을 써봅시다. 질문의 핵심을
짚어내어 나름대로의 생각을 자유롭게 쓰세요.

김유정의 「금 따는 콩밭」

1 우리 사회에 널리 퍼져 있는 일확천금주의가 우리 생활에 어떤 영향을 미치게 되는지 생각해 봅시다.

길라잡이☞ 금이나 돈이 지닌 양면성을 한번 생각해 볼까요?

2 등장 인물의 비극적 상황을 해학적으로 표현하는 작가의 의도에 대해 이야기해 봅시다.

길라잡이☞ 희극을 희극으로, 비극을 비극으로 만드는 것보다, 오히려 역설적인 표현을 통해 드러내는 방법을 아이러니라고 하는데, 그 의미를 살펴보면 됩니다.

현진건의 「빈처」

1 나와 아내의 갈등의 원인은 무엇이고, 또 그것을 어떻게 해소하고 있는지 생각해 보세요.

길라잡이☞ 인물들간의 갈등 양상을 다시 한번 살펴보세요.

2 이 작품에서 확인할 수 있는 당대 지식인들의 고뇌는 무엇이었을지 생각해 봅시다.

길라잡이☞ 일제 식민 치하에서 지식인들의 역할이란 친일에 가까워 보일 수밖에 없었겠지요.

3 이 소설은 실제로는 화자 자신의 이야기임에도 작가는 주인공을 그의 아내로 설정하고 있습니다. 이와 같은 설정에서 얻을 수 있는 효과는 무엇일까요?

길라잡이☞ '나' 스스로 자신의 궁핍함을 객관적으로 전달할 수는 없겠지요?

나도향의 「벙어리 삼룡이」

1 이 소설의 참 의미에 대해 이야기해 봅시다.

길라잡이☞ 주요 인물의 성격과 그 변화 과정을 살펴보면, 소설에서 말하고자 하는 바를 엿볼 수 있겠지요. 소설 속 삼룡이가 소극적인 인물에서 적극적인 인물로 변화하게 되는 가장 중요한 원인을 살펴보면 되겠네요.

2 당시 시대 상황이 등장 인물에게 어떠한 영향력을 미치고 있는지 이야기해 봅시다.

길라잡이☞ 삼룡이가 왜 주인에게 절대 복종을 하고, 주인 아들의 학대에도 꿋꿋하게 버텨내고 있는지, 그리고 새색시에 대한 연정을 품고 있으면서도 주저하게 되는 이유 등이 시대 상황을 엿볼 수 있는 대목입니다.

채만식의 「레디메이드 인생」

1 취직을 부탁하러 간 P에게 K사장은 귀농을 권유합니다. 이를 통해 알 수 있는 K사장의 면모는 무엇일까요? 또 이를 통해 작가가 암시하려고 한 것이 무엇인지 말해 보세요. P가 K사장의 충고를 받아들이지 못하는 이유는 무엇일까요?

길라잡이☞ K사장의 말이 진심처럼 느껴지나요? 작품 전체에 가득한 P의 독백들도 참고해 보세요.

2 이 작품은 개인의 불행이 사회의 불행과 밀접한 관계가 있다는 점을 보여줍니다. 이처럼 개인이 사회와의 역학 관계에서 벗어날 수 없는 이유는 무엇일까요?

길라잡이☞ 우리의 일상이 어떠한 방식으로 이루어지는지 생각해 보세요.

3 자신이 불행한 원인을 역사적인 데서 찾으려는 P의 태도에 대해 어떻게 생각

하는지 말해 보세요.

길라잡이☞ 불행의 내용이 정확히 무엇인지를 알아보는 태도가 선행되어야 합니다.

유진오의 「김 강사와 T교수」

1 전광용의 「꺼삐딴 리」의 주인공 이인국 박사와 T교수의 공통점에 대해 생각

해 봅시다.

길라잡이☞ 세상이 어지러우면, 영웅과 악당이 많이 나타난다고 합니다. 20세기를 전후해 우리나

라는 많이 혼란스러웠습니다. 이인국 박사와 T교수는 둘 다 당대의 악당에 속하겠지요. 눈치가 빨

라 눈앞의 손해는 보지 않겠지만, 그런 사람들이 많아질수록 올바른 사회로 돌아가기란 더 힘이

들 것입니다.

2 T교수가 김만필에게 관심을 가지고 접근한 이유를 생각해 봅시다.

길라잡이☞ T교수가 한 말을 생각해 봅시다. "인제 차차 긴상도 알겠지만, 우리 학교 안에도 여러

가지 암류가 있으니 주의하는 게 좋으네. 더군다나 S군한테는 주의해야 되네." 이렇게 말하지요?

얼마 후에는 '김만필'도 차차 S전문학교 내에는 두 개의 세력이 대립하고 있음을 알게 됩니다. 누

가, 무엇 때문에 대립하고 있는가 생각해 봅시다.

3 이 소설이 주는 교훈은 무엇일까요?

길라잡이☞ 이 소설이 쓰여진 것은 일본 제국주의가 우리나라를 식민지로 만들고, 우리의 말을 못 쓰게 하고, 우리를 차별해 좋은 직장을 주지 않던 1935년입니다. 이는 사리에 맞지 않는 일이기에 우리나라의 용기 있는 사람들은 만주나 간도로 가서 일본군과 싸웠지만, 그렇지 못한 '김만필' 같은 사람은 어떻게든 그들이 베푸는 선심에 매달리고자 했습니다. 하지만 그렇다고 해서, 그들에게 완전히 동화될 수 있었던 것은 아니지요. 그들의 마음에 들지 않으면, 식민지의 국민은 언제든지 이 소설의 마지막 장면처럼 쫓겨났던 것입니다.

박태원의 「성탄제」

1 영이와 순이 자매가 들려준 자기 합리화의 주장에 대해 논리적으로 반박해 보시오.

길라잡이☞ 각각의 입장 차이를 먼저 생각해 보세요.

2 이 소설의 문체적 특징에 대해 말해 보시오.

길라잡이☞ 판소리에 대한 사전 지식을 구해야겠지요.

3 영이네의 불행한 삶을 일제 식민 시대의 폐해와 함께 보여준 까닭은 무엇일까요?

길라잡이☞ 반성은 극적인 상황에서 이루어진다고 합니다.

김승옥의 「서울, 1964년 겨울」

1 마지막 부분에 '안'이 생각하고 있던 것은 무엇이라고 추측할 수 있을까요?

길라잡이☞ 헤어지며 '나'와 '안'이 나눈 대화를 다시 한 번 봅시다. 자신들이 믿기 어려울 만큼 나이를 먹었다고 말하지요? 둘은 스물다섯 살에서 단 한 살도 더 먹지 않았지만, 하룻밤 사이에 너무 많은 것을 경험합니다. 어떠한 일들이 일어났으며, 그것들은 스물다섯 살의 청년에게 어떠한 의미로 다가올지 한번 생각해 봅시다.

2 서적 외판원인 사내가 화재 현장에서 아내를 떠올리고, 그 속에 돈을 던져 넣은 이유를 설명해 보세요.

길라잡이☞ 아내의 시체를 어디에 팔았지요? 그 부분을 다시 한 번 봅시다. 사내는 아내의 시체를 병원에 팔았습니다. 그 시체는 의대에서 실습용으로 해부할 것이고, 그 다음에는 화장할 것입니다. 사내는 병원의 큰 굴뚝에서 나오는 희끄무레한 연기만 바라보고 있었노라고 말하지요. 언젠가는 아내의 시체도 그 희끄무레한 연기가 될 것임을 사내는 알고 있었습니다. 이 장면과 화재 장면을 연결해서 생각해 보세요.

3 서적 외판원인 사내가 아내의 죽음을 '나'와 '안'에게 자꾸 얘기하려는 이유는 무엇일까요?

길라잡이☞ 자신의 고통과 슬픔을 타인에게 얘기해 위로를 받고 싶어하는 것은 공동체 생활을 하는 사람에게서는 자연스러운 심리입니다. 러시아 작가 안톤 체호프의 「우수憂愁」에도 이와 비슷한 상황이 등장하니 한번 읽어보세요.

김동리의 「무녀도」

1 '모화'와 아들 '욱이'가 대립하는 이유를 생각해 봅시다.

길라잡이☞ 처음부터 끝까지, '모화'와 '욱이'는 어머니와 아들로 서로를 진심으로 사랑하지요. 어머니는 오랜만에 본 아들을 붙잡고 울며, 아들도 마찬가지입니다. 또 자신의 칼에 찔린 아들을 극진히 간호합니다. 하지만 아들은 결국 죽고, 어머니인 '모화'도 물 속으로 걸어 들어가 죽음에 이릅니다. 이렇게 둘이 대립하고 결국 둘 다 파멸에 이르는 이유는, 그 둘이 가진 종교적 가치관에 있었습니다. 역사적으로 종교 때문에 여러 번 전쟁이 있었고, 종교가 다르다는 이유로 수많은 사람들이 살해당했습니다. 어느 한 쪽이 나쁘기 때문이 아니라, 그저 종교가 다르다는 이유 하나로 그런 일이 일어난 것입니다. 종교란 원래 모든 사람들이 두루 함께 행복하게 살기 위해 생겨난 것인데, 그 때문에 이렇게 서로 죽고 죽이는 현상을 어떻게 설명해야 할까요?

2 '모화'가 딸 '낭이'를 그처럼 극진히 아끼는 이유를 어떻게 설명하고 있지요?

길라잡이☞ '낭이'가 가장 좋아하는 과일이 무엇이지요? 소설에 보면 '낭이'가 태어나게 된 연유를 설화의 형식을 빌려 자세하게 설명하고 있습니다.

3 액자식 구성이 주는 장점은 무엇일까요? 또 액자식 구성으로 쓰인 소설들을 한번 생각해 봅시다.

길라잡이☞ 액자식 구성으로 된 소설은, 하나의 화자가 서술하는 방식보다 다각적이고 자유롭다는 장점이 있습니다. 말하자면 '나'라는 화자가 이야기하면서 1인칭 화자가 서술하는 방식의 장점을 취하면서, 동시에 전지적 작가 시점으로 전환해 전지적 작가 시점이 갖는 서술의 장점을 취할 수도 있는 것입니다. 이러한 방식은 아주 오래 전부터 사용되어 왔습니다. 유명한 「천일야화」에 보면, 세헤라자데가 목숨을 연장하기 위해 천일 동안 왕에게 재미있는 이야기를 해 주는데, 그 재미있는 이야기들은 모두 액자 속의 사진처럼 독립적으로 구성되어 있습니다. 보카치오가 쓴 『데카메론』도 유명한 액자소설이지요. 우리나라에서는 연암 박지원의 「호질」이라는 소설이 액자식 구성을 취하고 있으며, 김승옥의 「환상수첩」 역시 액자식 구성으로 효과를 본 작품입니다. 액자식 구성은 소설에서만 발견되는 것이 아닙니다. 예를 들어 민담이나 설화를 전달하는 구술자가, 신빙성이나 흥미를 유발시키기 위해 이러한 형식을 취할 때도 있습니다. 『삼국유사』에 보면 "전해지기를 ～라 한다", "항간에서 말하기를 ～라고 한다"라는 식으로 된 부분이 많이 있습니다. 이 역시 액자식 구성의 일종입니다.

소담의 〈베스트셀러 한국문학선〉은 우리 문학으로 떠나는 뜻깊은 여행입니다

	제목	저자	정가	내용
1.	무정	이광수 지음	값 5,500원	근대 문학사상 최초의 장편소설로 평가되고 있는 무정은 1918년 당시 최고의 시대적 선(善)이었던 계몽사상을 현실성 있게 묘사하고 있다.
2.	배따라기	김동인 지음	값 5,000원	순수한 미의식과 예술적 기교가 잘 조화된 우리 근대 단편문학의 한 전형을 이룬 작품으로 평가되고 있다.
3.	표본실의 청개구리	염상섭 지음	값 4,500원	한국 최초의 자연주의 수법에 의하여 쓰여진 작품으로 3. 1운동 직후의 허무주의적 절망과 우울 속에 침체되어 있는 지식인의 고뇌가 묘사되어 있다.
4.	사랑방 손님과 어머니	주요섭 지음	값 4,000원	사회 현실 문제에 남다른 관심을 보였던 주요섭의 대표적인 단편 작품이다. 주요섭의 대표적인 단편 작품이다.
5.	운수좋은 날	현진건 지음	값 4,500원	사실주의 작품으로 꾸민 이야기라는 느낌보다는 실상을 보는 듯이 선명하게 제시하여, 이야기 안에 흐르는 필연성이 독자들에게 긴박성과 함께 진실성을 발견하게 한다.
6.	물레방아	나도향 지음	값 4,500원	가난과 상실의 문제를 주로 다뤘던 1920년대 우리나라 사실주의의 대표작이다.
7.	화수분	정영택 지음	값 4,000원	계속 재물이 나오는 보물 단지인 '화수분' 이라는 이름을 가진 주인공은 이름과는 반대로 가난하고 무식하지만 스스로 희생하면서 어린 생명을 구한다.
8.	상록수	심훈 지음	값 5,000원	채영신과 박동혁이라는 두 주인공의 농촌 계몽운동을 통해 1930년대 농민운동의 실천적 의지를 일깨워 준 심훈의 대표작이다.
9.	메밀꽃 필 무렵	이효석 지음	값 5,000원	소설을 시적 서정성으로 승화시키는 데 성공한 '분위기 소설' 이다.
10.	동백꽃	김유정 지음	값 4,500원	우리 문학사에서 고전의 골계미 전통을 1930년대에 현대적 기법으로 소화시켜 창조적으로 계승한 김유정의 해학미 넘치는 작품이다.
11.	태평천하	채만식 지음	값 5,000원	독자적인 사설조 문체미로 돋보이는 그 풍자 속에는 준엄한 자기 성찰과 비판의식이 깃들어 있어 진실성 있는 작가 정신을 엿볼 수 있다.
12.	탈출기(외)	최서해(외) 지음	값 5,000원	「탈출기」는 편지로 엮어진 작품으로 박군이 김군에게 집을 떠난 이유를 밝히고 있다. 이무영의 「제1과 제1장」, 박영준의 「모범 경작생」, 김정한의 「사하촌」 등이 수록되었다.
13.	날개(외)	이상(외) 지음	값 4,000원	28세로 요절한 이상의 실험적인 작품으로 일제의 억압 속에서 아무것도 할 수 없는 한국인의 모습을 절망적 풍경으로 묘사하고 있다. 유진오의 「김강사와 T교수」, 박태원의 「소설가 구보 씨의 일일」 등이 수록되었다.
14.	무녀도	김동리 지음	값 5,000원	「무녀도」는 우리의 재래적 토속신앙인 무속의 세계가 도도한 역사의 변화 앞에서 쓰러져 가는 모습을 그린 작품이다. 「황토기」, 「등신불」 등 6편이 수록되어 있다.
15.	소나기(외)	황순원(외) 지음	값 5,000원	서정성이 높고 절제된 문장미와 소설 구성의 세련된 기교로 인해 미적 감동을 유발시키는 황순원의 작품으로 누구에게나 한 번쯤 있었음직한 어린 날의 그리운 추억을 느낄 수 있게 하는 이야기이다. 계용묵의 「백치 아다다」, 정비석의 「성황당」 등 14편이 수록되었다.
16,17.	흙(상, 하)	이광수 지음	값 각 4,000원	이광수의 흙은 귀농사상(歸農思想)을 주제로 하여 쓴 계몽소설로서, 흙을 소재로 하여 민족혼을 간직하지만 가난하고 무식한 농민을 위하여 계몽자, 설교자의 자세를 취한 작품이다.

제목	저자	정가	내용
18. 무영탑	현진건 지음	값 6,000원	현진건의 「무영탑」은 경주 불국사 석가탑을 소재로 하여 숭고하고 우아한 예술의 극치를 완결해 가는 과정에 있어서의 예술가의 집념과 고뇌의 모습을 제시하는 역사소설이다.
19. 금수회의록(외)	안국선(외) 지음	값 5,500원	일반 대중에게 신시대의 이념을 고취시키고자 목적을 둔 계몽주의적 신소설인 「금수회의록」과 「자유종」을 비롯하여 남녀의 애정 모티프의 신소설인 「추월색」, 「설중매」도 소개하고 있다.
20,21. 탁류(상, 하)	채만식 지음	값 각 4,000원	1930년대 한국 사실주의 문학에서 가장 큰 금자탑을 이룩한 채만식의 대표적인 장편소설이다.
22. 환희	나도향 지음	값 5,000원	신여성 이혜숙과 기생 설화를 중심으로 한 두 개의 삼각관계가 펼쳐진다. 「환희」는 나도향 초기 낭만 문학의 대표작으로, 신비적이고 낭만적인 죽음의 미의식이 돋보인다.
23. 인간문제	강경애 지음	값 5,000원	「파금(破琴)」과 「어머니와 딸」을 통해 많은 사람들의 주목을 받은 여류작가 강경애의 대표작이다.
24,25. 사랑(상, 하)	이광수 지음	값 각 4,000원	현실의 물질적 이해 관계와 육체적 욕망을 초월한 이상주의적 사랑을 그린 계몽주의적 소설이다.
26. 삼대	염상섭 지음	값 6,500원	당대의 사회적 변천과 정신사의 이면을 함께 묘사한 1930년대 가계소설의 대표작으로 손꼽히는 작품이다.
27. 백범일지	김구 지음	값 5,500원	민족사상을 고취하는 한민족의 필독서로, 세월이 지나도 그 가르침이 퇴색되지 않는 고전이 된 「백범일지」는 변치 않는 김구의 애국심이 그대로 나타나는 작품이다.
28. 진달래꽃	김소월 지음	값 4,500원	우리나라의 '국민 시인' 김소월의 170여 편의 시를 모아 엮었다. 소월의 시는 충족 속에 여물어 보지 못한 전통적인 한(恨)이 묻어난다. 짧은 서른 생의 주옥 같은 파편들을 만날 수 있을 것이다.
29. 하늘과 바람과 별과 시	윤동주 지음	값 4,000원	윤동주의 시는 어두운 시대를 살면서도 자신의 명령하는 바에 따라 순수하게 살아가고자 하는 내면의 의지를 노래하였다.
30. 님의 침묵	한용운 지음	값 4,000원	우리를 일깨우는 민족의 종, 역사의 종, 자유의 종으로 상징되는 만해의 시 90여 편을 모았다.
31. 나도향, 유진오 단편집	나도향, 유진오 지음	값 5,500원	낭만적이면서도 객관적 사실주의 경향의 작품을 쓴 나도향과 사실적인 현실 표현으로 세태 풍자적인 작품을 쓴 유진오의 단편집.
32. 김유정, 채만식, 이효석 단편집	김유정, 채만식, 이효석 지음	값 6,000원	우리 민족의 '한'을 웃음과 울음이라는 상반된 감정으로 표현한 김유정, 풍자문학을 통해서 왜곡된 사회적 부조리를 꼬집은 채만식, 자연의 서정성과 반문명적인 아름다움을 내포하는 작품을 쓴 이효석의 단편들을 모았다.
33. 수난 이대(외)	하근찬(외) 지음	값 5,500원	전쟁의 광포함을 따뜻한 애련의 정서로 여과시켜 표현하는 「수난 이대」는 우리에게 소박한 휴머니즘을 전달한다.
34. 혈의 누	이인직 지음	값 5,500원	정치적 성향이 짙으면서도 동시에 애정문제와 같은 내용을 포함시켜 흥미성을 추구한 이인직의 작품세계를 가장 잘 조화시킨 작품 「혈의 누」는 신소설의 대표작이라 할 수 있다. 「은세계」, 「모란봉」 수록.
35. 우리들의 일그러진 영웅	이문열 지음	값 5,000원	국민작가로 불리는 이문열의 대표작으로 세계 여러 나라에 번역, 출간된 작품. 사회의 왜곡된 의식구조와 권력 형태를 엄석대와 5학년 2반 급우들을 내세워 일종의 우화(寓話) 수법으로 그려내고 있다.